唐代傳奇・唐朝的短篇小說

廖玉蕙・編撰

中國歷代經典寶庫 15

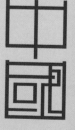

出版的話

時報文化出版的《中國歷代經典寶庫》已經陪大家走過三十多個年頭。無論是早期的紅底燙金精裝「典藏版」，還是50開大的「袖珍版」口袋書，或是25開的平裝「普及版」，都深得各層級讀者的喜愛，多年來不斷再版、複印、流傳。寶庫裡的典籍，也在時代的巨變洪流之中，擎著明燈，屹立不搖，引領莘莘學子走進經典殿堂。

這套經典寶庫能夠誕生，必須感謝許多幕後英雄。尤其是推手之一的高信疆先生，他秉持為中華文化傳承，為古代經典賦予新時代精神的使命，邀請五、六十位專家學者共同完成這套鉅作。二〇〇九年，高先生不幸辭世，今日重讀他的論述，仍讓人深深感受到他對中華文化的熱愛，以及他殷殷切切，不殫編務繁瑣而規劃的宏偉藍圖。他特別強調：

中國文化的基調，是傾向於人間的；是關心人生，參與人生，反映人生的。我們的聖賢才智，歷代著述，大多圍繞著一個主題：治亂興廢與世道人心。無論是春秋戰國的諸子哲學，漢魏各家的傳經事業，韓柳歐蘇的道德文章，程朱陸王的心性義理；無論是貴族屈原的憂患獨歎，樵夫惠能的頓悟眾生；無論是先民傳唱的詩歌、戲曲，村里講談的平話、小說……等等種種，隨時都洋溢著那樣強烈的平民性格、鄉土芬芳，以及它那無所不備的人倫大愛；一種對平凡事物的尊敬，對社會家國的情懷，對蒼生萬有的期待，激盪交融，相互輝耀，繽紛燦爛的造成了中國。平易近人、博大久遠的中國。

可是，生為這一個文化傳承者的現代中國人，對於這樣一個親民愛人、胸懷天下的文明，這樣一個塑造了我們、呵護了我們幾千年的文化母體，可有多少認識？多少理解？又有多少接觸的機會，把握的可能呢？

參與這套書的編撰者多達五、六十位專家學者，大家當年都是滿懷理想與抱負的有志之士，他們努力將經典活潑化、趣味化、生活化、平民化，為的就是讓更多的青年能夠了解繽紛燦爛的中國文化。過去三十多年的歲月裡，大多數的參與者都還在文化界或學術領域發光發熱，許多學者更是當今獨當一面的俊彥。

三十年後，《中國歷代經典寶庫》也進入數位化的時代。我們重新掃描原著，針對時代需求與讀者喜好進行大幅度修訂與編排。在張水金先生的協助之下，我們就原來的六十多冊書種，精挑出最具代表性的四十種，並增編《大學中庸》和《易經》，使寶庫的體系更加完整。這四十二種經典涵蓋經史子集，並以文學與經史兩大類別和朝代為經緯編綴而成，進一步貫穿我國歷史文化發展的脈絡。在出版順序上，首先推出文學類的典籍，依序有詩詞、奇幻、小說、傳奇、戲曲等。這類文學作品相對簡單，有趣易讀，適合做為一般讀者（特別是青少年）的入門書；接著推出四書五經、諸子百家、史書、佛學等等，引導讀者進入經典殿堂。

在體例上也力求統整，尤其針對詩詞類做全新的整編。古詩詞裡有許多古代用語，需用現代語言翻譯，我們特別將原詩詞和語譯排列成上下欄，便於迅速掌握全詩的意旨；並在生難字詞旁邊加上國語注音，讓讀者在朗讀中體會古詩詞之美。目前全世界風行華語學習，為了讓經典寶庫躍上國際舞台，我們更在國語注音下面加入漢語拼音，希望有華語處，就有經典寶庫的蹤影。

《中國歷代經典寶庫》從一個構想開始，已然開花、結果。在傳承的同時，我們也順應時代潮流做了修訂與創新，讓現代與傳統永遠相互輝映。

時報出版編輯部

【導讀】

撲朔迷離的傳奇世界

廖玉蕙

小說寫作在古代是非常受到歧視的，這種所謂「不入流」的文學體裁，因為備受鄙薄而遲緩了它發展的腳步，但我國古典小說的園地依舊是海闊天空。不只是眾所周知的《西遊記》、《紅樓夢》、《儒林外史》……等白話小說有它既定的評價，文言小說裡的珍品，也往往叫人流連忘返、愛不忍釋。

白話作品親切活潑，文言小說短小精悍，在成就上原是無分軒輊的，但礙於時空阻隔，許多精美的文言小說漸漸為淺近的白話小說所取代，幽微的古典情懷，幾乎要成為絕響，這是非常可惜的。尤其是小說發展史上相當重要的唐代，如果不是有心的小說研究者，世人恐怕都不知道唐人傳奇的幽深靈動了。

我可以說是懷著一種戰戰兢兢的態度來改寫這些文章，唯恐自己拙劣的文筆冒瀆了古人的心靈。當然，要完全曲盡原作的精髓絕對是不可能的，只要能為忙碌的現代人引介些傳統的光輝，於願足矣！

本書計選唐傳奇廿四篇，除張鷟《遊仙窟》、陳玄祐《離魂記》、陳鴻《長恨歌傳》及李朝威《柳毅傳》、李公佐《南柯太守傳》外，唐傳奇中的名篇大抵都在其內。《離魂記》經鄭光祖改編為《倩女離魂》、《長恨歌傳》則演為白樸《梧桐雨》及洪昇《長生殿》，在戲曲中都是非常重要的名篇，在戲曲故事中將由我的老師張曉風女士改寫，為免重複，這兒就不再介紹。《柳毅傳》及《南柯太守傳》因篇幅較長，而且已介紹了同性質的《靈應傳》及《枕中記》、〈櫻桃青衣〉，便只好忍痛割愛。《遊仙窟》是唐傳奇中非常特出的一篇，它是以「變文」文體寫的空前絕後的小說傑作。筆調細膩生動，對兩性的描寫尤其大膽而坦率。它的特色全在四六的文體及其中插入的俗語調子，如果改寫成白話，勢必完全失去它原有的手采，因此，也只好省略，有興趣的讀者，不妨找出原作來欣賞。

唐代傳奇◆唐朝的短篇小說

目次

唐代小說淺論

楔子

小說一詞，最早見於《莊子・外物篇》：

「飾小說以干縣令，其於大達亦遠矣。」

他以小說與大達對舉，指的是那些淺薄瑣細，無關治道的言論，和現在我們說的「小說」，恐怕不大相干，東漢桓譚寫的《新論》裡說：

「小說家合殘叢小語，近取譬喻，以作短書，治身理家，有可觀之辭。」

指的雖然仍是不本經傳、背於儒術的寓言異記，但已經可以說和後來的小說近似了。早期的中國小說，只是些「記街頭巷尾之言」的斷章零篇，當然達不到近代所謂小說的要求。能夠真正符合小說要件的作品，應該不會早於唐代。而遠在唐代以前的三千年，我國已開始有了歷史和文化。在這麼漫長的一段時間裡，為什麼沒有成熟的小說作品產生？在文學發展史上，春秋時已有成熟的詩作——《詩經》，戰國時浪漫的《楚辭》作品更呈現出非凡的絢爛，鋪采摛文的漢賦，也得到空前的好成績，為什麼獨獨小說變成文學園地中一朵遲開的花朵？簡單的說有三個原因：

一、華夏之民，最先居住於黃河流域一帶，因缺乏天惠，人民必須非常辛勤的工作，才能維持生活，在這種情況下，求生都來不及了，自然黜玄想而重實際。而一般都承認，小說起源於神話及傳說，人們既然不喜玄想，神話理所當然的無法開花結果。

二、孔子出，以修身、治國、平天下等實用為教，所謂「子不語怪力亂神」。一般認為，由於儒家思想已成為中國思想的核心，神話故事應該受到抨擊。太古荒唐之說，不但無所光大，而且又有散亡，也遲緩了小說應有的繁榮。

三、班固《漢書．藝文志》中言：

「諸子十家，其可觀者，九家而已。」

唯不使小說入流，從此小說便嘗盡了被鄙視的滋味。正統派文人往往對它不屑一顧，以致詩文創作名家輩出，唯小說則付闕如。這種觀念上的阻隔，造成了極其嚴重的後果，非但小說的生命因之變得羸弱異常，還給後世治小說的人帶來無窮的困擾。因為寫小說的人非但得不到應有的重視，還可能招來恥笑，因此，許多小說家都不願意將自己的真姓名寫出來，有的假託成別人寫的，有的乾脆揑造一個假名，在抄襲成風的今天看起來，真是一件不可思議的怪事。例如改編《水滸》，使它成為一部有價值的文學作品的，到底是郭勳？汪道昆？還是另有其人？至今還是個無頭公案。而第一部成於一人之手的長篇小說《金瓶梅》的作者蘭陵笑笑生又是誰？是王世貞嗎？到現在也還是個解不開的謎。

就因為以上的緣故，小說在中國文學史上一直備受冷落。

傳奇的名稱

我國傳統的文學觀念既然視小說為小道，所謂「致遠恐泥，是以君子弗為」，然亦弗滅也。小說僅是茶餘飯後的談資，在中國文學中，不過聊備一格而已。先秦神話傳說、漢代神仙故事都不出搜奇志怪的範疇，至劉義慶《世說新語》出，一改志怪傳統，而開志人的寫作風氣，遂壯闊了小說的生命。及至唐代散文運動的推展，解除了漢魏六朝以來寫作上的唯美約束，因有描寫細膩、敘述婉轉的傳奇文應運而生，而與詩歌並推為唐代文學的奇作。此時小說已具備主題、結構、內容、人物等要素，小說型態已臻完備，中國小說的發展遂告成熟。

唐人小說泛稱傳奇，始自宋代。陳師道的《后山詩話》云：「范文正公為〈岳陽樓記〉，用對語說時景，尹師魯讀之曰：『傳奇體耳！』《傳奇》，唐裴鉶所著小說名也。」可見「傳奇」本為裴鉶所著小說之名，至宋而為唐人小說代稱。明胡應麟《少室山房筆叢》分小說為六類，其一為傳奇，傳奇之指唐人小說，因此成為定稱。至於唐代文言小說何以被稱為傳奇，據今人孟瑤女士歸納，約有二端：

一、我國小說一向不脫搜奇志怪風格，唐代小說在基本精神上是與它一脈相傳的，所以稱傳奇即傳送奇異之事。

二、唐代小說的特色，多半篇幅漫長，內容時近俳諧，正統文人每視為卑下，故稱之為傳奇，以別於正統派的韓、柳古文。

傳奇產生的時代

自三國以迄南北朝的三百餘年，一直是分崩離析的混亂局面。但是，漢、胡民族血統的大合流與外國學術思想、文化藝術的大量輸入，無論在精神或物質上都開啟了一種新的生命與新的變化。隋文帝在政治上結束了南北分裂的政權，在文化上承受了新興民族的基礎，加以久亂思治的人心，本是大有可為的。可惜「煬帝即位，大縱奢靡，加以東西行幸，輿駕不息，征討西夷，兵事屢動……數年之間，公私罄絕，財力既殫，國遂亡矣。」

唐繼隋祚，經貞觀至開元的百年休養，療補了煬帝時代的瘡夷，疆埸被乎四垂，威烈震鑠中外，府庫殷實、生活富足，遂成就了中國文化建設的空前鼎盛時期。儒釋道三教的流布，形成思想界極度的自由；交通的頻繁，促進了文化的交流，這種深具創造精神與少壯力量的民族特色，再加上外族文化的激盪，文學上遂現出多彩的生命與情調。

傳奇形成的原因

傳奇既植根於這樣一片富饒的土地，其成長壯碩自屬必然。但是除了時代背景的滋養外，其他歷史文學又提供了怎樣的推動力呢？可分以下三方面來談：

一、唐代修史制度與史學

基本上，我國史書俱為私修，孔子因魯史成《春秋》，即為私人修史之證。私人修史可保持超然立場，不受朝廷羈絆，較可暢所欲言，但私人修史也因此常明寓褒貶，效孔子之筆削。章學誠有云：「後人泥於發憤之說，遂謂百三十篇皆為怨誹所激發，王允亦斥其言為『謗書』，於是後世論文，以史遷為譏謗之能事，以微文為史職之大權，或從羨慕而仿效為之，是直以亂臣賊子之居心，而妄附《春秋》之筆削，不亦悖乎？」（《文史通義．內篇．史德》），因此，隋文帝統一天下，即於開皇十三年下詔明令「民間有撰集國史，臧否人物者，皆令禁絕。」而結束了六朝私修史書的風氣。

唐代修史風氣特盛，亦仿隋代官撰。但正史之外，民間仍多私人撰作史書者，依《舊唐書》所載，如王勃《元經》、劉允濟《魯後春秋》、張昌齡《古文紀年新傳》……皆是。唐代官修史書計有《梁書》、《陳書》、《北齊書》、《周書》、《隋書》、《北史》、《南史》等，另外，官修當代國史及起居注、實錄等的撰作亦多，皆可見唐代修史風氣之熱烈。

史既官修，修史人材之培養，遂為必要之舉，科舉擢拔人才，亦特重史才。宋趙彥衛《雲麓漫鈔》卷八云：「唐世舉人，先藉當世顯人，以姓名達之主司，然後以所業投獻，踰數日又投，謂之『溫卷』。如《幽怪錄》、《傳奇》等皆是也。蓋此等文備眾體，可以見史才、詩筆、議論，至進士則多以詩為贄，今有唐詩數百卷，行於世是也。」所謂「溫卷」，即是先給考官一種印象，在文壇上造成輿論。士子所以以傳奇投卷，乃是因為它「俚奇比異」，可以抓住主司的興趣，且這種文體短小精悍，最能見出作者的史才、詩筆及議論。一般士子為投合主司的喜好，往往在題材內容、敷辭設思上競相出奇制勝，傳奇之得與詩律同稱一代之奇者，溫卷的刺激實為重要因素。

二、古文家與史學

修史風氣的熱烈，一方面間接的刺激傳奇的興起，另一方面也直接的推動唐代古文運動。當時國史家如魏徵（撰《隋書》）、李百藥（撰《北齊書》）、姚思廉（撰《梁書》、《陳書》）、令狐德棻（撰《周書》）、李延壽（撰《南史》、《北史》）等都基於前代興衰來檢討文學的風氣，而藉〈文苑傳〉的園地來糾正六朝華靡的文風，重建實用的文學理論，由此深植了文學改革的基石。史學家既然主張宗經徵聖的實用文學理論，文體自然就趨向樸質的散文而摒棄華麗的駢文，予古文運動以無形的支持。

另一方面，古文運動的勃興也同樣刺激史學的發展，因為用散文修史自然要比駢文方便得多，而且古文家既亦重視文學的實用性，遂多參與修史工作。在古文運動中領袖群倫的韓愈早年曾云：「求國家之遺事，考賢人哲士之終始，作唐之一經，垂之於無窮，誅姦諛於既死，發潛德之幽光。」（〈答崔立之書〉），顯然可見他頗想在史學上一展長才。

至於後來何以又有「夫為史者不有人禍，則有天刑，豈可不畏懼而輕為之哉？……且傳聞不同，善惡隨人所見，甚者附黨，憎愛不同，巧造言語，鑿空構立，善惡事跡，於今何所承受取信，而可草草作傳記，令傳受後世乎？」（〈答劉秀才論史書〉）這樣前後矛盾的言論？據《舊唐書．韓愈傳》的記載來推斷，可能是因為他撰《順宗實錄》「繁簡失當，敘事拙於取捨，頗為當代所非」，致使他心灰意冷，不再著意於史事，而轉向於碑誌家傳的寫作吧！雖然如此，古文家之參與修史者仍多，可知有唐一代之古文運動實為修史制度下的產物。

三、小說家與史學

失意的文人在史學發展上遭受挫折後，如蔡邕、韓愈等即轉向於碑誌的寫作。但碑誌之作，因受人重託，未免溢美過當，失去歷史家求真的精神。劉禹錫〈祭韓昌黎文〉有「一字之價，輦金如山」，一方面固然說明當時碑誌潤筆之厚，一方面亦惜其文才之高而為此下事。因此，儘管它可以「輦金如山」，一些清貧文人仍寧死不為。《新唐書．韋貫之傳》云：「裴均子持萬縑請撰先銘，答曰：『吾寧餓死，豈能為是哉？』生平未嘗通饋遺，故家無羨財。」另外，宋趙德麟《侯鯖錄》也有類似的記載：「唐王仲舒為郎中，與馬逢友善，每責逢曰：『貧不可堪，何不尋碑誌相救？』逢笑曰：『適見人家走馬呼醫，立可待也。』」言下之意對撰作碑誌表示了極度的不屑。文人既不屑為此，遂轉向可以「寄寓筆端」的傳奇寫作上，這些作者大都頗具史才，有些甚至曾參與國史館的修史工作，如：

（一）王度：名王凝，絳州龍門人，為文中子王通之弟、東皋子王績之兄。作《古鏡記》。《新唐書》卷一九六〈隱逸傳〉：「兄凝為隋著作郎，撰《隋書》未成，死。績續餘功，亦不能成。」王度既以著作郎詔修隋史，必長於史才。

（二）沈既濟：蘇州吳人，著有《枕中記》、《任氏傳》，並傳於世。《舊唐書．沈傳師傳》：「父既濟，博通群籍，史筆尤工，吏部侍郎楊炎見而稱之，建中初，炎為宰相，薦既濟才堪史任，召拜左拾遺，史館修撰。」楊炎既以良史之才薦之，其史學修養可見。

（三）陳鴻：字大亮，里居不詳。以《東城老父傳》、《長恨歌傳》聞名。《唐文粹》卷九十五載有他的《大統紀．序》云：「臣少學乎史氏，志在編年，貞元丁酉歲，登太常第，始閉居遂志，乃修《大紀》三十卷。七年書就，故絕筆於元和六年辛卯。」可知他亦以修史為宿願。

此外，尚有《遊仙窟》作者張鷟；《古嶽瀆經》、《南柯太守傳》、《謝小娥傳》、《廬江馮媼傳》作者李公佐；《李娃傳》、《三夢記》作者白行簡；《周秦行紀》作者韋瓘；《湘中怨解》、《異夢錄》、《秦夢記》、《馮燕傳》作者沈亞之；《柳氏傳》作者許堯佐；《玄怪錄》作者牛僧孺及《楊娼傳》作者房千里等都是進士出身。前面說過，因官修史書之故，舉進士特重史才，這些人既是進士出身，史學修養一定不差。他們所以不以史才揚名而以傳奇著稱，想必因為史館中人才濟濟，比較不易出類拔萃吧！

由以上之探討可知，唐傳奇與古文運動都以史學為其相同的淵源而交互影響。古文運動予小說藉以託身的文體，而傳奇文的載道，亦為古文運動作了有形的驗證。韓愈作《毛穎傳》，唐李肇〈國史補〉以為：「沈既濟撰《枕中記》，莊生寓言之類，韓愈撰《毛穎傳》，其文尤高，不下史遷，二篇真良史才也。」以《毛穎傳》與太史公《史記》等量齊觀，可見傳奇文與史學關係之密切，實在不僅是古文運動的附庸，而與古文運動同為修史制度下的兩大產物。

除上述史學與古文運動的交互影響外，傳奇興起的原因尚有：

一、佛道二教的發達

唐代是佛道二教的黃金時代。韓愈力排佛老，終致被貶潮州，尤為佛教勢力得勝的最有力證明。另外，唐代的國姓是李，和老子為本家，於是高宗竭力推崇老莊思想，列《道德經》與《莊子》為士子必讀之書，而使道教和道家思想盛極一時，於是道士成為社會上的特殊階級。佛教的因果循環之說和道教種種神通故事，便雜糅而形成唐傳奇裡的神怪故事。

其次，從唐傳奇的結構布局也可見佛教文學的啟發。佛經體裁的特點如散、韻合體，以及韻文歌唱部分乃重複散文敘述部分等，都可以在唐傳奇中找到模擬的痕跡。如散韻合體的《鶯鶯傳》，及《長恨傳》之解說《長恨歌》等，都是佛教小說流行下的產物。

在思想及想像力的解放方面，佛教文學也是功不可沒的。中國原是個講究實際的民族，佛教文學的東傳，無形中帶來了印度民族的想像力。如《長恨歌傳》中的「天上人間會相見」，便是佛教思想雜合道教的神仙說法，在想像方面，給小說開拓了一個無垠的境界。

二、藩鎮的專橫跋扈

唐代因府兵制度的崩潰，外族的入侵、原有土地法的破壞等原因，造成藩鎮制度的成立。自安史之亂後，武將擅兵、藩鎮跋扈，為害地方。這些人大多屬非知識階級，只知奪人財貨，劫人妻女，有時為了私人恩怨，甚至各蓄死士以從事暗殺勾當。人民在這些武力的脅迫下，便企求除暴安良的義俠出現，這種的嚮往，無形中便反映到傳奇作品裡，刺激了俠義類傳奇的產生。

三、女性的解放

在唐代之前，女性非但在政治上、社會上毫無地位，即使在法律上也無法和男性達到平等。唐代文學作品中，為婦女發出不平之鳴的，並不少見。詩人張籍、白居易都在詩篇中為婦女要求生活的權利，可見不滿傳統、爭取婦女權利的醒覺，在唐代是相當普遍的。

唐代社會承襲魏晉六朝儒家衰落、禮教式微之勢，再加上皇家染有胡習的影響，貞節觀念相當淡薄，尤其自從武媚娘在唐代一躍而為「則天皇后」，再躍為「大周金輪皇帝」，女性便在一夜之間抬頭了。

武則天為帝時，盡效男性所為，以男性為嬪妃後，不獨打破了專責女子守貞而允許男性放蕩的舊觀念，女性的行動也由此得了自由。加之社會推重才女，女子脫離家庭束縛而為女道士之風鼎盛；妓女制度的公開成立，使得唐代女子在情感的表現上，較諸傳統的女性是坦率大膽得多了。由步飛煙的偷情、紅拂的夜奔、紅綃的逃亡，可見她們不但已有了「愛情自由」的意識，而且更勇敢地付諸行動。在這樣一個開放的環境裡，自然造就了許多可歌可泣的戀愛故事，而為唐代傳奇平添了無限的光彩。

其他如六朝志怪筆記的啟導、貴族文學的衰落、商賈的抬頭等因素，在在影響了唐代傳奇的產生，也是不可忽視的。

傳奇的特色

唐傳奇的特色可分作意與作法二方面：

一、作意方面：

漢魏六朝的志異作品都是「街談巷語，道聽塗說之所造也」，作者僅用記述的筆調，簡樸地寫神鬼或人間的故事，並不是作者有意造奇，所以篇幅短而內容凌亂。唐傳奇則不然，由於文體的解放與社會的需要，文人已開始加入自己的思想與感情。

明胡應麟《少室山房筆叢》三十六中說：「凡變異之談，盛於六朝，然多是傳錄舛訛，未必盡幻設語。至唐人，乃作意好奇，假小說以寄筆端。」

周樹人《中國小說史略》亦云：「傳奇者流，源蓋出於志怪，然施之藻繪，擴其波瀾，故所成就乃特異，其間雖亦託諷喻以紓牢愁，談禍福以寓懲勸，而大歸究在文采與意想，與昔之傳鬼神、明因果而外無他意者，甚異其趣矣。」故就作意而言，唐小說並不純粹以給予人們消遣為目的，而是藉六朝鬼神志怪的題材來反應現實社會。因此，作者寫作之前，必先有其著作動機，或志在規誨，或意取窒慾，甚至借事諷刺，總不外導人棄惡向善，已與六朝純粹鬼神傳說不同。

二、作法方面：

作法方面又可分題材、內容、描寫技巧、形式、精神五方面言之：

㈠題材：「中國小說的內容，很多是因襲前人的故事，逐漸放大，形式可以不同，題材則相祖述。」（蔣祖怡《小說纂要》）唐傳奇亦有祖述前代題材的作品，如沈既濟的《枕中記》即係擴大干寶《搜神記》中焦湖廟祝枕頭的故事。但是，因為傳奇內容已從志異走向現實生活，取材的範圍自然擴大，大約有以下幾種：

1.以佛道思想為題材：唐代佛道二教盛行，君主亦極力推崇，上有所好下必有甚焉者，於是蔚然成風，傳奇亦盡量由其中取材。有些甚至把印度故事，改裝為中國小說，如《杜子春》即取材自《大唐西域記》中「烈士池」一段。這類小說大多以虛幻的象徵來描寫富貴功名及人生的幻滅，給當代沉迷於利祿者以強烈的諷刺，這類題材的小說有《枕中記》、《南柯太守傳》、《杜子春》、《李章武》等。

2.以才子佳人的離合與妓女秀才的認識為題材：進士為唐代社會之新興階級，他們雖博學多才，卻多半出身貧寒，缺乏政治背景，遂藉娼妓以結交權貴。於是風流才子與多情妓女常引起感情的糾葛，而演出許多可歌可泣的故事。這類題材的小說有《李娃傳》、《霍小玉傳》、《鶯鶯傳》等。

3.以俠士義烈行為為題材：唐中葉以後，藩鎮各據一方，私蓄遊俠之士以仇殺異己，人們不堪其苦，心理上的嚮往義俠出現及豪俠行為的事實表現，很自然的反映到作品上去。屬於這類題材的作品有《虯髯客傳》、《崑崙奴傳》、《無雙傳》、《謝小娥傳》、《聶隱娘傳》、《紅線傳》、《柳氏傳》等。

4.以史料為題材：這類小說多半帶有濃厚的時代性與社會性，取材自史料，再加以編排鋪設，與正史不同，與志怪、言情之作亦異。此類作品有《高力士外傳》、《安祿山事跡》、《長恨歌傳》、《東城老父傳》、《老林甫外傳》等。

(二)內容：六朝志異的內容多數以崩潰中的農村生活為出發點，人物亦以鄉民居多。傳奇則多數以都市為背景，人物則多小市民，它所表現的是一般小市民階層的慾望與掙扎，這種內容上的改變，主要是因為商業的發展。

(三)描寫技巧：情節曲折、描寫細膩為其寫作技巧上的兩大特色。一般說來，小說作者對結構的要求乃在如何把握題材、循序展開，使情節更逼真，使人物更活躍，以吸引讀者的注意。傳奇作者的成就，即在於描寫上的成功。他們使用最經濟的文學手段，作人生片段的描寫，布局完整、剪裁得法，深得短篇小說結構之旨，無論記事、狀物、抒情，都特別注重渲染與具體的形容。尤其在人物性格的顯現上，很能掌握住劇中人的神態與情緒，無怪乎宋人洪邁評唐人小說時要說：「小小事情，悽惋欲絕，洵有神遇，而不自知者，與詩律同稱一代之奇。」了。

（四）形式：漢魏六朝的小說多半是零碎的殘叢小語，唐代傳奇則頗事鋪敘。魯迅《中國小說史略》云：「小說亦如詩，至唐代而一變，雖尚不離於搜奇記遺，然敘述宛轉，文辭華豔，與六朝之粗陳梗概者較，演進之跡甚明。」因此，自晉而唐，小說在形式上的最大轉變便是由敘述的短篇進而為描寫的長篇。其次，唐傳奇的寫作雖多以散文，但有時作者欲藉小說以逞其才華，因之常混雜以駢儷，如《鶯鶯傳》中的詩和書札，《遊仙窟》中的賦詩。除此之外，文章最後的議論文字，也是唐傳奇的特色，這種議論文字可能是受「變文」的影響，並配合「溫卷」的需要。

（五）精神：唐代士大夫所處的社會，不若兩漢受經學的束縛，思想較自由開放，浪漫主義思潮極度的發達；但是唐人重利祿、功名，表現於傳奇之中亦顯得庸俗，格調不高。

唐代小說家藉著生花妙筆，揮就了許多照耀古今的文學作品，它不僅代表唐代散文的浪漫主義思潮，而且充分反映了當代商業社會的形形色色，並融合外來文化，建立了寫實文學的基礎。一方面提高了小說創作藝術，一方面充實了小說的現實內容，造就它藝術價值的永恆不朽；尤其是他們所織造的許多曲折動人的故事，更成為宋代話本、元明戲曲及清代章回小說所取之不盡的寶藏，誠為我國文學史上最富傳奇性的一章。

古鏡記

王度

五月，天氣是大雨前的燥熱。夜幕低垂。王度在書房裡揮汗看書。自罷官歸來，他謝絕了所有的應酬，每日讀書自娛，倒也悠遊自在。這晚，他早早吃過飯，便一頭埋進書堆裡。只是不知怎的，心緒十分不寧，念書將近一個時辰，竟然一無所獲。他站起身，正想到院子裡透透氣，卻看到侯先生的家僮氣喘吁吁地一逕闖了進來，驚慌地說：

「不好了！不好了！我們家老爺眼看著就要不行了！快！快！他叫我來找您去哪！」

王度飛快地戴上帽子，便跟著侯生的家僮一路奔去。

當他趕到的時候，侯先生已奄奄一息了。王度手足無措地走近他。侯先生徐徐地張開雙眼，吃力地從懷裡掏出一面鏡子遞給他，說：

「你總算來了！這面鏡子極為寶貴，據說是當年黃帝打造的十五面鏡子中的第八面，是個鎮邪的寶物，帶在身邊，一切的妖邪壞事都近不了身。現在，我已經不行了，打算把它送給你，你好生保管著吧！」

王度受寵若驚地接過鏡子，眼看著自己常以師禮侍奉的侯先生正逐漸接近死神，不禁淚下如雨。過了兩天，侯先生終於過世了，王度也傷心地帶著寶鏡離開河東。

六月，王度從河東回長安去，路經長樂坡。天色已晚，趕路不方便，便就近寄宿在朋友程雄家裡。當時，程雄家正好新近寄留了一個婢女，長得既端莊又美麗，名字叫鸚鵡。王度住了一晚，第二天清早，準備離開，繼續上路。整理衣冠後，偶然拿出寶鏡來照了一照，偏巧被鸚鵡遠遠地撞見，她突然雙膝下跪，叩頭不止，向王度苦苦哀求說：

「我再也不敢了！」

王度不知其中緣故，平白受此跪拜，便找程雄打聽究竟。程雄也不知道緣故，只說：

「約莫兩個月以前，有一個陌生人帶著這個丫環從東邊來。那時，她病得不輕，這個陌生人唯恐她不堪旅途勞累，就把她留下來，託我照顧，並說等他回來時再帶她走。可是，那個陌生人卻一直沒有再來過，我也不知道這個丫環到底是什麼來路。」

王度再三揣測，懷疑鸚鵡是個妖怪，便拿著寶鏡，趁她不注意時，對著她當頭照了過去。鸚鵡猝不及防，驚惶失措地喊道：

「饒命啊！饒命！我馬上變回原形就是了。」

王度收回了鏡子，說：

「妳先說明來歷，然後再變回原形，我就饒妳一命。」

鸚鵡流著淚說：

「我本來是華山山神廟前那株大松樹下的千年老狐狸，因為常在山中擾亂進山的人，所以山神大為震怒，下令抓我治死罪。我不得已只好逃到河渭的下邽，那地方有個陳姓人家，主人陳思恭看我孤身女子可憐，便收我做義女。陳夫人鄭氏待我猶如掌上明珠，我在那兒過了一段非常快活的日子。義父看我年紀也不小了，便把我嫁給同鄉的一個年輕人柴華。柴華為人拘謹刻板，我一直和他處不來，覺得沒趣極了，便找個機會逃了出來。經過韓城縣時，不幸被一個無賴漢李無傲抓住。這人很不講理，是個大老粗，脅迫我跟著他到處玩樂，就這樣過了好幾年。前些日子，我隨著他到這兒，他不知怎的把我寄留於此，沒想到卻碰上您這面寶鏡，以致於無所逃於天地之間。」

王度聽說之後，大為好奇，便問：

「妳本來是老狐狸，變為人形，和人一起過日子，難道妳不加害於人嗎？」

「狐狸變成人形，和人一起生活，本來是沒有什麼壞處，因為我們並不會害人。但是，狐狸變人，為神所不容，這種不安分的行徑，被抓到了，只有死路一條。」

王度同情地問：

「如果我願意放妳走，行嗎？」

鸚鵡又感激、又傷感地說：

「您這樣好心地對待我，我實在非常感激。可是，您那面天鏡已經照到我身上，我怎麼樣也脫不過這場劫難了。只是，我變作人形已久，實在不願意再看到自己的原形。希望您趕緊把鏡子收到盒子裡去，不要再繼續照我，好讓我在死前好好地大醉一場，我就心滿意足了。」

王度機警地防備著說：

「我把鏡子收到盒子裡，妳豈不是要趁機溜掉了嗎？」

鸚鵡噗哧笑了出來，說：

「您剛才不是還好意要讓我走嗎？怎麼現在又緊張起來了。您把鏡子收起來讓我走，豈不正是把好事做到底。但我剛才已經說過了，被您的寶鏡照過後，注定是逃不了了，只希望能讓我多活幾個時辰，以盡一生的歡樂便夠了！」

於是，王度馬上收拾了寶鏡。又特地為鸚鵡開了幾桌酒席，把程雄家裡的人和鄰里都請來，一起參加宴會，快活一番。才一會兒功夫，鸚鵡便已酩酊大醉。她整了整衣冠，乘興跳起舞來，並一面唱著：

「寶鏡！寶鏡！可憐要了我的命，自我變了人形，迄今跟了人家好幾姓。活著固然快樂，死了也不必哀傷。何必眷戀不去，留在這個地方？」

唱完，對著王度再三拜謝，眾目睽睽之下，登時化作老狐狸而死，一座的人都大驚失色。

隋煬帝大業八年，四月一日，碰上日全蝕。王度當時正在京城作官。白天閒著沒事，躺在辦公廳旁的小屋子裡休息。只覺太陽逐漸由紗窗裡隱退，一時之間，竟然天地都昏暗起來。他的屬下進來告訴他，日蝕已經很厲害了。王度突然想起他的寶鏡：

「在日蝕時，寶鏡是不是獨放異彩呢？」

他急忙穿好衣服，匆匆忙忙帶著鏡子，走到室外去。打開盒子一看，鏡子也暗淡無光。他心想：

「寶鏡大概是配合著天地陰陽之妙製作的，要不然，怎麼太陽無光時，鏡子也昏昏暗暗的呢？」

私下歎怪不已，他就坐在院子裡等著寶鏡的變化。一會兒，天慢慢亮起來，太陽又普照大地，日蝕過了，鏡子居然又明亮一如往昔。從此以後，王度發覺，只要是日月蝕，鏡子都像是掩上了一層灰似的，毫無光彩。

這年的中秋節，王度的朋友薛俠偶然得到一把銅鑄的劍，長約四尺，劍柄上雕著龍鳳盤伏的形狀，左邊的花紋像火燄，右邊則像水波。光彩奪目，一看就知道不是尋常的東西。薛俠得到這把寶劍，心裡很高興，就帶著去拜訪王度，並對王度說：

「這把劍我試了好幾次，只要每個月十五日，天氣清朗時，把它放到暗室裡，它便自然發光，而且可以照得好幾丈遠。我知道您很喜歡些稀奇古怪的東西，今晚正好是十五月明之夜，我們就來試試看怎麼樣？」

王度看到寶劍，極為高興。正好那晚也是天清地朗，他們躲到一個不透一點光線的密室裡，王度也把寶鏡拿出來，放到旁邊的椅子上。才一會兒工夫，鏡子就發出閃閃的光芒，把整個房間照得好像白晝一樣，銅劍在鏡子旁橫著，一點光彩也沒有。薛俠大為驚奇，說：

「請您先把鏡子放到盒子裡，看看怎麼樣！」

王度依言收起鏡子，這下子，銅劍才慢慢顯出一些光彩，但是，也不過一二尺長而已。薛俠見到這情形，撫著劍歎息說：

「即使是天下神物，也有高下相伏的道理。」

從此以後，每逢月圓時候，王度便把鏡子放在暗室裡，光芒可以照至數丈之遙。可是，要是房子中透進一點月光，那麼，鏡子就失去了光彩，這難道是因為日月之光不是人間之物所能相比的嗎？

這年冬天，王度兼著作郎，奉詔撰修國史。當他寫到北周時，想為蘇綽寫篇傳記。王度家裡正好有個七十歲的老僕叫豹生，原本是蘇綽的部下，曾念過不少史書，也稍微能寫點兒文章，看到王度在寫〈蘇綽傳〉，不覺悲從中來，無限感傷。王度問他什麼緣故，他說：

「我本來是蘇綽的部下，一向受他的照顧，現在看到他的話應驗了，想到我的老主人，不免感傷起來。現在你所持有的那面寶鏡，是蘇先生的一個河南朋友苗季子送給他的。蘇先生一直很喜歡它。在他臨死的那一年，他常覺得悶悶不樂。有一回，他把苗季子找來，對他說：『我自己算一算，大概再活不了多久了，就是不知道這面鏡子以後會落入什麼人手裡，現在，我想卜個卦，就請您在一旁看看吧！』便回頭叫我把蓍草給他，兀自卜將起來。卜完後，蘇先生解說道：『我死後十幾年，我家就會失掉這面鏡子，下落不明。不過，凡是天地間的神物，一動一靜多多少少都有些徵候。現今河洛之間，往往有寶氣，正和我的卦兆相符，也許這面鏡子就會到那兒去吧！』苗季子問道：『是不是還是被人拿去呢？』蘇先生又把卦仔細推敲一番，說：『先到侯姓人家，後入王氏手裡，王氏之後，就沒法子知道了。』」

豹生說著，又哭了起來。王度找到蘇綽的後人，果然證實蘇家以前確實有過這麼一面鏡子，蘇綽死後，就不知道掉到什麼地方去了，豹生說的，一點也不假。所以王度便在

〈蘇綽傳〉後，附載這件事，說明蘇綽之善長卜筮，居然能預知未來的事。

第二年，正月一日一早，有個胡僧到王度家化緣。王度的弟弟王勣（ㄐㄧ jī）覺得這個和尚神采不俗，於是，邀請他到客廳裡，為他準備些吃的東西，便東拉西扯地和他聊了許久。這和尚突然問王勣說：

「您家裡似乎有一面絕世寶鏡，可不可以拿出來借我看一看？」

王勣嚇了一跳，就問：

「大師怎麼知道我家有面寶鏡？」

和尚解釋說：

「我曾經學過一些秘術，對寶氣相當了解。您家屋頂上經常有一道青光和太陽相接；一道紅光和月亮相連，這就是寶鏡之氣。我注意這青、紅兩道光已有兩年之久，特別選擇今天這個好日子，想借來瞧一瞧，不知您可答應？」

王勣爽快地把鏡子拿出來。和尚高興極了，慌忙跪下，恭敬地接過來，仔細看了一下。對王勣說：

「這個鏡子有好幾種靈異之相，但是，一直都還沒有顯現過。只要用金膏塗在上頭，再用珠粉擦一擦，拿起來對著太陽照，那反射的光影可以照透牆壁。」

接著，又嘆息著說：

「另有一種方法，可以照見人的五臟內腑，只可惜沒有藥物可以試一試。反正，這鏡子只要用金煙去燻它，用玉水去洗它，再用金膏珠粉去擦拭它，就算是把它埋在泥土裡，也不會使它晦暗不明，可以長保鏡光明亮。」

於是，胡僧便留下金煙玉水，飄然遠去。王勣照著他說的方法去試驗，果然每回必靈，從未失敗過。只是，這胡僧再也沒出現過。

大業九年秋天，王度做芮城縣令。縣令辦公廳前有一棵大棗樹；樹圍好幾丈，是株百年老樹。過去凡是到芮城來做縣令的，都得恭恭敬敬來拜謁，否則馬上就有災禍降臨。王度剛到，就有人勸他趕快去拜見，王度深不以為然，他斷然拒絕了，並說：

「即使有妖怪，也是人助長他的氣燄。類似這種沒道理的拜拜，早就該剷除了，我是絕對不去的。」

過去的老官吏們都曾深受其害，聽王度這麼說，嚇了一跳，紛紛來要求王度無論如何一定得去拜一回。因為他們苦苦哀求，王度不得已，只好勉強去拜了一次。可是心裡頭總是不自在得很，他認為樹裡如果有什麼妖怪，理當把他除掉，一味的拜拜，只有助長他的氣燄。於是，他偷偷地把寶鏡掛在樹上。

當晚三更時分，只聽到廳前一陣雷鳴，王度爬起來看個究竟，發現環繞著大樹四周，電光閃閃，雷雨交加，忽上忽下。到了天亮，看見一條大蛇全身受了好幾處傷，死在樹上。頭是綠色的，頭上有白色的角，尾巴是紅色的，還有紫色的身子，額頭上還有個王字，看起來好不雄偉。妖怪已死，王度便把鏡子收回，派人把蛇抬到縣城門外，用火把它燒了。

另外，又找人把樹從中剖開，發現樹心有個洞，越接近地面，洞便越大，而且有大蛇纏繞盤踞的痕跡，王度又下令把樹燒了，從此，妖怪終於絕跡。

這年冬天，王度又被調派到河北去開糧倉，賑濟災民。原來當地正鬧大飢荒，老百姓因為飢餓，抵抗力弱，疾疫遂大為流行。蒲陝之間，尤其厲害。有一個王度手下的小官叫張龍駒的，一家幾十口人，都染上流行病，情況十分危急。王度很同情他們，便帶著寶鏡到張家去，叫張龍駒天黑時拿著寶鏡對準家人一個個照過去。每一個病人被鏡子一照，都嚇得跳起來，說：

「龍駒怎麼拿著月亮來照我？冷得像冰塊敷在身上一樣，直透進內臟裡。」

照完之後，高燒馬上降下，到晚上，病全都好了。

王度心想：

「這倒好！寶鏡的用處還真不小！既然對鏡子沒什麼妨害，又能救大家的命，何不多行些好事！」

於是，帶著寶鏡到處去巡視生病的老百姓。夜裡回到家就寢時，寶鏡居然在盒子裡響了起來，聲音清遠嘹亮，久久才停止。王度心裡覺得好詫異，不知到底為什麼？

第二天一早，張龍駒匆匆忙忙跑來說：

「我昨天晚上作夢，夢見一個龍頭蛇身的人，戴著紅帽子，穿著紫衣服，神色凝重地告訴我：『我是那面寶鏡的精靈，名叫紫珍。前些日子，曾救了你們一家的性命，所以，現在有件事想請你幫忙。你替我向王先生賠個罪，就說老百姓有罪，老天特地降了這場疾疫來對他們略事懲罰。現在王先生拿我來救老百姓的病，無異於讓我逆天行事。其實，再過個把月，這些人的病都會慢慢好起來的，請王先生不要再為難我吧！』」

王度想起昨夜鏡子突然格格作響，又聽張龍駒這番話，對寶鏡的靈性驚怪不已，便不再拿它去救人。過了幾個月後，果然如寶鏡所言，老百姓的病都逐漸好起來了。

又過了一年，王勣從六合辭官，回到老家。王度以為兄弟倆可以好好聚些日子，不料王勣居然說：

「哥哥，我想趁現在無事一身輕的時候，好好的把剩下的歲月，都用來遊山玩水。你覺得怎麼樣？」

王度聽說弟弟又要離開，心裡捨不得，便回說：

「現在天下亂得很，社會不安定，盜賊橫行，你要到哪裡去？我們兄弟倆從來沒有遠離過，看你的樣子，似乎此去是不再回來了。從前尚子平去遊五嶽，最後竟不知所終。如果你也像他一樣，一去不回，我怎麼受得了呢？」

說完，愈想愈傷心，竟哭了起來。王勣心裡雖也難受，但他一向灑脫，不慣羈絆，便婉言說明道：

「我已經決定這樣做，再留也沒用了。哥哥您是明理的人，應該會體念我的心意。孔老夫子曾說：『匹夫不可奪志也！』我相信您不會讓我為難吧！何況人生苦短，一眨眼就要過去，高興時便去快活一番，碰到不如意的事，就好好哭一場，愛怎麼樣，便怎麼樣，前人勸我們要安遂其欲，不正是這個意思嗎？」

王度看弟弟語氣這樣堅定，料想是留不住了，只好忍痛和他話別。

王勣臨走前，向哥哥說：

「有件事請哥哥答應。我這一去，將走很遠的路途，爬山涉水，可能會碰到許多危險，您的寶鏡，非比尋常，也許可以幫我解決一些問題，您是不是可以把它送給我呢？」

王度毫不遲疑地答應著：

「對你，我有什麼好吝惜的？」便馬上把鏡子拿來交給王勣。王勣接過寶鏡，提著行李就走，也沒說到哪裡去，只留下王度在那兒遙遙目送。

王勣離家之後，想先去嵩山少室。半路上，天已經黑了，剛好發現路旁山崖下有個洞穴，便走了進去，裡頭有個小石房子，大約容得下三五人。王勣實在走不動了，打算在那兒過夜。這晚，約二更前後，忽然有兩個人走進洞裡。一個長得像胡人，鬚眉盡白，身材瘦長，叫山公；一個面孔寬寬大大的，白鬍子，眉毛很長，長得又黑又矮，叫毛生。看到王勣，便責問說：

「你是什麼人，怎麼到這個洞裡來？」

王勣客氣地回答：

「是尋幽、探穴、訪奇的人。」

山公、毛公二人便坐下來和王勣聊天。談了很久，二人往往有一些奇異的見解，王勣仔細觀察之後，懷疑這兩人是精怪。就趁著他們正高談闊論，不注意時，把手伸進後面的盒子裡，把寶鏡取出來。這二人一見到鏡光，頓時趴在地上，說不出話來。較矮的那個變成一隻烏龜，像胡人的那個，則變為一隻猿猴。王勣不敢大意，一直把鏡子掛到天亮，看一看，兩個妖怪都死了，烏龜身上還長了綠毛，猿猴則一身白毛。

嵩山過後，經過箕山、穎水、太和，一路到達玉井。玉井有個水池，水色深綠。王勣便問一個路過的樵夫說：

「這個水，怎麼顏色這麼深，看起來怪怪的。」

樵夫放下擔子，誇張地回答：

「這是個靈池。我們村子裡，每年都得按期祭祀它，求它保佑降福。如果偶然疏忽懈怠，池水馬上變出一朵朵黑雲，然後化成冰雹，打壞了農作物和房子，實在怪嚇人的。」

王勣心想，大概又是什麼妖怪在作祟，就拿出寶鏡，對著池子照起來。這一照可真驚天動地，只見池水沸騰，發出震耳的聲音。忽然間，整池的水全飛出池外，一滴不剩，直飛出有二百步左右的距離才落下來。結果，發現一條約一丈多長的魚，身子比人的臂膀還要粗，紅色的頭，額際是白的，身體則青一段、黃一段。全身上下沒有一點魚鱗，只見口吐龍涎。形狀有點像蛇，嘴也是尖的，只是角卻像是龍。它不斷地在地上扭動著，散發一閃一閃的光澤。平地上沒有多少水，所以游不動，跑不遠。

王勣察看後，說：

「這叫蛟，屬於龍的一種，在水裡作威作福，但是，一離開水，就沒什麼能耐了。」

他拔出刀來，一刀砍去，便煮了來吃，味道十分鮮美。

離開玉井，來到了汴這個地方。這兒有戶張姓人家，主人叫張琦。張琦有個女兒，不知道生的是什麼病。每次一到半夜，就在房子裡呻吟起來，狀至哀痛，大家聽了，都很不忍心，王勣聽說這回事，便去問張琦。

張琦也不知道是怎麼一回事，只說：

「我女兒這個毛病已經好久了。白天裡好端端的，一到晚上就大呼小叫，經常如此。」

王勣說：

「我想今晚就在你們家借住一夜，看個究竟，也許可以幫你們解決問題，好不好？」

張琦當然求之不得，便安排王勣住到女兒隔壁房間。等到夜裡，果然又聽到張琦的女兒痛苦地呻吟起來。王勣連忙帶著寶鏡，到了窗外，對著屋裡照去，只聽到他女兒大叫一聲：

「戴冠郎被殺！」

大夥兒衝進去一看，床下躺著一隻死掉的大雄雞，原來是他家養了七八年的老公雞在作祟！

王勣一路飽覽名山勝水，聽說江南風光最宜人，便想到江南走走。正預備從廣陵坐船渡江，卻遇上黑雲密布、江水洶湧的壞天氣。船夫大驚失色，唯恐船隻覆沒，正踟躕間，王勣帶著寶鏡上船，說：

「不要著急！讓我來試試看！」便拿出鏡子對江中照去。

說也奇怪，經過這一照，江水驀地變得清澈無比，風停雲散，連洶湧的波濤也平靜下來。船夫大喜過望，連忙開船，很快地就到了對岸。

過江之後，王勣便上攝山麴芳嶺。這山十分艱險，極為難爬，王勣小心翼翼地往前走。有時碰到大群的鳥圍著人亂叫；有時碰到大熊蹲在路中央，王勣便用鏡子照他們，這些熊、鳥一看到鏡子，都嚇得四處亂竄。

過一陣子，他又坐船渡錢塘江，剛好碰上漲潮，濤聲怒吼，幾百里外都可以清清楚楚地聽到。船夫害怕得不得了，說：

「江水洶湧，依我看，現在是無法繼續南渡了。如果不趕緊回頭，恐怕我們都要葬身江底了。」

王勣已有一次經驗，所以輕鬆地對船上的人說：

「大家不用慌，看我的。」

他又拿出寶鏡來照，頃刻間，波濤都平靜下來，船四周的江水，都突然向外湧走約五十餘步，黿鼉都逃走了，船就這樣一帆風順地直走到南浦。回頭一看，卻看到船過之處依舊波濤洪湧，大家都為這怪異現象嚇得目瞪口呆。

過了江，又去天臺。他大膽地到每個山谷洞穴裡探察。夜晚，山路一片漆黑，他將鏡子懸在腰間，只見百步之內，夜明如晝，再小的東西也看得一清二楚，那些棲息在樹上的鳥都被嚇得到處亂飛。

到了會稽時，遇見一個叫許藏的道士。這人誇口說：

「我是旌陽七代孫，懂得走刀踏火的法術。」

那人和王勣大談妖怪，正談得興會淋漓時，突然想起一樁事，便對王勣說：

「豐城縣有位李敬慎先生，家裡的三個女兒，都生了莫名其妙的怪病，請了好多大夫都診斷不出什麼毛病。就連我這麼精於法術的人去了，也莫可奈何。」

王勣有個好友趙丹，很有才氣，那時正好任豐城縣尉。王勣聽許道士的話後，就到豐城縣來，一方面拜訪老朋友，一方面順便打探一下李家的事。趙丹看到王勣，高興得很，命人帶他到招待所休息。王勣卻說：

「可不可以讓我到李敬慎家住幾天？聽說他女兒得了怪病，我想去看看情形如何？」

於是趙丹便派人通知李敬慎，請他權充主人，好好招待王勣。

王勣一到，便迫不及待地打聽，李敬慎愁容滿面地說：

「我這三個女兒就住在正廳旁的閣子裡。每天一到傍晚時分，三人就開始打扮起來。天黑後，便回到屋子裡，把燈全關掉。我們曾經到房外偷聽，只聽到她們和男人說說笑笑的聲音，通宵達旦。一直到天濛濛亮時，才沉沉入睡。每天非得家人去喊，否則便不起床。飯也不吃，一天天消瘦下去。我實在十分擔心，便教她們不許打扮，卻一個個都鬧著要上吊、投井，我是一點辦法也沒有了。」

說著，又嘆氣不止。王勣聽了，對李敬慎說：

「你不要傷心，也許我有法子治她們的病，你先帶我到她們住的屋子去看看吧！」

屋子東邊有座窗子，王勣懷疑問題就出在這上頭，便利用白天時，鋸掉四條窗子欄杆，切掉其中一截，再另外用木條撐住，使它看起來和原來沒有兩樣。他之所以這樣做，為的是恐怕房門關得太牢，一時打不開，誤了事。所以打算從窗口行事。窗子改裝完畢，王勣便好整以暇地等候天黑。

當天傍晚，李敬慎緊張地跑來說：

「她們已經打扮好，進屋子去了。」

一更左右，王勣到了房門外，果然聽到夾房裡有男女嬉笑的聲音。於是，他便將支撐窗子的四根木條抽下，拿起寶鏡，就往屋子裡照去。三個女孩突然齊聲喊道：

「是誰殺了我的丈夫啊！」

黑夜裡什麼也看不見，王勣唯恐妖怪逃脫，就把寶鏡懸在窗上一整夜。直到天亮，大夥兒結伴走進去，才發現有三隻動物死在那兒。一隻是黃鼠狼，約一尺三四寸長，身上既沒有毛，也沒有牙齒；一隻是老鼠，也沒有毛和牙齒，長得又肥又大，少說有五斤重；另外一隻是守宮，有人的手掌那麼大，身上的五彩鱗甲，光彩奪目，頭上有兩隻大約半寸長的角，尾巴也有五寸多長。

從此以後，李敬慎這三個女兒便不藥而癒了。

後來，他又到廬山去尋找道士，約莫盤桓了有數月之久。有時住在森林中，有時住在草莽裡，虎豹豺狼，接尾連跡，只要王勣寶鏡一舉，莫不逃竄無蹤。

當地有個隱士叫蘇賓，是個很有見識的人，對《易經》頗有研究，能預知未來的事。

他對王勣說：

「天下神物，必定不會久留人間的。現在天下亂成這個樣子，已經不可能找到一個安身立命的地方。您的寶鏡還在身邊，足可以保護您，我看您還是趁這時候，讓寶鏡護著您回故鄉去吧！」

王勣想了想，覺得他的話不無道理，於是即刻北返，打算回鄉。

到了河北，一晚，突然夢見寶鏡告訴他：

「您哥哥對我很禮遇，可是，我馬上就得離開人間了。我想在走之前，和您哥哥道別一番，請您趕快帶著我回長安去吧！」

王勣在夢裡答應了寶鏡的要求。天亮後，王勣醒來，想起昨晚的事，愈想愈恍忽，不禁有些害怕起來，馬上啟程回長安。

回家後，見了王度，便把此行的經過詳細地向哥哥報告，並把夢中的事也說了一回，然後如釋重負般說：

「現在，我總算對寶鏡有個交代了。只是，恐怕這寶鏡連您也無法再保有了！」

果然！大業十三年七月十五日，鏡盒忽然有悠然的聲音傳出，聲音纖細清遠，聽起來好不淒涼。過了一會兒，聲音逐漸大起來，有如龍咆虎嘯，許久才停止。王度打開鏡盒子一看，鏡子已經不知到哪兒去了！

【評論】

《太平廣記》第二百三十卷中題本文作者為王度。據文中所載，作者有一位名叫王勣的弟弟。《唐書．隱逸傳》中有《王績傳》，王績即王勣。由文獻中得知王勣有兩位兄長，一名王通、一名王凝，並無王度其人。後人根據王績本傳和《古鏡記》中所言，推測王度就是王凝。王凝是絳州龍門人，生於開皇初年，大業中為御史，罷歸河東，後來又入長安為著作郎，奉詔修國史，其後又出兼芮城令，武德中卒。

本文敘述古鏡降妖的故事。這是唐傳奇中最早的一篇，也是保留六朝志怪傳統最多的一篇。儘管如此，它還是和六朝志怪小說有著顯著的不同，不但篇幅較長，文字也較華美，從本文可明晰的看出志怪到傳奇的進步跡象。因此我們可以說，《古鏡記》是繼承六朝志怪餘風的作品，為唐代傳奇小說神怪類的先河。

《古鏡記》的內容和性質既是具有承先啟後的作用，它的形式尤其是六朝小說與唐傳奇小說間的橋梁。在唐代之前的小說，向來是線條式的筆記體，一條一段，各不相屬，既無結構，也沒有組織，彷彿編年史一樣。

《古鏡記》一方面保留了極濃厚的六朝小說氣息，依著年月平鋪下去，由大業七年五月直到大業十三年七月，按著時間先後敘說古鏡的靈驗和神異；但另一方面，卻又反六朝小說排列法，不依年月各自為段地排列，而一氣相連。因此《古鏡記》在形式上有三個特點值得注意：

一、有一個中心表現及特定對象，就是古鏡的靈驗。作者集中精力於描寫這個對象，這是較六朝小說進步的地方。

二、《古鏡記》已脫離六朝小說各自為段的線條式排列法，而連接成首尾相符的整篇。

三、前面有一個小小的導引，介紹主角古鏡，給讀者明瞭時間與空間的背景，後面也有一小段說明古鏡的下落，給讀者一個交代。

所以，《古鏡記》無論在內容或形式上都盡了時代連絡的任務，在小說演進的跡象方面，也給了人們一個清晰的展示。

另外，從各種古代的記載看來，「鏡」本是民間迷信中認為可以衛身辟邪的神物，因此，鏡子便成為神話和迷信中的重要角色，並且被道教渲染成為一種具有極深意義、無邊能力的神物。《古鏡記》中的古鏡非但可以衛身辟邪，甚至還和世道治亂及人物盛衰互相反映。

古鏡的事蹟起於大業七年五月侯生死後，止於大業十三年七月十五日。這其間，作者不時暗示世道的混亂，最後古鏡不翼而飛，此時正是天下大亂，群雄割據之勢形成，隋代已面臨無可挽回的命運。中原群雄並起，鹿死誰手，尚不可知？作者嘆古鏡「莫知所之」，其意可知。由此我們可以推斷，作者寫作本文的動機，恐怕不僅僅是志怪，而是有意藉小說寓興亡盛衰的感慨吧！

補江總白猿傳

不著撰人

梁朝大同末年，平南將軍藺欽曾經被派往南方遠征，到達廣西桂林，滅了陳師古和陳徹。藺欽帳下有個將軍名叫歐陽紇（ㄏㄜˊ hé）的，另外又帶了軍隊，深入險阻，一直攻打到長樂坡，把叛亂的南夷都平定了。

歐陽紇的妻子長得纖細白皙，十分漂亮。當初，他帶著妻子一同駐紮在長樂，就曾經有位部屬警告過他說：

「您怎麼敢帶著這麼漂亮的太太到這兒來？這個地方有個怪物，最喜歡偷偷捉走少女，愈是漂亮的就愈是躲不了，您可得小心提防點兒，好好守著您的妻子。」

歐陽紇聽了，十分害怕，夜晚便在營房四周遍布崗哨，並把太太藏在密室中，小心關好門戶、上了鎖，為了加強戒備，屋子裡還加派了十幾個使女看守著。

當天晚上，天色漆黑，一直到五更，都安安靜靜的。看守的人，一夜沒睡，到這時都疲倦極了，看看沒有任何動靜，而天也快亮了，就都闔眼假寐了一下。忽然間，大家覺得好像有什麼東西似的驚醒過來，睜開眼睛一看，房門還鎖得好好的，可是，歐陽紇的妻子卻不見了，真不知道人是怎麼被抓走的。

大夥兒很驚慌，趕緊分頭出門去找，可是山勢險巇，濃霧瀰漫，到哪裡去尋找呢？一直到天亮了，仍然一點蹤跡也沒有。歐陽紇更是悲痛欲絕，發誓在沒找到妻子之前絕不回去。因此，他就以生病為由請假，把軍隊駐紮在該處，然後每天帶著部屬，不避險阻，四下搜索著。

一個多月後，在離長樂坡百里之遙的草叢中，發現了歐陽紇妻子的一隻繡花鞋。雖然被雨水打濕了，還是可以辨認出來。歐陽紇看到妻子的鞋子，不禁痛哭失聲，尋找妻子的意念更加堅定起來。於是從部屬中選出三十個精壯勇敢的人，帶著武器和糧食，一路尋找下去。

又過了十多天，在距離長樂坡大約二百里的地方，向南方望去，突然看到有一座山特別蒼翠。到了山下時，發現有條深不可測的河環繞著。他們編了木筏渡過河，再從斷崖往上爬。剛開始，只隱約看到林木翠竹之間，有紅色的東西時隱時現，又聽到有人說話和嬉笑的聲音。等到他們攀著藤條爬上山頂時，不禁都傻住了。一眼望去，綠樹紅花相間，地上綠草如茵，又厚又軟，踏上去就像踩在毯子上一樣。這時，大地一片岑寂，宛如置身於人間仙境。

山的東邊有個石門，幾十個穿戴得十分鮮豔華美的婦人正在那兒歌笑嬉遊。看到他們走過來，都停住了腳步，滿不在乎地望著。直等到歐陽紇一干人走到面前。才問道：

「你們到這兒來幹什麼？」

歐陽紇把詳細的情形跟他們說了一遍，這些婦人聽了後，都相視嘆息說：

「您的妻子已經被抓來有一個多月了，現在正臥病在床，我們帶您去看看吧！」

婦人們領著歐陽紇等人走進用木頭做的洞門，洞內十分寬敞，大約有一般人家廳堂的三倍大，四邊靠牆的地方都設有床，鋪設的東西非常華麗。歐陽紇心焦地四下張望，終於看到妻子躺在其中的一張石床上，墊著厚厚的席子，床前還擺著一大堆好吃的東西。

歐陽紇喜極而泣，連忙上前去看她，可是，她只回頭看了歐陽紇一眼，就揮手叫他趕緊離開。那些婦人說：

「我們和您的妻子到這兒來，最久的已長達十年。這裡住著一個怪物，非常厲害，力氣很大，能殺人，即使再多的人帶著武器，也制服不了他。幸好他現在還沒有回來，你們趕快離開，否則，性命可就難保了。」

歐陽紇好不容易才找到妻子，怎肯就這樣輕易地離開，婦人們見他不肯走，七嘴八舌又說道：

「如果你們想殺他，我們可以做內應，你們只要帶來兩瓶美酒、十條狗、幾十斤麻就可以了。他通常會在中午時分來，你們也不必太急，我看，就在第十天來吧！」

說完，一再催促歐陽紇等人離去，歐陽紇只好匆匆退回。

歐陽紇回去後，找了美酒、狗和麻等，十天後，如約前往。婦人們大喜過望，說：

「這個怪物最喜歡喝酒，而且不醉不休，醉了後還會發酒瘋亂來。我們曾經用綵帶把他的手腳綁在床上，結果他一拉就斷了。後來，我們又用三倍粗的帶子綁住他，他用盡了力氣也掙不開。現在，我們把麻包在布條中綑住他，想必他一定無法掙脫。另外，他全身都像鋼鐵一樣，刀槍不入，只有肚臍底下數寸的地方，常常保護著，大概只有這個地方抵擋不了兵器。」

接著，又指著洞旁一個石窟，說：

「這是他的倉庫，你們先躲在這兒，靜靜地等著。我們把酒擺在花下，把狗放在樹林中，等計劃一步步完成後，我們再叫你們，可不要輕舉妄動啊。」

於是，歐陽紇等遵照他們的吩咐，戰戰兢兢地在糧倉中等候著。

到了正午，有一個像白布匹一樣雪白的東西從山上直奔而下，動作如飛，一逕直入洞裡。不多久，有一個約六尺多高、長著漂亮鬍子的男子，穿著白衣服，拄著手杖，被婦人們擁著走出來。當他看到林中的狗，極為吃驚興奮，飛起身子，就抓起狗來，活生生地撕開，並且喝著狗血，直到喝飽了為止。婦人們又爭著拿酒給他喝，大家笑鬧成一團，狀至愉快。這男子喝了不少酒以後，婦人們便扶他進去洞裡。進去後，只聽得洞裡又是一片嬉笑的聲音。

過了許久，笑聲停了下來，婦人們才出來叫歐陽紇等人。歐陽紇早已等得不耐煩了，聽到婦人們叫他，立刻領人帶了兵器進洞，只見一隻大白猿四肢被綁在石床上。白猿看見有人進來，掙扎著想脫身，卻動彈不得，只有眼光銳利如電。歐陽紇等人一進來，便競相以兵器去砍他，沒想到卻好像打在鐵石上一樣。於是，他們只有對準肚臍刺下，頓時血流如注。

白猿見大勢已去，長嘆了一口氣，說：

「這都是天意啊，豈是你們的力量所能辦到的。我死不足惜，只是你的妻子已經有了身孕，希望你不要殺了這個孩子，將來他會碰上聖明的君主，光大你的門楣。」

話一說完，白猿便死了。

白猿死了之後，歐陽紇等人便把白猿所藏的東西都翻出來。他們驚訝地發現，洞中的寶器珍饈簡直不勝枚舉，凡是人間有的珍奇寶物，此處無所不有。另有名香數斛、寶劍一雙，還有天姿國色的婦人三十位，來得較久的，甚至已待了十年。據她們說：

「只要年紀大了，不中看了，一定被帶走，也不知道放到哪裡去？他平時只顧自己的生活，也沒有其他同伴。早上一起床，梳洗完畢，便戴上帽子，穿上夾衣，外披白色細質外衣，冬夏都是同樣打扮，似乎不知寒暑。全身長滿數寸長的白毛，平時常看一種木簡，字好像甚麼符號似的，我們完全看不懂。他自己讀完後，便放在石凳下，天氣好的話，白天他會帶著劍到外面舞弄一番，劍光閃閃，圍繞周身，好像月光圈一樣。

他吃飯沒有定時，喜歡吃果栗，尤其喜歡吃狗，通常都是把狗撕開，喝牠的血。平常只要正午一過，他便突然離開。半天之內可以往返數千里，到天黑時一定回來。只要他要的東西，沒有不能馬上得到的。晚上和婦人戲耍，一夜之間，要姦淫所有的女子，從來不用睡覺。說話倒是挺淹博的，常有一些出色的理論。但是，他的樣子可不敢恭維，和猳玃（ㄐㄧㄚ ㄐㄩㄝˊ jiā jué）很相似。

今年春天的時候，有一天他突然很傷心地對我們說：『我被山神告了一狀，將被判死刑，我曾經請求其他神靈保佑，也許可以免掉這場災難。』上個月上旬，石凳下忽然起了火，把他讀的木簡都燒光了，他悵然若失地說：『我已經活了一千年，一直沒有後代，現在總算有了一個兒子，可惜死期已經到了！』他回過頭來看了看我們，許久之後，又說：『這座山十分艱險難爬，從來沒有人來過，連樵夫也無法上來，何況下頭又有虎狼怪獸，假如人要到這兒來，若非有老天幫忙，絕對是不可能的。』」

歐陽紇把珍寶和婦女們都帶回來，婦人中還有能記得自己家的，就讓她們各自回去。歐陽紇的妻子懷胎十月，生下一個兒子，樣子和白猿很相像。

後來歐陽紇被陳武帝殺了，歐陽紇平日和江總很要好，歐陽紇的兒子聰穎過人，江總很喜歡，常常把他留在自己家中。歐陽紇死時，兒子因留在江總家裡未歸，所以才倖免於難。這孩子長大之後，果然精通文學，擅長書法，名噪一時。

【評論】

本文見於《太平廣記》第四百四十四卷，《新唐書．藝文志》錄於小說家，不知作者何人。不過從作品本身的技巧看來，似乎不應該是太早的作品，或者是初、盛唐間，即高宗、武后之時所作。

本文自稱是補江總所作的《白猿傳》而成，這自然是假託之辭。唐史說歐陽紇因謀反為陳武帝所殺，他的兒子歐陽詢被江總撫養成人。作者假託江總作品已失，自己是補作的，主要是為增加作品的權威性，使人相信這是有根據而作的。事實上，白猿生人根本是無稽之談，江總自然無從寫《白猿傳》。胡應麟曾批評本文「不但誣詢，兼以誣總」，的確是不錯的。

至於這篇文章寫作的原因，一般人都根據孟棨《本事詩．嘲笑》第七所引，說是歐陽詢的容貌醜陋，極像猿猴，因此，他的仇家便作此文來譏嘲他，這當然是可信的。但當時社會上一般固有的觀念及迷信，恐怕也是一個很大的促成因素。畜生人或化為人，在六朝時已很盛行，而常被拿來當作小說題材。

到了唐代，這種觀念並沒有改變。各級人士的作品中，經常充滿了這種記載。因此，我們可以相信，《白猿傳》作品不僅是以嘲弄汙衊為目的，而且也的確是以固有的觀念為背景，並且還取得社會上一般讀者的相信。

《白猿傳》在中國小說史上可以說是一顆初熟的果實，第一篇完成近代短篇小說主要條件的作品。它不但保有了《古鏡記》所有的進步，而且也完成了《古鏡記》所沒有完成的任務——具有一個非常嚴密精美的組織和結構。它是第一篇真正脫離線條式記載的筆記體小說，而進入蛛網式的有結構的藝術作品。

在文體上，作者的「古文」是非常優美的；在結構上，作者的設計，更是圓滿巧妙。雖然它依然不脫志異的色彩，人物懸空，沒有深刻社會生活的反映；在結構上，也有些美中不足，如故事裡賓主不分明，主角白猿的地位被忽略，歐陽紇反倒很受注重，顯見作者運用組織技能還未到家。但在布局本領上，卻是空前的。它和近代小說一樣，由失妻說起，然後尋覓、刺猿，節節進逼，情景緊張刺激，然後才點出全篇主眼所在，即白猿臨危時的一段話：「此天殺我，豈爾之能？然爾婦已孕，勿殺其子，將逢聖帝，必大其宗。」最後再藉婦人之口追述白猿平日習性，更增加故事的小說性質，展示作品在結構上的巧思。所以說，《白猿傳》是一篇真正的小說作品，和《古鏡記》相較，有很大的進步。

宋話本有《陳巡檢梅嶺失妻記》，明《古今小說》有《陳從善梅嶺失渾家》。宋戲文有《陳巡檢梅嶺失妻》（佚），《永樂大典》有《陳巡檢妻遇白猿精》（佚）都是本此而作的。

任氏傳

沈既濟

鄭六和他的內兄韋崟（ㄧㄣˊ yín）分手後，便騎著驢，一逕向南走。長安的街道整潔而寂靜，他不安分地在驢背上東張西望。午后，天氣有些燥熱，行人很少。進了昇平里，到了北門附近，無意中看見三名女子在路上走著，不時地低聲談笑。三人的穿著都十分講究，容貌也很豔麗，一看就知道是有錢人家的女子。

其中有位穿白衣服的，嬌波流慧，鄭六一見，驚為天人，不禁踟躕著，不忍離去。便催趕著驢子忽前忽後儘在那名女子身邊徘徊，想要用言語挑逗她，又不敢太冒昧。那位小姐看他一直在身旁繞來繞去，不但沒有嫌惡的表情，甚至還不時用眼睛瞟他，似乎也有意的樣子。鄭六便壯起膽子，跟她開玩笑說：

「小姐，妳這麼漂亮的人怎麼不坐車，卻用走路的呢？」

白衣女郎也大方地笑著回答：

「像你這樣的公子，自己有驢子騎，卻捨不得借給我們，不走路，又有什麼辦法呢？」

鄭六興奮得不得了！連忙從驢背上跳下來，說：

「我這隻蹩腳驢子，實在不配給妳這樣漂亮的小姐代步。現在，我權且把牠借給妳們，我能跟隨著妳們背後步行，也就心滿意足了。」

說著，兩人相視大笑。同行的女子也湊過來說說笑笑，一會兒，就混熟了。

鄭六渾然忘卻晚上和韋崟一起到新昌里飲酒的約會，一直跟著這三位女子往東走。他一向喜好酒色，但醇酒和美人相較，他還是寧願選擇後者。到了樂遊園，天色已經暗了。朦朧中，他看見一所住宅，圍牆、大門、屋宇都很整齊，像是很氣派的人家。白衣女郎進門前，回頭向鄭六說：

「請您在這兒稍等一下。」她留下一名婢女在門口陪著，便走了進去。

婢女有一搭沒一搭地和他閒聊著，問了他的姓名和排行。鄭六也趁機好奇地打聽她的主人。她說：

「我們主人姓任，排行第二十。」

一會兒，裡面傳話出來，請鄭六進去。鄭六小心地把驢子拴在門口，脫下帽子，擱在鞍上。

鄭六興沖沖進到屋子裡，已有一個約三十多歲的女子在那兒等著接待他，後來才知道，她是任氏的姊姊。廳堂上高點著蠟燭，桌上擺著豐盛的酒食，明晃晃的屋子裡透著幾分奇異的氣氛。任氏換了件湖綠色的衣服，在微微顫動的燭光下，幽幽地走出來，鄭六看得目瞪口呆，幾次前言不對後語。三個人盡興地喝著酒，鄭六更是樂不思蜀。

夜深了，任氏留鄭六過夜。任氏的容貌、風姿、談笑、舉止，無一不美。天快亮了！任氏對鄭六說：

「你該走了！我的兄弟在教坊裡當差，任職於南衙，天一亮他就會回來，你不能在這兒逗留了！」

於是，約了下次見面的時間，鄭六才依依不捨地走了。

鄭六沾沾自喜地回到里門前，時間還早，門還沒開。里門旁有家胡人開的餅鋪，正點著燈在升爐子，準備做生意。鄭六就坐在餅鋪的簾下休息，等著開門時刻，一邊和主人聊起來。他指著任氏住所的方向問道：

「從這兒東轉，有個大門，那是誰家啊？」

主人詫異地回答：

「這一帶都是荒地，哪會有人家啊！」

鄭六急急地爭辯，說：

「我剛剛還經過的，怎麼會沒有？」

辯了好半天，老闆恍然大悟說：

「啊！我明白了。這附近有個狐狸精，經常引誘過路的男子留宿。這樣的事，我已經見過三次了。莫非你也遇上了嗎？」

鄭六覺得很難為情，便支支吾吾地隱瞞：

「沒有……沒有啊！」

等到天亮，鄭六不死心地再到那地方去察看，只見圍牆、大門還是和昨天看見的一樣，偷偷地往裡面一瞧，卻只是一片荒煙蔓草。

鄭六失魂落魄地回到家，韋崟怪他失約，他只是沒精打采地用別的話來搪塞，也不洩漏這件事。心裡卻念念不忘任氏冶豔的風姿，常想再見她一面。

過了十多天，鄭六悶悶地到西市成衣鋪附近閒逛，不經意地看見任氏也在那兒，依然是一身白衣裝扮，先前跟著她的那個婢女也和她在一起。鄭六興奮地招手叫她，她卻連忙一閃身鑽進人群中。鄭六連連呼喚，用勁擠近她身邊，任氏背著他，用扇子遮著臉，羞慚地說：

「你既然已經知道事情的真相了，何必還來接近我呢？」

鄭六一派天真地說：
「我是知道了。可是，這又有什麼關係呢？」
任氏依然不肯回轉身，輕聲地說：
「這事實在很難為情，我已經沒有面目再見你了。」
鄭六情意懇切、幾近哀求地說：
「我想妳想得好苦，妳真忍心不理我嗎？」
「我哪裡是真不理你，只怕你嫌棄我罷了。」
鄭六急得當街對天發誓，辭意誠摯感人。任氏這才收起扇子，回眸一笑，手采豔麗，一如往昔，鄭六不禁又看呆了！
任氏見鄭六定定地望著自己，便對他解釋道：
「其實，人間像我一樣的女人很多，只不過你認不出來罷了，不要只覺得我奇怪。」
鄭六連連搖手，說：
「我哪裡是覺得奇怪，我只是被妳的美貌所懾服而已。」
任氏見鄭六果然是動了真情，便對他說：
「我們這一類異物之以所以為人所憎惡，其原因不外是會對人有所傷害。但是，你可以放心，我是不一樣的。如果蒙你不棄，我情願終身侍候你。」

鄭六原和她並肩走著，聽見這話，便停下腳步，執著她的手，認真地說：

「妳放心，我絕不會辜負妳的。」

兩人高興地相視而笑，漫天的風雨，頃刻間，都消逝無蹤。

鄭六開始籌劃起住處問題，任氏胸有成竹地說：

「從這兒往東走，有一棟房子。庭前種著大樹，環境相當幽雅，你一定會中意，我們可以先租下來。先前在宣平里南邊和你分手，騎著白馬往東走的那位，不是你的內兄嗎？他家裡的傢俱多得不得了，可以向他借用一下，你說好不好？」

韋崟家果然是有許多傢俱。原來韋崟的伯伯、叔叔都因公到外地去，三家的傢俱都堆放在韋崟家裡。鄭六照著任氏的吩咐到韋崟家去借東西，韋崟好奇地問：

「你要傢俱幹什麼？」

鄭六含蓄地說：

「最近娶了一個美貌的嬌娘，已經租好房子，就等著借你的傢俱用。」

韋崟促狹地說：

「瞧你那副尊容，能娶到什麼漂亮的女孩？恐怕也不怎麼高明吧！」便慷慨地把帷帳床席等用具都借給他。暗地裡卻派了一個機靈的家僮跟蹤，去探看究竟。

一會兒，家僮飛奔回來，氣喘吁吁，汗下如雨。韋崟迎上前問他：

「怎麼樣？看到了嗎？」

「看到了。」

「相貌如何？」

「不得了！我從來就沒看過那麼美的女子。」

韋崟的親戚很多，其中有不少長得標緻的，而且，他向來浪蕩不羈，常出入風月場所，結識的女子更是無法計數，他便拿她們來相比，問家僮：

「跟我表姨家的翠鳳姑娘比，哪一個漂亮？」

家僮搖著頭說：

「翠鳳姑娘哪能跟她比，她漂亮多了。」

「跟新昌里那位香香姑娘比呢？」

「香香姑娘還差得遠呢！」

韋崟一連舉了四五個最出色的美女，家僮都說：

「比不上！」

當時吳王的第六個女兒，是韋崟的表妹，長得如花似玉，美如天仙，容貌在表姊妹中向來被推為第一。韋崟猶不死心地問家僮：

「那麼多人都比不上，吳王的六女兒該不會也沒有她漂亮吧？」

家僮仍舊搖著頭說：

「還是沒有她美！」

韋崟驚訝極了，不相信地說：

「天下還有這樣的人嗎？」

他好奇地想去一探究竟，便立刻命小廝打水洗臉，刻意修飾了半天，就往鄭六那兒去。

鄭六不在家。韋崟一進門，看見小廝正在掃地，另有一名婢女在門口，其他什麼人也沒有。韋崟便問小廝：

「女主人在家嗎？」

小廝笑著回答：

「不在。」

韋崟不信，環顧四周，發現門後露出一截紅裙，他走近去看，原來任氏正躲在門後。

韋崟把她拉到亮處一看，發現她簡直比家僮所形容的還要美上數倍。從來沒有見過這麼美的人！韋崟愛得幾乎要發狂，便湊上前去，一把摟住她，意欲非禮。任氏不服，奮力掙扎，韋崟便用強力逼她，當她難以抗拒時，就哀切地說：

「好吧！我順了你吧！請你稍微放鬆一下。」

韋崟一放開，她馬上又拚命抗拒起來，就這樣折騰了好幾次，韋崟色慾攻心，愈發使出全力，勢必得到她才甘心。任氏精疲力盡，渾身是汗，再無法招架了，乾脆放棄抵抗，神色變得極為慘澹。韋崟問她：

「妳為什麼這樣不高興呢？」

任氏長嘆一聲，幽幽地回答：

「唉！鄭六真是可悲啊！」

韋崟追問：

「怎麼說呢？」

任氏跌坐在椅子上，頹然地說：

「鄭六空有堂堂六尺之軀，而無法保護一個女子，這算什麼男子漢大丈夫呢？而你向來風流豪奢，過從的女子何止幾個，像我這等姿色的人相信也不在少數。鄭六卻是一個貧賤的書生，他所鍾愛的，也不過是我一個而已，你難道忍心再奪人所愛嗎？我真為鄭六感到悲哀啊！就因為他窮苦困頓，不能自立，衣食都得仰賴你的資助，所以才任你擺布，不敢吭聲。如果他有能力填飽自己的肚子，該不會落到這種地步！」

韋崟本來是個豪放不羈、最講義氣的人，聽了任氏這番話，慚愧不能自已，就放開她，整了整衣襟，連聲道歉說：

「我再也不敢冒犯妳了。」

剛好，鄭六就在這時候回來了，見到韋崟，十分驚奇，就問他：

「你怎麼知道我住這兒的？」

韋崟和任氏眨眨眼，跟鄭六玩笑似地說：

「仙人自有妙算啊……」

彼此說說笑笑，十分快樂。

從此以後，凡是任氏的日常所需，全由韋崟供給。任氏常去拜訪韋崟，出入都有車馬代步。韋崟經常和她一起出遊，相處得很歡洽。因為兩人太熟悉了，所以彼此開開玩笑，在所難免，也無所顧忌，但是始終不曾越分。

韋崟對她一直又敬又愛，送東西給她從不吝惜，飲食之間，也從不忘記她。任氏內心裡十分感激，便對他說：

「您對我這樣好，我實在覺得很慚愧。資質鄙陋，不足以報答您的厚愛，何況我也不願意辜負鄭生，所以，不能滿足您的想望。我是陝西人，從小生長在長安。家裡本來是從事伶優行業的，親戚中的女孩多半是人家的寵妾。因此，長安的市井人家，我大半都認得。如果您看中了哪家的女子而無法接近，我可以替您說項，希望藉此來報答您！」

韋崟一向風流成性，聽了這話，自然十分高興。

街市中有個賣衣服的女子，人家都叫她張十五娘，生得肌膚瑩潔，面貌清秀，韋崟一直很喜歡她，苦於沒有機會結識，便對任氏說：

「市場東邊角落有家成衣店，店裡那個叫張十五娘的女子，妳可認得？」

任氏說：

「哦！那是我的表妹，您若喜歡，我這就去辦，應該沒什麼問題才對。」

十多天後，任氏果然把張十五娘帶來了。可是，只過了幾個月，韋崟便厭倦了。

這天，韋崟和任氏出遊，韋崟裝模作樣地感嘆人生寂寥，任氏也知道他的用心，便說：

「一般市井小民的女子太容易到手，不足以為您效力。如果有很難接近的對象，您又十分中意的話，我願意竭力為您想辦法。」

韋崟馬上露出笑容，高興地說：

「昨天寒食節，我和幾個朋友一起到千福寺去玩，正好碰到刁緬將軍的樂伎在殿堂上奏樂。其中有個吹笙的女孩子，大約十六七歲的樣子，頭上梳著兩個髮鬟，好看極了，不知道妳可認識這個人？」

任氏不假思索地說：

「那一定是寵奴。她的母親正是我的表姊，這樁事我來替您想辦法，大概沒什麼問題。」

韋崟高興得連連作揖拜謝。

自從答應了韋崟後，任氏就時常出入刁家。經過一個多月，韋崟再也沉不住氣了，便著急地問任氏到底有什麼法子。任氏說：

「您只要給我兩匹白絹作人情就行了。」

韋崟依著她的話給了她兩匹白絹。又過了兩天，任氏正和韋崟一起用飯，忽然刁緬將軍的家僕牽著一匹青馬來，請任氏到刁府一趟。任氏笑著對韋崟說：

「成了，不用擔心。」

原來任氏利用法術讓寵奴得病，怎麼治都治不好。寵奴的母親和刁緬都擔心得不得了，打算去找巫師。任氏就暗中先賄賂了巫師，叫他說得把寵奴送到任氏住的那間屋子，病體才會有起色。巫師貪財，受了賄賂後，便跟寵奴的母親說：

「病人不適合住在家裡，應該讓她住到東南方某戶人家去，才可以取得一些生氣。」

刁緬和寵奴的母親信以為真，仔細探察了後，發現巫師所指，正是任氏的住處。於是，要求任氏讓寵奴寄居。任氏故意推託，裝出一副為難的樣子，經過刁緬再三的懇求後，才勉強答應。刁緬於是用車馬盛載了許多衣服器玩，把寵奴和她母親一齊都送到任氏那兒。一到任氏家裡，寵奴便不藥而癒。沒過幾天，任氏就暗中引了韋崟來和她私通。過了一個多月，寵奴懷孕了，她母親很害怕，急急忙忙帶著她回刁府去，這才和韋崟斷了往來。

有一天，鄭六在家大嘆謀生不易。任氏便問他：

「你能弄到五六千錢嗎？我可以教你賺上一大筆。」

鄭六眼睛頓時雪亮了起來，忙說：

「能。」

連忙去跟朋友借了六千錢。任氏交代他：

「現在你上市場去，有人正在那兒賣馬，其中有一匹腿上有塊疤，你就把那匹馬買下來。」

鄭六興奮地到了市場，果然看見有人正牽著馬求售。馬的左腿上有塊醒目的疤痕，他依言把牠買下。他妻子的兄弟們看到他買了一匹壞馬，都恥笑他說：

「這種沒人要的東西，你買來幹嘛？」

鄭六心裡也有些後悔，唯恐馬匹賣不出去，白白損失了錢，嘴上卻不好說什麼。過了幾天，任氏說：

「可以把馬牽去賣了，該得三萬錢，不到這個價錢，千萬不要賣。」

鄭六把馬牽到市場上去賣，有個人出價二萬，鄭六不肯賣。市場上圍觀的人都好奇地說：

「那個人何必出這麼高的價錢買這樣一匹劣馬？這個人也真絕，又何苦堅持不賣呢？」

鄭六謹記著任氏的話，非三萬不賣，便把馬騎回家來。那個出價的人一直窮追不捨，屢次抬高價錢，一直出到二萬五千元，鄭六還是不答應。乾脆斬釘截鐵地跟他明說：

「非三萬我是不賣的。」

他的小舅子們出來看到了，都罵他太貪心。鄭六倒沉得住氣，最後終於以三萬元成交。

買賣結束後，很多人都很好奇，便偷偷去打聽那買馬的人為什麼要出這麼高的價錢。去打聽的人回來後說：

「照應縣有一匹腿上有疤的官馬死了三年多了，那管馬的小官馬上就要離職，他一走，公家要追索這匹馬的錢共六萬錢；如果用一半的價錢買一匹相似的馬回去，那麼至少可以省下一半的賠償費。而且，如果有現成的馬充數，那麼這三年間養馬的草料費，還可歸這小官所得，這麼一來，他的損失就有限了，所以願意出三萬元買鄭六的馬。」

這麼一說，大家才恍然大悟，直誇鄭六聰明。

這天，任氏和韋崟在家中閒聊，任氏提及自己的衣裳都破舊了，韋崟大方地說：

「沒問題！我這就叫人送兩匹白絹來，妳自己選個喜歡的式樣做做。」

任氏卻搖頭說：

「我不要白絹，要成衣。」

「那也成，明兒個我叫成衣鋪的張大拿些漂亮的衣服來讓妳自己挑。」

第二天，張大果然帶了一大堆成衣來，見到任氏，卻目瞪口呆，久久說不出話。回去後跟韋崟說：

「那位姑娘簡直就是天上的神仙，再不然一定是皇親貴戚，被你偷來的。美得不像是個人，你應該及早把她送回去，免得惹禍呀！」

可見任氏的美豔到了何種程度。可是，她只肯買成衣，從來不肯自己裁製，卻不曉得什麼緣故。

一年多以後，鄭六調了武職，任槐里府果毅尉，要到金城縣上任。鄭六當時還有妻室，白天雖然能到任氏那兒逗留，但晚上還得回家去，深恨不能日夜都在一塊兒。便趁上任的機會，邀任氏同往。任氏不肯，說：

「同行十天半個月的，也算不得痛快歡聚。還是請你為我安排好生活所需，我就在這兒等你回來吧！」

鄭六再三懇求，她都不為所動。鄭六只好去向韋崟商借生活費用，韋崟也跟著過來幫著勸她，說：

「為什麼不一起去呢？難得有這個好機會，可以痛痛快快在一起，為什麼不去呢？」

任氏沉默了大半天，才說：

「有個巫師說我今年到西邊去不吉利，所以不願意去。」

鄭六聽了，覺得無稽，便和韋崟二人大笑起來，說：

「我看妳平常滿聰明的，怎麼會去相信那些荒唐的妖言呢？」

任氏幾乎要哭出來了，委屈地說：

「萬一巫師的話不幸應驗了，我白白為你犧牲，又有什麼好處呢？」

鄭六、韋崟二人異口同聲說：

「哪有這種道理！」

他們仍然再三懇求她一起去，任氏長長地歎了一口氣，帶著一種壯士斷腕的神情說：

「好吧！為了你，我就冒一次險吧！」

韋崟把馬借給他們，又送他們到臨皋，餞別過後，便分手了。鄭六帶著任氏繼續前行，到達馬嵬坡。任氏騎馬走在前頭，鄭六騎驢跟著，最後面還有一個婢女。當時洛川地方有人在訓練狗，訓練了十多天，這時正好在路上相遇。獵狗突然從草叢裡竄出，只見任氏很快地翻落在地上，現出原形，急急忙忙往南方跑去，獵狗窮追不捨，鄭六急得在後頭邊跑邊喝止，卻是吆喝不住。跑了一里多路，狐狸終於被獵狗追上，活活咬死。

鄭六心如刀割，想到自己曾怎樣殘酷地強迫任氏去向死神挑戰，不禁悲痛得五臟六腑都絞揉起來，他含淚把任氏的屍體贖回來，用土掩埋了，並削了一段木頭，豎在土堆前，以便識別。淚眼模糊中，看見她騎來的馬，猶然在路邊吃草，衣裳都堆在馬鞍上，鞋襪還掛在馬鞍間，彷彿秋蟬脫殼一般。首飾在灰撲撲的地上，虛弱地閃爍著。什麼都不見了，連女奴也消逝了，鄭六就這樣定定地站著，一動也不動，眼中的淚和心上的血兩相和流。

十多天後，鄭六疲憊地回到城裡，韋崟高興地迎著他問道：

「怎麼樣？任氏還好嗎？」

鄭六掉著淚，淒然地回說：

「死了！」

韋崟大驚，忙將鄭六請進屋裡，淚水也不禁滾滾而下，他哀痛地問：

「怎麼一回事啊？去的時候還好端端的，怎麼就死了呢？得了什麼病嗎？」

鄭六恨恨地說：

「被狗害死的。」

韋崟奇怪地問：

「狗就是再凶猛，也不能害死人啊！」

「她並不是人呀！」

韋崟一聽，驚訝地跳起來，大聲地問：

「不是人！那她是什麼？」

「是狐狸。」

鄭六這才一五一十，把始末原原本本地告訴韋崟，兩人相對嘆息良久。

第二天，二人到馬嵬坡祭悼。墳上的木頭在風中茫然地聳立著，四野一片靜寂，想到任氏將在這荒煙蔓草中，永遠寂寞地躺著，歡樂不再，連痛苦亦付闕如，二人不禁深深嘆息了……

【評論】

本文見於《太平廣記》第四百五十二卷。作者沈既濟。《新唐書》有傳。沈是蘇州吳人，生於大曆年間。經學賅博，因為楊炎的大力推薦，召拜左拾遺史館修撰。貞元年間，楊炎因故得罪，既濟也連帶被貶為處州司戶參軍。後來又得到機會入朝，位禮部員外郎。他任史館修撰時，曾請省〈天后紀〉以合〈中宗紀〉，又諫德宗權公錢收子贍用，可見是一位剛直不阿的人物。著有《建中實錄》十卷，及傳奇《枕中記》、《任氏傳》二篇。

本文敘述妖狐幻化為人，協助鄭六建立家業，並守貞以拒強暴，後為犬所逐而死。作者在文後感嘆著說：「雖今之婦人有不如者」，可見本文是為諷世而作的。必須在此一提的是，本篇是最早以人狐戀愛為故事的小說。人格化動物，以此為首，是《聊齋誌異》的張本。另外，中國神怪小說中有一個很有趣的特色，就是所有的神怪在完成塵俗的任務後，都不得不回歸本然。任氏後來為獵犬所攔追，墜地復本形而南馳，終於慘遭不測。我們耳熟能詳的《白蛇傳》也是如此，儘管白蛇娘娘又貞靜又可愛，但蛇終歸是蛇，到最後仍得回到雷峰塔下，結束她多采多姿的人世生涯。唐人傳奇中，類似的情況甚多，如沈亞之《湘中怨解》中的龍女與鄭生；張文成《遊仙窟》裡的十娘與作者，《孫恪》中的野猿和孫恪；《崔書生》中的玉巵娘子與崔書生，結果都是以悲劇作結。

《任氏傳》是一篇技巧已臻成熟的傳奇故事。主角任氏在沈既濟的筆下，不但是個貌若天仙的美狐，並且是個情性高貴的美狐，除了有真正的感情外，還具有相當成熟的個性。任氏與鄭氏首度相見時，給人的是一個大膽、佻撻的印象；二度在街市重逢，任氏的迴避及和鄭六的對答，又表現了一份羞愧和真誠。其後拒絕韋崟的凌辱，不僅流露出任氏堅貞的個性，更襯托出她情性的高貴。另外，任氏指引鄭六賣馬賺錢，以及為韋崟智取刁將軍家妓，又表現出她的聰明謀略及洞悉人情世故。沈既濟塑造任氏的精采處，在於將任氏的狐性和人性自然而具體的結合，使人深深地感覺到任氏的堅貞、大膽、聰明、機巧和真誠高潔的複合性格。

除了人物具有獨立的個性外，文字的精確優美也是本文的特色。任氏抗拒韋崟的挾持那段文字，樸實、精確而又逼真簡潔地把人類的經驗和想像結合起來，實是由不得人不推崇賞愛。韋崟的好色神態、動作，任氏匆促間的機變和抗拒時堅苦卓絕的神情，真是寫得栩栩如生。處理這種緊張的局面，沈氏的文字運用已達到很高的水準，字字確當，沒有一句冗言，《任氏傳》文字的極佳處當數此段為最。

枕中記

沈既濟

唐玄宗開元七年，有個道士，大家都叫他呂老翁的，頗懂些神仙法術。一次，他到邯鄲去。路上走累了，便找了家旅店歇息。進了旅店，摘下帽子，鬆開衣帶，便斜靠著行囊坐下，閉目養神。

一會兒，來了一位姓盧的年輕人，穿著粗布短衫，騎著一匹青色的馬，正要到田裡去。這會兒也進旅店中休息，跟呂老翁同桌坐下，見老先生正閉目養神，便搭訕著說：

「老先生趕遠路啊？」

「嗯！你呢？」

呂老翁正覺得無聊，便有一搭、沒一搭地和他談起來，話匣子一打開，便源源流出，兩人談談笑笑，倒也解除了不少疲勞。

聊了半天，姓盧的年輕人看著自已身上破舊的衣著，不禁長嘆起來，說：

「大丈夫生不逢時，竟然落魄到這種地步！」

呂老翁詫異地問：

「我看你身體很好，沒有絲毫病痛，剛剛還高興地談笑著，怎麼一下子就嘆起氣來了？」

盧生搖搖頭，無奈地說：

「唉！我這樣也不過是混日子罷了，哪裡談得上得意呢？」

「這樣不叫得意，那麼，怎麼樣才算得意？」

盧生想了想，鄭重地說：

「讀書人應該建立大功，享有盛名，出將入相；各色珍饈，隨我挑著吃；各式音樂，隨我選著聽；使家族日益昌隆、家財愈發豐富；要這樣，才可稱得上得意。像我，早年立志讀書，蠻以為功名唾手可得。沒想到，現在已步入壯年，空有滿腹經綸，卻依然為農事奔波，這不是落魄是什麼！」

盧生愈講愈覺得人生乏味，索興找了張床，躺了下來。這時，旅店的主人正在蒸黍米做飯。呂老翁從行囊裡取出一個枕頭，遞給盧生說：

「枕著這個枕頭睡吧！它會讓你實現願望的。」

那枕頭是青瓷做的，兩端有孔。盧生低頭靠近枕頭，只見那孔逐漸擴大開朗起來，便縱身從孔中進去，居然回到了自己家裡。

幾個月之後，他娶了清河大族崔家的小姐。崔小姐秀外慧中，豐厚的嫁妝更給盧家帶來一筆財富。他十分高興，從此衣著車馬一天比一天奢華。

第二年，他進士及第，做了秘閣校理的官；又應皇上的考試，調任渭南尉；不久，又升為監察御史，接著，調任起居舍人，專門替皇帝掌理文件。從此，結束了平民生涯，躋身於上流社會之中。

盧生官運亨通，連連升遷。三年之後，出任同州刺史，又調任陝州刺史。他很熱心地開闢地方，從陝西起，鑿了條八十里長的運河，以利交通，地方上的人都覺得很方便，為他刻石表功。接著，又奉命調到開封，擔任河南採訪使，不久，又內調為京兆尹。

這一年，玄宗皇帝在邊疆地區和戎狄開戰，想要藉此擴張領土，沒想到戰況失利，吐蕃悉抹邏和燭龍莽布支攻下了瓜沙，節度使王君㚟被殺，黃河、湟水流域一帶大為驚恐。玄宗急召有將帥才能的人去扭轉戰局，於是，命令他任御史中丞，為河西道節度，以領率軍隊。果然不負眾望，他一舉大破敵軍，斬首級七千，拓地九百里，又築了三座大城來保衛要害，邊疆地區的老百姓於是對他大為感激，為他在居延山立了石碑，以稱頌他的功績。他回到朝廷，皇帝大加賞賜，又升他為吏部侍郎，最後又做到戶部尚書兼御史大夫。他的名聲很好，又十分得人望，因此，當時的宰相很嫉妒他，故意造謠中傷，於是他就被貶到偏遠的端州去做刺史。

三年後，皇帝又把他召回來。不久，做了宰相，和侍中裴光庭、中書令蕭嵩共同執政十餘年。皇帝相當看重他，時常和他商量機密大事，他也經常對政治上應興革的事提出中肯的意見，在當時號稱「賢相」。

嫉妒他的同僚又造謠他和邊疆武將有所勾結，將要圖謀不軌。皇上不察是非，竟下令逮捕他下獄。欽差奉命帶著手下到家中捉拿，他又惶恐又害怕，便灰心地對妻子說：「山東老家有五頃良田，足夠我們穿衣吃飯，何苦求什麼功名利祿？事到如今，再想穿著粗布衣服，騎著青色馬，在邯鄲道上悠閒漫步，也不可能了。」

說著，便要拔刀自刎，他的妻子連忙上前搶救，流著淚苦苦哀求，總算撿回一條性命。牽連在這件案子裡的人，計有上百人，都判了死罪，只有他因為朝中官員的作保，才倖免於死，充軍到南疆的驩州。

幾年過去之後，皇帝才知道他是冤枉的。再命他做中書令，封為燕國公，對他恩寵有加。

他共有五個兒子，叫儉、傳、位、倜、倚，個個都頗有才幹，分別做了官。他的親家也都是當時的望族，孫子共十幾個。

他曾兩次被貶到荒僻的邊疆地帶，卻又再度登上高位，歷任要職，官高爵顯，前後五十年。他的性格相當奢侈放蕩，最喜尋歡作樂，後庭中的歌舞聲色等玩藝兒，都是當代中最出色的。前前後後所獲皇帝的賞賜，如良田、屋宇、佳人、名馬……數都數不清。

他年紀漸漸老了，屢次上表請求退休，都沒有獲准。後來，得了病，皇上除了派人來探望外，更派最有名的醫生、送上好的藥材來給他治病。但是，即使如此，人還是無法爭得過天。

臨終時，他上疏說：

「我本是山東地方一個種田的窮書生，僥倖做了官，承蒙皇上垂恩，讓我擔當朝廷要職，臣下雖全力以赴，卻沒什麼貢獻，實在十分慚愧！現在，我年過八十，精力驟衰，只剩下最後一口氣，也沒辦法繼續再報答皇上的深恩厚德。謹奉上此表，以表明我衷心的感謝。」

皇上也下了道詔書說：

「這二十多年來，國家昇平，百姓和樂，全賴你的輔佐。最近聽說你病了，原以為不久就會痊癒，沒想到病勢如此沉重，真是讓我憂心。現在，我派驃騎大將軍高力士到府上問候。希望你好好休養，為國珍重，但願你的病體，不久就能復原。」

詔書到的那晚，他就死了。

這時，盧生伸了個懶腰，竟醒了過來。發現自己還睡在旅店裡，呂老翁就坐在他旁邊，旅店主人蒸的黍米還沒熟，四周的景物都仍和先前一樣。

盧生躍身而起，說：

「難道我是在作夢嗎？」

呂老翁微笑著對他說：

「人生的暢快得意，也不過像一場夢罷了。」

盧生楞在那兒半晌，惆悵不已，過一會兒，才向呂老翁道謝說：

「所有寵辱得失，窮困亨通的機運，我已經全明白了。這是您用來窒塞慾望的方法，我怎敢不接受您的教訓呢？」

說完，對呂老翁磕頭，拜了兩拜，就飄然而去了。

【評論】

本文見於《太平廣記》第八十二卷，題名《呂翁》。作者是前面曾提到過的沈既濟。

本篇敘述少年盧生於邯鄲道上邂逅呂翁，得一神妙枕頭，因而入夢。夢中歷盡榮華富貴，壽終夢覺，才醒悟一切都是虛幻的。這篇文章在寫作技巧上的貢獻很大，對後世的影響也很深。類似這種以夢境來點明人生如夢的寫作，倒不是沈既濟所首創，比他更早的還有干寶《搜神記》中的《焦湖廟祝》，以玉枕使楊林入夢的故事，顯然是本文的藍本。但《枕中記》所寫，更有意境。他寫盧生將入夢時「主人方蒸黍」，等到一覺醒來，「主人蒸黍未熟」，說明人生如夢，而夢又是如何的短暫。所以，至今流傳的「黃粱一夢」的話，正是從這裡出典。本文雖荒誕不經，但因作者文字洗鍊，內容又多規誨之意，因此，不但頗為當世所推重，而且影響及後世戲曲，元馬致遠《開壇闡教黃粱夢》、宋元戲文《呂洞賓》、《黃粱夢》、無名氏《呂翁三化邯鄲店》、谷子敬《邯鄲道盧生枕中記》，及明湯顯祖有名的臨川四夢之一《邯鄲記》，都是以《枕中記》為底本。

《枕中記》可以說是透露唐人一般的人生觀的作品。他們對人生的欲求和最圓滿的願望，是非常現實的個人及家族主義，所謂「出將入相」、「族益昌而家益肥」。這也可以說是中華民族特有的喜劇性的人生觀。在魏晉之前，人除了要追求這些圓滿外，更希望能長生不老以保有這些圓滿，於是有神仙方士，服食鍊丹，可是自從佛教傳到中國後，便帶來了一個「當頭棒喝」，就是「空」。所以盧生在經歷了一場人生美夢後，便看空一切，便放棄所有的欲求。這種避世的人生觀，固然是受到佛教的影響，但同時也披帶著濃厚的道教色彩。

當時的讀書人在現實中唯一的出路是求取功名，但功名的獲得畢竟只是少數，因此，多數的士子便在官場失意後感到尖銳的痛苦。為求自解，自然就生出富貴如浮雲、人生如幻夢的思想和覺悟。因此，這篇小說也同時反映了當代多數讀書人真實的心境。

柳氏傳

許堯佐

一向落拓不羈的詩人韓翊，竟然流落在京城裡，境況十分窘迫。這一天，他獨自在街上踟躕，正不知如何是好，突然碰到了昔日好友李生。兩人已有許久沒見面，這次異地相逢，格外親切。李生家財萬貫，平日樂善好施，尤其敬愛有才學的人。看到韓翊一副窮途潦倒的樣子，驚訝地問：

「先生怎麼變成這般模樣？」

韓翊歎了一口氣，說：

「唉！說來話長……」

便把自己不善營生，以致流落京城的景況一五一十地說出來。一向最喜歡仗義疏財的李生聽了大為同情，毫不猶疑地邀請道：

「這樣吧！您就暫時住到我那兒。寒舍雖談不上華麗，卻還寬敞。」

於是，韓翊滿懷感激地跟隨李生回到他的宅院裡。

李生有個姬妾柳氏，長得豔麗無比。為人幽默風趣，又擅長歌唱，最得李生寵愛。李生帶回韓翊後，就讓韓翊住在柳氏的隔鄰，二人並常在柳氏那兒欣賞歌舞，飲酒宴客。

韓翊詩作得極好，在京城裡頗有些詩名，所以，來來往往的朋友都是當時的名流。柳氏常從門縫裡偷看他，並對婢女說：

「韓先生的氣度不凡，絕不是長久困處貧賤的人。」

這話輾轉傳到李生的耳中後，他便幾次試探韓翊，發現韓翊也頗欣賞柳氏的容貌，從此，便有意成全。一天，他安排筵席請韓翊喝酒，酒過數巡後，李生說：

「柳夫人容貌不凡，韓先生才高八斗，可謂郎才女貌。我想將柳氏許配給韓先生，不知道您的意思怎麼樣？」

韓翊大吃一驚，急忙站起來一再推辭：

「承您的大恩，長久以來，衣食都仰賴您照顧，我已經很過意不去了，怎麼還能奪您所愛呢？」

李生知道韓翊其實是很喜歡柳氏的，有意開他一個玩笑，便故作鄭重地說：

「您心意這麼堅定，莫非是嫌棄柳氏高攀？……」
韓翊慌得把酒杯都打翻了，連連搖手說：
「柳夫人花容月貌，人間少有，我怎麼敢嫌棄呢？我只是……」
李生不待韓翊說完，連忙打斷說：
「既然如此，事情就這樣決定了！」
柳氏知道李生的意思確實很誠懇，就過來拜了拜，在席中坐下。李生讓韓翊坐在客位上，斟滿了酒，三人舉杯慶賀，喝得極為痛快。李生又送韓翊三十萬錢，作為安家的費用。柳氏與韓翊有情人終成眷屬。
快樂的日子過得特別快，一轉眼又過了一年。在這期間，韓翊應考及第，夫妻兩個更加恩愛。這一天，柳氏對韓翊說：
「您應考已經及第，理該回去看看父母，讓他們高興高興！千萬不要為了微不足道的我，耽誤了您的正事。再說我這兒的日用器物都還很充裕，足夠等您回來。」
於是，韓翊就回家鄉清池去了。因為有事擔擱，一去就是一年多，柳氏沒有了糧食，只好變賣妝具維生。
天寶末年，安祿山造反，盜賊侵犯京城，婦女們都嚇得逃走了。柳氏日日倚門盼望，卻久候韓翊不回，萬般無奈，只能暗自飲泣。她因為自己長得漂亮，恐怕盜賊來了，不免要遭毒手，就剪去頭髮，改變模樣，寄居在法靈寺。

這時，侯希逸任平盧節度使，掌理淄州、青州，聽說韓翊的名氣，就請他擔任書記的職務。到了肅宗平定叛亂，收復京師，韓翊便派人暗暗打聽柳氏的下落，用一個絹囊盛著麩金當作信物，並且題了一闋詞：

「章臺柳，章臺柳，昔日青青今在否？縱使長條似舊垂，亦應攀折他人手。」

幾經波折，受託的人終於在京城裡找到了柳氏，把信物交給她。柳氏見了，捧著麩金不停地哭泣，惹得左右的人看了都一掬同情之淚。勉強抑止了傷痛，她和了一闋詞作為答覆：

「楊柳枝，芳菲節，所恨年年贈離別。一葉隨風忽報秋，縱使君來豈堪折！」

回信之後，她突然覺得人生似乎又有了指望，私心竊竊地盼望團聚的日子早日到來。可惜，天不從人願，過了不多久，有一位蕃將沙吒利，因為平亂時，立下了不少的汗馬功勞，勢力很大，聽說柳氏的美貌，就強行把她搶回府中，據為己有。柳氏萬念俱灰，只有日日以淚洗面。

韓翊接到了柳氏的和詞，不勝唏噓。想到柳氏長久的等待，恨不得插翅前去，互訴離情別緒。但是，職責在身，豈能擅離職守？只有忍住心中的想念。直等到侯希逸做了左僕射，進京覲見皇上，韓翊才得到機會和他同行。到了京師，急忙打探，卻已經失去柳氏的消息，雖然每天早出晚歸，四下尋訪，柳氏卻仍杳如黃鶴。

一天，韓翊到龍首岡去，遇到一位僕役趕著一輛牛車，後頭跟著兩位婢女，韓翊無意間走在他們後邊兒，忽然聽車裡有人說：

「您不是韓員外嗎？我是柳氏啊！」

韓翊驚喜交集，柳氏又叫婢女偷偷地告訴韓翊，她失身於沙吒利的經過，並且相約明早道政里門前相見。

韓翊思念心切，第二天一早便到了道政里相候。一會兒，柳氏也乘著車來赴約。她從車中遞給他一只用白絹包好的玉盒，裡面盛的是香膏，並說：

「我們這就算永別了，還請您不要過分思念！」

說完，掉轉車頭回去。車聲轔轔，車子漸行漸遠，只見柳氏不斷地輕揮玉手，衣袖飄飄，在寂寞的大地上，像一個蒼涼的手勢。韓翊心迷神亂，雖極目而望，終究還是在一片塵埃中失去了伊人的蹤影。

韓翊黯然地走了，那飄飄的衣袖和無奈的手勢卻在心中縈繞不去。剛好這時淄州、青州的各部將領在酒樓聚會慶功，派人來請他；韓翊勉強去了，可是卻心神恍惚，神色淒楚，說起話來悽悽咽咽的。座中有位叫許俊的人，一向很自負自己的才幹和勇力，看到韓翊這副神情，對韓翊說：

「看您的樣子，一定有什麼事，何不說出來，也許我可以效勞！」

韓翊本來不願在這慶功宴上談這傷心事，經不起許俊一再詢問，不得已把事情從頭到尾說了出來。許俊聽了，義憤填膺，生氣地說：

「請您寫幾個字交給我，好作憑證，我馬上去把柳夫人帶到這兒來。」

說罷，穿起胡人的衣服，佩上弓箭，帶了一個僕從，便直奔沙吒利家中。

許俊在門口等著沙吒利出去了。估計他約莫走了一里多路，便披散著衣服，騎馬直闖進去，氣急敗壞地大喊：

「將軍得了急病，讓夫人快去！」

僕役們被他的聲勢嚇呆了，紛紛躲開。到了堂上，許俊拿出韓翊的信，交給柳氏看了，便馬上挾起她跳上馬，揮鞭絕塵而去，才一會兒功夫，已回到酒樓。

許俊把柳氏送到韓翊跟前，說：

「幸不辱命！」

四座的人都驚詫不已！柳氏和韓翃久別重逢，恍如隔世，執手相看淚眼，說不出一句話來。

沙吒利當時正是朝廷的紅人，韓翃、許俊唯恐惹禍上身，相約去見侯希逸。侯希逸聽完後，大吃一驚，對許俊說：

「我平生最喜歡打抱不平，你許俊居然也能做到！」對許俊的俠義作風，激賞不已。於是，先發制人，上疏言明此事，對沙吒利仗勢強奪及許俊拔刀相助，敘述得尤為詳明。最後，又為自己約束部下不嚴，自請處分。皇帝知道後，下令把柳氏判還韓翃，另賜沙吒利二百萬錢以為賠償。

韓翃和柳氏經過了這場風波，格外珍視得來不易的福分，二人遂相敬如賓，一直廝守到老。

【評論】

本文見於《太平廣記》第四百八十五卷。作者許堯佐是貞元儒臣許康佐的弟弟（見《新唐書．儒學傳》）。曾擢進士第，又舉宏辭，為太子校書郎八年。貞元十六年，與張宗本、鄭權同佐征西幕府，後任諫議大夫。堯佐善於寫詩，《全唐詩》中曾加以采錄。

本篇又名《章臺柳傳》，盛傳於唐代。寫詩人韓翊與柳氏的結合，後柳氏為番將沙吒利所奪，俠士許俊憐其情，自告奮勇替他劫回。故事所敘為當時實事，男女主角二人的酬答詩「章臺柳，章臺柳，昔日青青今在否？……」至今也仍傳誦不衰。本文除敘寫戀愛外，又兼及豪俠，實為具備兩種特質的故事。文中寫韓翊於途中巧遇柳氏，許俊為之劫歸一段，柔情萬種，俠氣如虹，奕然大有生氣。

宋代話本《章臺柳》即是據此而作，後世戲曲家改編者更多，計有金院本《楊柳枝》、元鍾嗣成《寄情韓翊》、宋元戲文《章臺柳》、明梅鼎祚《玉盒記》、張四維《章臺柳》、吳長孺《練囊記》。

柳參軍

李朝威

柳生是陝西華州地方名門望族的後代，為人清心寡欲，個性瀟灑不羈。雙親早逝，也沒有兄弟姊妹。他曾在州中任參軍，自卸職後，便在長安城裡住下。

一天，柳生在曲江池附近閒逛，突然看見一輛金碧輝煌的車子從遠處馳來。旁邊跟隨著一名婢女似的女子，長得俊俏可愛。柳生正驚訝於車子的豪華，卻見車前的簾子輕輕巧巧地掀了起來，那一雙掀簾子的手，光潔如玉，正在簾裡指畫著，要那名婢女去摘採路旁的芙蓉花。望著那隻纖細柔美的手，柳生不禁遐想起來：

「這麼美的手！這個女子一定長得相當漂亮吧！」

正凝思著，簾子掀動處，果然露出一張容色絕代的臉龐，柳生目不轉睛地看著車裡的女子，而車裡的女子居然也用眼角凝視著柳生，兩人就這樣互相含情脈脈地凝望了好一會兒工夫；後來，車子加速離去，柳生也揚起馬鞭痴痴地尾隨著。車子進入永崇里，那兒是長安城中的高級住宅區。柳生向附近的人家打聽那名女子的情形，才知道她是崔家的小姐，家裡有個母親，跟隨在身旁的是婢女輕紅。柳生原也是大戶人家的子弟，家境很不錯，便準備了厚禮，去賄賂輕紅，想請輕紅替他引介一下，輕紅卻是怎麼也不肯接受。柳生極度苦惱，卻又想不出什麼具體的辦法。

不久，崔家小姐生了病，她在京師裡任防衛官的舅舅，這時正好來探望崔小姐的母親，順便看看外甥女的病。見外甥女已出落得亭亭玉立，典重高雅，非常喜歡，便和崔夫人說：

「自妳出嫁後，因路途遙遠，我們兄妹二人一向很少聚首，都快生分起來了。我有一個兒子，年紀也不小了，一直沒找到合適的對象。今天，我一看外甥女，就很喜歡，何不讓他們二人結婚，兩家親上加親，將來也走動得勤快些！」

崔夫人不敢違背兄長的意思，便答應了這門親事。輕紅在門後偷聽到了，趕緊跑回去告訴崔小姐。崔小姐滿心不樂意，便匆匆忙忙走到前廳，向母親表明自己的意願。她說：

「前些日子，我在曲江池邊遇到一位柳生，他長得風流倜儻，舉止高雅，氣度不凡，如果我能如願嫁給他，死也瞑目。萬一母親不肯成全，硬要將我許配給表哥，那我也顧不了那麼多，只好堅持到底，寧死不屈了。」

崔夫人只有這麼個女兒，平日寵愛縱容有加，一則不忍心女兒心裡委屈，二則也怕她真的想不開尋了短見，便只好依她。於是，派輕紅到柳生的住所去找他，把這件事說明白。

輕紅找了幾天，好不容易找到了柳生。柳生見輕紅翩然來訪，高興極了。又看輕紅一副討人喜歡的模樣，情不自禁地去逗她。輕紅雖是個丫鬟，但平日裡也頗檢點自重，見柳生這樣輕佻的舉止，不由得怒氣沖天，大聲地斥責柳生說：

「你這個人怎麼這樣粗魯無禮，不知道我們家小姐怎麼會看上你的！我充其量只不過是小姐身邊的一個丫頭，竟讓你忘了以前對小姐的情意。如果往後我們小姐真的嫁給你，指望跟你過一輩子，豈不糟糕！我這就回去，把這樁事稟明小姐，看小姐還願不願意嫁給你?!」

柳生深悔孟浪，不斷地向輕紅行禮、賠不是。過了許久，輕紅才平息了怒氣，把事情原委對柳生說了，最後強調：

「我們家夫人一向疼愛小姐，捨不得讓小姐受一點委屈。現在小姐的舅舅來提親，小姐堅持不肯嫁給表哥，而希望嫁給你。夫人為了不勉強她，才答應了這樁親事，又恐怕苦惱了小姐的舅舅，希望你們能儘快暗中成親。你最好在兩三天內準備好，趕緊來跟我們小姐成婚。」

柳生一聽，真是喜出望外，連忙選定了日子，準備了成千上萬的聘禮，把崔小姐給娶過門。婚後五天，柳生便帶著新婚妻子和輕紅搬到金城里去定居。

過了半個多月，崔小姐的舅舅又到永崇里去看崔夫人，想藉此機會挑個好日子，給兒子成親，不想一見面，崔夫人便一把鼻涕，一把眼淚地對哥哥哭訴著：

「可憐我丈夫早死，只留下這麼一個女兒。前些天，她表哥竟然蠻不講理地來到家中，把他表妹強行帶走了。哥哥啊！難道你就不教訓教訓那孩子嗎？」

崔小姐的舅舅一聽，不覺怒火中燒、暴跳如雷，也顧不得告辭，便一路奔回家去。不由分說地把自己的兒子毒打了一陣。可憐這王生平白挨了揍，還不曉得到底是怎麼一回事。揍完了，王生傷痕累累的問明了情由，才向父親說明自己的無辜。王生的父親聽完了兒子的申訴，又後悔、又心疼，便暗中派人四處查訪崔小姐的下落。由於崔家防備嚴密，過了一年，一點消息也沒有。

不久，崔夫人因病去世，柳生帶著妻子及輕紅從金城里趕回去奔喪，正好被王生碰上。王生急忙通知父親派人把柳生抓起來。柳生委婉地和妻子的這位舅舅解釋：

「我是經過令妹、也就是我的岳母的同意，納聘送禮、明媒正娶地和崔小姐結婚的，並不是非禮強娶，這事情崔家上上下下都清楚，你不妨去問個明白。」

因為崔夫人已經過世，死無對證，雙方只有鬧到官府裡去。縣太爺詳細的審問後，宣判：

「王家先下的聘禮，崔小姐理應是王家的人。柳生雖經明媒正娶，可惜因下聘較遲，本府宣判此樁婚姻關係無效。」

柳生聞判，一時呆若木雞，頓覺生趣全無。王生很喜歡這位表妹，也就不計前嫌，把表妹接回家去，輕紅也隨著到了王家。就這樣過了好幾年，輕紅一直忠心耿耿地陪著崔小姐。不多久，那位身為防衛官的舅舅也去世了，王生便帶著家小搬到崇義里去住。

崔小姐自從嫁了表哥之後，心裡一直悶悶不樂。這回搬到崇義里來，因和金城里相隔不遠，她便叫輕紅暗中去尋找柳生。好不容易找著了，崔小姐和柳生都興奮得不得了。輕紅從中為二人約定見面日期。崔小姐為求和柳生相見，特地賄賂了家丁一大筆錢，請園丁用垃圾和泥土搭一個和牆一般高的土坡，便和輕紅二人越過城牆，一起去找柳生。夫妻相見，恍如隔世，不禁悲喜交集，柳生沒打算離開長安，只帶著她們主僕搬到群賢里去住。

這邊，王生發現妻子不見，寢食難安，不斷地設法尋找，終於打聽到柳生的居所。於是，又告到官府裡，要求帶回表妹。王生對這位表妹一直是情深似海，加上崔小姐又一再求饒，且說自己已有身孕，王生便不加追究，把妻子帶回去。而柳生因拐誘良家婦女，被判長期流放湖北江陵，永遠不准回鄉。

兩年後，崔家小姐終於因思念成疾而與世長辭了。不久，忠心耿耿的丫鬟輕紅，也跟著棄世。王生心中十分哀痛，為她們舉行了隆重的喪禮，並把輕紅葬在崔小姐的身旁。

柳生被放逐到江陵後，愁腸百結，每天思念著遠方的伊人，望斷天涯，卻無歸路，只好在那兒找了個地方住下來。春天來了！二月裡百花盛開，柳生無奈地在庭院中來回踱步，眼看繁花盛草，不覺黯然神傷，悲憾惆悵，不能自已。就在這時，忽然聽見一陣急促的敲門聲，他打開門一看，不禁呆住了！竟是輕紅提著化妝箱和衣物進來。一進門就說：

「我家小姐馬上就要來了，快！快！」

接著，一陣馬車的聲音，緊接著，就看見崔小姐悠然地走進來。柳生一見崔小姐，激動興奮地說不出一句話，兩人執手相看淚眼，只覺滿腹心酸。

過了許久，兩人才平靜下來。互道離別後的情形，說到傷心處，都忍不住欷歔長嘆！

柳生問：

「妳怎麼能到江陵來？」

崔小姐幽幽地說：

「我已經和王生分開了，從今後，我們可以高高興興地永遠在一起。你沒聽說：『精誠所至，金石為開』的話嗎？一個人如果能專心誠意的話，一定可得償宿願的。」

兩人更加珍惜這得來不易的聚首。這樣過了兩年，兩人極盡繾綣，恩愛非常。似乎一生的幸福，都在其中了。

有一天，一位曾在王家待過的老僕人，偶而經過柳生的門口，看見輕紅在柳生家中，心裡覺得奇怪，懷疑可能是長相相同的另一個人。所以，不敢隨意張揚出去，只偷偷向柳生的鄰居打聽，一問之下，大家都說住那兒的，正是被流放的柳生，這老僕人更加吃驚，便兼程趕回長安。

回到長安後，老僕人繪影繪形地把在江陵看到的情形都告訴王生。王生立刻命人備車趕到千里外的江陵。到了柳生的住所後，他在門外從隙縫裡悄悄往裡看，只見柳生正光著上身躺在靠窗的床上，崔小姐則坐在妝梳臺前打扮著，輕紅捧著鏡子站在一邊，崔小姐臉上的脂粉還沒抹勻，王生這一驚非同小可，忍不住大聲呼叫起來。這一叫，輕紅的鏡子一下子掉到地上去，發出一陣聲響。王生急忙推門進來。柳生這時也嚇了一跳，馬上以客人之禮接待王生。二人敘禮完畢，赫然發現崔小姐和輕紅都已不知去向。

這時，王生和柳生兩人才把這些年來的光景，大致說了一下。兩人相顧茫然，不知所以，都覺得事情太不可思議了。於是，兩人一塊兒回到長安，打開崔小姐的墳墓求證。只見崔小姐臉上還殘留著在江陵沒有抹勻的脂粉，身上的衣服、肌膚，都仍完好如初。兩人又打開輕紅的墳一看，情況也是一樣。

柳生與王生經歷了這場變故，便立誓為友，又把崔小姐和輕紅重新葬好。兩人想起過去的種種及眼前的遭遇，只覺人生如夢，虛實無常。天地之間，總無法逃掉一個情字，而終生為情所困、為愛所惑，事實上，這一切到頭來，都將成過眼雲煙。自生至死，也不過如此罷了！看透了，參透了，便什麼也不再留戀了。於是決定遠離這十丈紅塵，去追尋仙道，永遠不再在塵世裡浮沉了。

【評論】

本文見於《靈鬼志》。作者李朝威，隴西人，生平無可考，據推測可能是唐德宗貞元年間人。另有傳奇《柳毅傳》傳世。

《柳參軍》寫一則離奇的婚姻故事，和陳玄祐名篇《離魂記》有異曲同工之效，同是寫懸想成痴，以致魂魄相隨的戀愛。只是《離魂記》主角倩娘病在閨中，其後形神合為一體，猶在世間生活了四十餘年。而柳參軍女主角崔氏女則形歸黃土，影隨柳生，後來被識破後，和丫鬟輕紅俱失所在。

本篇寫男女主角二人相見的場面，極富詩情。先由遠處徐徐前來的一部馬車寫起，繼及車旁俊雅的青衣輕紅，再由女主角指晝令摘芙蓉的纖纖玉手，推及她絕代的容色，給人無限的遐想。最後寫主僕二人對鏡梳妝，崔女胭脂還未抹勻，聽到門外王生急叫，遂鏡落地，聲如磬，而失所在。王生、柳生同赴長安，發塚視之，崔女臉上還殘留著那未抹勻的胭脂，情節詭譎出塵，意象新奇動人。

《柳參軍》全篇要旨不外強調「人生意專，必果夙願」，認為只要精誠所至，金石為開，雖死也能達成夙願。就其內容取材來看，是頗受佛教的影響的。作者先由環境入手，男女主角的婚姻不見容於現實社會，女主角最後不得已抑鬱以終。作者同情她的際遇，遂為她營造了一個相隨的魂魄，讓男女主角藉著不可知的神力，在另一個地方重逢，這是佛教的思想，卻也雜合了道教的神仙說法（尤其文後王生、柳生訪道終南，更充分透露了文中的道教色彩），可以說在想像方面，平添了極寬闊無垠的境界。

靈應傳

佚名

涇州東邊約二十里的地方，有個薛舉城。城外有個叫善女湫（ㄐㄧㄡ jiū）的水潭，十分廣闊，不但水草叢生，而且四周還有高大的古木環繞著。深綠色的潭水也不知道究竟有多深，只知道常有許多精怪出沒其間。當地人在旁邊立了一個祠廟，供著九娘子神，只要有水災或旱災發生，大夥兒便準備祭品到這兒來祈禱，請求消災。

在涇州西邊兩百多里的地方，也有一個潭，位朝那鎮北方。潭神名朝那，也很得人們的信仰，靈驗的程度不下於善女湫的九娘子神。

有一年，周寶任涇州節度使。仲夏時節，忽然，善女湫及朝那湫同時冒出滾滾的雲氣，形狀時而像山峰，時而像美女，時而像猛虎、老鼠……變幻莫測；又是颳風，又是打雷，又是閃電，頃刻之間，屋倒樹毀，人民頗多傷亡，農作物受害的情形更是嚴重。

周寶看到自己治下的涇州，遭到這樣的變故，心裡十分難過。他是個盡責愛民的官吏，便仔細地檢討自己，以為是行政上有了偏差，才招致神靈的譴責。

一個大熱天裡，周寶處理完公事，已快接近中午，他覺得很睏倦，於是解去頭巾，靠在枕上休息；還沒有十分熟睡，忽然看見一個頭戴鋼盔、身穿鎧甲、手執大斧的武士進來。到階前行禮致敬說：

「有一位女客在門口，等著參見您！」

周寶覺得奇怪，便問：

「你是誰呀？」

他恭敬地回答，說：

「我是守門的衛士，在您手下做事已經有好幾年了。」

周寶心裡疑惑，還要問他，卻見兩個婢女從大門進來，上了臺階，跪著說：

「九娘子特地來拜望您，先派婢子來稟告。」

周寶禮貌地拒絕道：

「九娘子也不是我的親戚熟人，怎好冒昧地相見呢？……」

話還沒說完，只見一陣祥雲細雨飄落四周，又有一股奇異的香氣撲鼻而來；一個年約十七八歲的女子，穿著素淨的衣裙，從空中冉冉降下，站在廊廡間。她身材窈窕、容貌脫俗、風度高雅。身旁跟了十多個侍從，每個服飾都很講究，眾星拱月般簇擁著她，她雍容華貴地緩緩舉步走向周寶。周寶正要迴避，一個僕從連忙上前阻止說：

「我家主人因為敬佩您的高義，值得信賴，才專程到此地來向您傾訴冤情，您難道忍心不伸出援手嗎？」

周寶只好按著賓主之禮接待她，請她登榻坐下。只見她周身都是祥瑞的煙雲，紫氣繚繞庭中，她拘謹地低著頭，滿面愁容。

周寶叫人預備了豐盛的酒食，很客氣地招待她。一會兒，她站起身來猶疑地說：

「我一向住在郊外，享用人們的祭祀，心裡實在很感激。只是身為異類，不便和人們往來。今天實在是因為遇到不得已的困難，才到這兒來麻煩您。如果蒙您同情，我才斗膽說明原委。」

周寶爽快地說：

「妳請直說吧！我正想明瞭妳的宗系哩！如果有我可以效勞的地方，我是絕不會推辭的。殺身成仁、赴湯蹈火地替人打抱不平，正是君子分內的事！」

九娘子深深地行過禮後，緩緩地說：

「我家世居會稽山附近的鄮縣，在東海水潭中傳了一百多代。後來被姓庾的仇家所害，全家五百多人都被活活燒死，幾乎因此絕了嗣。先人只好忍辱負重，潛逃到荒僻的地方，以躲避仇家。到了南朝梁武帝天監年間，皇帝貼告示徵求人去枯桑島龍宮探險；用燒燕這道美味的食物去誘引洞庭君專管寶藏的七女兒，以求得寶物。我們的仇家知道了，便自鄮縣白水郎辭了官，去應徵這項任務；其實只想假公濟私，混進龍宮，來消滅我們。所幸有個大臣探知了他的陰謀，就向皇上諫止，武帝因此改派合浦郡落黎縣歐越羅子春去。

我的先人為了隱藏行蹤，以絕後患，只得改名換姓，帶著族人遷到遠遠的新平郡真寧縣安村定居下來，胼手胝足地開荒拓地，至今已有三代。我的父親靈應君受封為應聖侯；後來因對人民有恩德，封為普濟王，他的德望很高，為世人所敬重。我是他的九女兒，嫁給象郡石龍的小兒子。我的丈夫性情粗暴、血氣方剛，不守法紀，公婆又縱容兒子，也不加管束，任憑他殘虐視事，蔑聞禮教。還不到一年的工夫，便遭滿門滅族，只有我一個人得以倖免。父母要將我改嫁，我始終不肯，作媒下聘的人成天進進出出，只是我主意已定，誓死不再嫁。父母對我的剛烈脾氣十分生氣，把我一個人丟在這裡，不加聞問，到如今已有三十多年了。

雖然久離父母，但離群索居，倒也悠遊自得。最近朝那湫的小龍君，為他弟弟向我提親，送了許多厚禮，又三番兩次前來遊說，我雖然斷然地予以拒絕，但他仍不死心，去說動我的父親，並把他弟弟送到我父親王國的西邊，預備隨時騙我回去成親。父親知道我心意已定，就叫他帶兵來逼攻。我也帶了五十幾名家僮應戰，可是，終究寡不敵眾，打了三次，三次都失敗。本想收拾殘局，背水一戰，只是敵人兵力太強大，恐怕一旦被攻破，會遭到惡人的侮辱，即使死在九泉之下，也沒面目再見先夫。我聽說您是個明德的君子，德化可以通於幽明兩界，因此，不揣冒昧，前來向您求援。希望您能撥調人馬，好讓我和那班不講理的人周旋到底；一來保全我守節的誓願，二來也表現您救人急難的熱忱。我衷心地懇求您，千萬不要拒絕！」

周寶很驚訝這小小女子言辭的淹博；心裡其實已答應了，卻仍故意找些理由推辭，好試試她的應對，便裝出為難的樣子，說：

「邊情緊急，西疆已經淪陷了三十幾州，朝廷正打算整軍反攻，以光復失土。我每天都緊張地待命，只要命令一到，就得出發殺敵。因此，雖然對妳的處境相當同情，卻實在愛莫能助。」

九娘子引經據典，滔滔不絕地辯駁道：

「從前楚昭王以方城山為屏障，漢水為護城河，占有荊蠻地方；依賴著父兄開創的基業，外有強國聯盟，內有賢臣效力；可是，吳國一攻來，卻連連敗退。申包胥不得已到秦國去求援，倚著城牆哭了七天七夜，秦伯為他的忠貞所感動，於是，派兵幫助楚國打退吳兵，楚國因此才得以免於滅亡。申包胥為了挽救國家，不惜一切，終於感動了強大的秦國。而我，一個弱女子，為守節不但受到父母的申斥，而且遭致惡人的欺凌，這種岌岌可危的處境，難道還不能打動仁人君子的心嗎？」

周寶又故意遲疑地說：

「妳不是有超人的神力嗎？我們這些老百姓的性命尚且掌握在妳的手裡，妳又何必來向我們示弱求助，表現得這樣可憐呢？」

九娘子急得幾乎哭出來了，她說：

「我的家族宗派是眾所皆知的。彭蠡君、洞庭君是我的外祖輩，陵水神、羅水神都是我的表親。我們的兄弟親戚加起來，少說也有百來人，散居吳越各地。咸陽附近八條河的河神，也多半是我的宗親。只要我派人告訴他們，他們一定會馬上來幫忙我。不是我吹牛，到時候興風作浪，波濤洶湧，雷電交加，準教朝那神粉身碎骨，涇州千里之地一片汪洋！只是，近來涇陽君和洞庭君外祖父兩個親家，因兒女婚姻不美滿，洞庭君的幼女遭到涇陽君小兒子的遺棄，兩家失和，洞庭君的弟弟錢塘君一怒之下，發動大水攻打涇陽，不但涇陽君被吃掉，而且連帶傷害了許多生靈和農作物；到如今，涇水上車輪馬跡還在，歷史也還斑斑可考。而我丈夫又因造孽太多，觸怒了天帝，到現在都還沒有完全赦免，所以，我們一直兢兢業業，安分守己，不敢有絲毫的差錯。如果您真的不同情我，不願意出兵幫忙，那麼，我也只好不顧天帝的斥責，拿出最後的殺手鐧來了！」

周寶這才答應了她。九娘子感激得連敬幾杯酒後，才告別而去。

周寶這一覺一直到午後才醒來，夢中的事，彷彿還活生生地留在眼前耳畔。第二天，他便如約派遣了一千五百名兵士，前去守護善女湫的九娘子廟。

第三天清晨，天才濛濛亮，周寶正要起床，屋裡還很昏暗，忽覺帳前好像有人在走動，他以為是侍候盥洗的僕人，就叫他把蠟燭點上；但他卻不搭理，周寶昨夜一夜沒睡好，精神不太好，見到僕人如此怠慢，愈發生氣，便大聲命令他，那人這才朗聲說：

「我和您幽明有別，請您不要強迫我見光。」

周寶嚇了一跳，忙屏住氣息，緩緩問道：

「九娘子嗎？」

那人恭敬地回答：

「不！我是九娘子的手下。昨天承蒙您借調兵士給我們，但是，因為幽明兩隔，無法指揮。九娘子特別派我來轉告您，如果您誠心幫忙，請再想想其他辦法。」

一會兒，天漸漸亮了，光線由窗間照進來，周寶定睛一看，卻什麼也沒有了。他坐在床沿上想了半天，才明白其中的道理。就叫手下按照兵籍，檢選那些已經戰亡的兵士，共得騎兵五百人，步兵一千五百人，並在其中選了孟遠負責統領；然後，把他們的名冊送到九娘子那兒。

又過了幾天，周寶把原先派去守廟的士卒全部調回。那些兵卒正在廳前列隊，一名兵士突然倒在地上，嘴巴不停地張動，眼睛滴溜溜地轉。問他話，他也不答，似乎又不像暴斃的樣子，於是，把他抬到廊廡下休息，一直到第二天黎明時分，才豁然清醒。周寶派人問他怎麼一回事，他回說：

「起先我看到一個穿青色袍子的人，從東邊走來，很有禮貌地向我行禮，對我說：『我家主人接受周大人很大的恩惠，只是事情還有些不順利，想勞駕你跟我走一趟，好把家主人的意思轉達周大人，請你不要推辭。』我急急忙忙地託辭拒絕，可是，他卻不由分說地拉著我就走；我的神智突然一下子變得懵懵懂懂，完全身不由己，只能踉踉蹌蹌地隨著他急走，一直走到廟前。有人叫我趕快進去，我迷迷糊糊到帷幔前，九娘子正焦急地在那兒等著，看到我，如釋重負地對我說：『你可來了！真急死我了！前次承蒙你家大人仗義派兵前來守衛，路上往返勞頓，真太辛苦你們了！這兩天，又蒙大人再調借兵勇，真是感激不盡。這些兵士個個英勇善戰，武器裝備又十分精良，就只那負責統帥的孟遠，非常庸懦，又不懂用兵之道。前天，敵軍三千人來進攻，孟遠帶著兵士迎戰，可惜因事先計劃不周詳，設下的埋伏被發現了，被敵人打得落花流水似的。看樣子，這個孟遠是對付不了敵人，恐怕得另外找一名較為機警、有謀略的將領；請你快回去，把我的意思轉達你家大人。』她一說完，我就告辭出來，只覺得頭又昏昏沉沉，其他的事，我就不知道了。」

周寶一聽，正和上回自己的夢境相符合，便相信了他的報告，又改派制勝關的關使鄭承符來替代孟遠。十三日晚間，在官衙後的空地上，設了香案，把鄭承符的名字題在名冊上，祝告九娘子神。

十六日那天，制勝關上派人來報告，說：

「十三日晚上三更時分，關使突然暴斃。」

周寶吃了一驚，連忙派人上制勝關上去察看，果然見他氣息全無，但胸口卻始終仍有餘溫，仲夏裡，屍體停放了幾天，居然也不腐壞；大家都覺得很怪異！

一天夜裡，大地一片靜寂。忽然陰風慘慘，飛砂走石，樹木連根拔起，愁雲慘霧繚繞，房屋農作倒的倒，歪的歪，被吹壞了無數；一直到天亮，風雨才停止。只是，天仍舊陰霾沉沉，暗淡無光。

晚上，忽然天空一聲霹靂，彷彿天崩地裂；家人突然聽到棺材裡發出痛苦的呻吟，急忙打開來看，鄭承符竟慢慢甦醒過來。鄰居、親戚聽說他又活了過來，紛紛聚攏過來，圍著他又悲又喜，問東問西。他休息了好一會兒，才緩緩地說出全部的經歷：

「那天夜裡，我正在家裡休息。突然有個穿紫衣的人，騎著一匹高大的馬，後面還跟著十來個隨從。到門口下馬之後，聲言要見我。寒暄了一陣後，他拿出一分禮單對我說：『我們家主人聽說您有不世的才能，想效法前人三顧茅廬的故事，敬請您出來指導我們，以對抗仇家。因此，特地派我送些薄禮來，聊表敬意，請您無論如何都得收下。』我連說：『不敢當！不敢當！』只見從外頭抬進來許多禮物，包括馬匹、兵器、弓箭、衣物等，堆滿了一院子。我再三推辭不過，只得收下。他催著我上車，只見馬匹十分神駿，鞍轡也很考究。一會兒，走出一百多里。路旁已有三百多名騎士在等候著。前導殿後的，都是大將軍的儀仗，前呼後擁，好不神氣，我不免也志得意滿起來。一會兒，看見一座大城，城牆又高大又堅固，而且還有很深的護城河。這時，我恍恍惚惚的，竟然不知道自己是打哪兒來的。不久，有人在城外設下了營帳，並安排了酒宴、音樂，我們大吃大喝了一陣才進城。沒想到進了城，赫然發現路旁擠滿了圍觀的群眾；奔走傳令的小吏，不停地來回穿梭著。不知道經過了幾重門後，到了一個類似官衙的地方，左右的僕從便讓我下馬更衣，準備去見九娘子。」

他一口氣說到這兒，歇了一會兒，又繼續說：

「九娘子派人傳話出來，說：『請鄭先生以賓主之禮相見。』我心想自己既已接受了誥命，算來就是臣子，當然應該依君臣之禮相見，便堅決辭謝了。換上一身戎裝進去參見，九娘子又派人傳命出來說：『請鄭先生免帶武器，以維持賓主的禮數。』我便放下兵器進去。九娘子已端坐在廳堂上，我依著臣子的禮節拜見，九娘子連連叫我登上台階，我只好由西階登上客位。放眼看去，只見環侍她左右的婢女共有數十人，每一個都打扮得花枝招展；還有幾十個手捧各式樂器的樂工，也穿著很鮮豔華美的衣服，其他就是穿著官服的大臣們，他們都筆直地站在階下。又有五六個女客，各帶著十幾個僕從，摩肩接踵地進來。我因為不知道這些人的身分，只有低著頭作揖，不敢輕易拜見。大夥兒都坐定後，九娘子叫幾個將軍也坐下。一會兒，樂聲大作，酒也送上來。九娘子端起酒，正要說明徵聘我的意思，卻忽然聽到烽煙四起，外頭一片喧鬧，有人大聲叫著：『朝那賊人的步兵好幾萬人。今天清晨已攻破我們的堡壘，進入我們的國土。現在他們分成幾路進兵，來勢洶洶，請趕緊發兵反攻啊！』

在座的人聽了，都相顧失色。女賓們來不及告辭，狼狽地散了。將軍們都到階前來聽命。九娘子慌忙對我說：『承蒙節度使大人的厚恩，同情我的孤苦無依，發兵拯救我們的危難。但是，因謀略不當，戰爭屢次失利，所以，這次特別請您到這兒來，幫忙抵禦強敵。難得您不加嫌棄，仗義到此。』於是，賜給我兩匹戰馬，一副黃金鎧甲、無數的旌旗、珍寶，及二名漂亮的女子，最後又交給我一面兵符。我拜領出來，叫各將軍指揮軍隊，號令一發，齊聲響應。

這天晚上，我帶兵出城，探子相繼來報，都說：『敵人聲勢相當浩大！』我對當地的山川地理十分熟悉，知道那個地方形勢孤虛。就乘著夜色昏暗，把軍隊開到城外一百餘里的地方，分布在各要害。明令規定，賞罰分明。布置了三處埋伏，以等待敵人的進擊。

敵人仗著幾次的勝戰，相當輕敵，以為仍是孟遠統率。我騎了一匹馬登上高處，觀察形勢，只見雙方都嚴陣以待，氣氛相當緊張。我先派出一支輕兵挑戰，故意示弱來引誘他們。然後短兵相接，邊打邊退。兵器互擊的聲音，震天動地。我帶著軍隊假裝打敗逃走，他們果然大舉追來。這時我一聲令下，埋伏的兵士紛紛湧出，轉戰千里，四面夾攻，敵人死傷累累，潰不成軍。朝那君帶著十多人脫圍逃走。我派了三十匹快馬去追，果然把他活捉下來。這時，戰場上一片血肉模糊，屍體兵刃都堆積如山，戰況真是十分慘烈。

我用囚車把朝那君載回去。九娘子在平朔樓上接見俘虜，全國民眾都聚集在那兒。朝那君被引到樓前，九娘子義正詞嚴地責問他，他只一味地說：『死罪！死罪！』再也不肯開口。九娘子於是下令把他押解到市場上去腰斬。臨刑前，突然有一個使者，騎馬飛奔而至，帶來普濟王的緊急詔令，說：『朝那君的罪，其實正是我的罪；希望你能赦免他，以減輕我的罪過。』九娘子見父母又和她再通音訊，高興極了！對手下說：『朝那君的荒唐行為，原是我父親所授意，現在我赦免他，也是我父王的命令。以前我違抗父命，是為了保全貞節；現在如果又不聽命，那就太不應該了。』於是命人把朝那君鬆綁，又派人騎馬送他回去。沒想到他因羞愧過度，竟死在半路上。

我因為克敵有功，大受恩寵。不但被封為平難大將軍，以朔方一萬三千戶為食邑，又有房子、車馬、珍寶、衣服、婢僕、園林……等賞賜。第二天，又安排了豐盛的酒席，在座的不過六七個人。第一次陪宴的那些美女也都來了，風姿豔態，比前次更加動人。大家喝了一整晚，痛快極了。席中，九娘子端起酒，悲切地說：『我是個薄命的人，年紀輕輕就守了寡，天性孤傲貞節，不聽父命改嫁，被放逐到這裡，已有三十多年了。我每天蓬頭垢面，心如死灰，不過苟延殘喘而已。又受到鄰邦惡人的脅迫，性命幾乎不保，如果不是節度使大人的仁慈，和將軍的勇猛，我早就做了朝那的階下囚了。你們的大恩大德，我一輩子不敢忘記。』說完，以七寶鍾盛酒賞賜給我，我站起來拜謝，把酒喝了。這時，我忽然十分想家，於是懇切地提出我的請求，九娘子總算答應給我一個月的假期。

第二天，我辭別了九娘子，帶著三十多名部下，順著原路回來。一路上，雞叫、狗吠的聲音不絕於耳，我不由得心酸起來，不一會兒，到了家，看見家人圍在一起哭泣，屋裡掛著靈帳。我的一個手下，叫我趕快鑽進棺材裡，我還想走向前去，卻被左右的人制止了，後來聽到一聲巨響，忽然就醒過來了。」

自從鄭承符復活之後，就不再過問家計，只一直向妻子兒女交代後事。一個月後，果然無疾而終。當他死亡之前，曾經對他的妻子說：

「我替朝廷出力已久，雖然談不上什麼了不起的建樹，總還有幾件小小的戰功。自從遭到讒言毀謗，被貶到這裡來，心裡抑鬱不得申。大丈夫應該轟轟烈烈，叱吒風雲，為人間打抱不平，才不枉費一輩子！這種機會就快來了，只是，我和你分手的日子恐怕也不遠了！」

十三日那天，有人一大早從薛舉城出發趕路，走了十多里，黎明的曙光才現，忽然看見前頭塵埃飛揚，來了一大隊人馬，旌旗鮮明，幾百個武士騎著馬，簇擁著一個人，氣概不凡，他上前仔細一看，竟是鄭承符。這人驚訝了好一會兒，站在路旁看著他們離去，只見他們一轉眼就到了善女湫，一下子，卻什麼都不見了。

【評論】

本文見於《太平廣記》第四百九十二卷。不著撰人。明代有題為于逖的，殊不足據，故不取。文中寫乾符五年節度使周寶鎮守涇州時的一段故實。周寶在《唐書》一百八十六卷有傳，字上珪，平州盧龍人。黃巢領宣歙，遂徙鎮海軍節度使，兼西南招討使。復為錢鏐（ㄌㄧㄡˊ liú）所殺。由此推斷，作者當為僖宗、昭宗年間人。

唐代小說取材，於仙怪狐鬼之外，尤喜言龍女靈異的事，李朝威《柳毅傳》盛傳於中唐，後人受其影響，別出機軸，演為長篇，遂成本文。其中鋪陳九娘子的貞節、鄭承符的智勇，振奇可喜，而布局振采和《柳毅傳》相較，絕不相襲，當是唐末嗜異能文者所為。《柳毅傳》中的龍女柔弱，飽受翁姑、丈夫的虐待而不得自解；本文的龍女則堅強而有膽識，她不但違抗父命，而且進一步求援於人間的將官節度使。「柳」文作者有意藉神來替婦女伸冤，本文則道盡女性的不平，兩篇都在表達當代的現實問題，與傳統觀念大不相同。

霍小玉傳

蔣防

一

霍小玉對著鏡子細細地裝扮著。秋日的午后，陽光邁著闌珊的步伐，緩緩爬上鏡面。亮光光的鏡子裡，浮現著一張年輕而姣好的臉：寬廣的額角，疏朗的眉目，使得整張臉看起來似乎明淨得逾越了常情。空氣裡游移著一粒粒的小塵埃，她用勁地吹了一口氣，小塵埃像避著什麼大風浪似的四下逃散著，可是，才不一會兒工夫，又團團地聚攏過來，人生不也是如此嗎？原以為勝業街古寺巷裡的日子再也沒有了往日的繁華，誰知道，王府裡的繁華是過去了，但是，另外一種春天卻又行將幽幽密密地包圍這寂寂長巷。

想到這裡，她不禁輕輕笑了起來。自從父親霍王過世，她和母親被迫搬離王府後，已經有許久沒有這麼開心地笑過了。鮑十一娘昨晚的一番話重新在她枯瘠的生命裡燃起了希望：

「真是一樁大喜事呀，姑娘！今個兒早上，我到新昌里去，剛好碰到鼎鼎大名的才子李益。我靈機一動，突然想到姑娘妳和他不正是郎才女貌的一對嗎？所以，我就跟他提起妳，沒想到他一聽之下，馬上央求我撮和這段好姻緣！妳說，這不是一樁天大的好消息嗎？」

在長安城中提起李益，真是無人不知、無人不曉。他出身名門，少負才學，詞章文藻更為時人所推崇，認為是一時無雙。

霍小玉雖是女流之輩，但自幼在王府中耳濡目染，音樂詩書，倒也無不通解。因此，對李益的才名心儀已久，聽鮑十一娘這麼一說，不禁怦然心動。整夜裡，她為這突如其來的喜訊竊竊地歡喜著，竟至有些迫不及待地盼望著天明。

在冗長而深沉的長夜裡，她也曾想到她所風聞的一些李益的韻事，但隨即又為他辯解著：

「自古哪個名士不風流呢！」

於是，所有的擔心都釋然了。

她瞄了瞄鏡中的容顏，她素來對自己的美貌深具信心，怎麼今天無端地心虛起來？李益該不會看不上自己吧！對這次的見面她抱著相當大的期望。被趕離王府的羞辱至今仍深深地烙印在心上，兄弟的薄情是她始料未及的：

「縱使母親只是父親的一個寵婢，但畢竟我和他們也是同胞手足啊！」

想起前塵往事，這多愁善感的女孩不覺憤懣起來，一向心高氣傲，落得必須在這窄巷裡安居落戶，她必得格外力爭上游，即使貴族式的尊榮不再，至少可以在這陋巷裡掙出一片風景。在這小巷裡，她姓鄭，「霍」字只是她記憶裡過氣的一個符號。

再過一刻鐘左右，李益就要來了。從窗口望出去，鮑十一娘正悠閒地在迴廊上逗弄鳥籠裡的鸚鵡。這位鮑十一娘是長安有名的媒婆。以前是薛駙馬家的婢女，從良已有十多年了。她似乎天生就該是個媒婆，既懂得察顏觀色、討人喜歡，又生就一張伶牙利嘴。

「人家說『舌粲蓮花』，恐怕就是這個樣子吧！」

霍小玉心裡想著，順手拿起桌面上橫著的一支紫玉釵，這是她全身上下唯一的裝飾品，也是父親遺留給她的唯一紀念品。只要再把這支玉釵插上，便算裝扮完畢了。突然，一陣尖銳的聲音響起：

「有人來了！快把簾子放下！」

學著人語的鸚鵡尖著嗓門叫著，霍小玉心頭一驚，玉釵差點兒應聲落下，她顫巍巍地用手重新把它扶好，盈盈地站起身來，從窗前的櫻桃樹旁邊望過去，一位身著白色長衫的男子正邁著大步走進來，鮑十一娘慌忙迎上前去，老遠就笑著說：

「什麼人哪！冒冒失失地闖進人家屋裡來？」

兩人互相調侃著進了屋裡。霍小玉忽然忐忑不安起來，看起來風流倜儻的李益，甚至比傳言中還要俊秀，這樣才貌雙全的人，要何等姿容的女子才匹配得過呢？她凝神諦聽著廳堂裡的動靜：

「素來聽說李十郎的文采風流，今日一見，果然一表人才，名不虛傳。我的女兒雖談不上什麼才學，但容貌卻還不差，匹配您這樣的才子，倒也合適。鮑十一娘已經跟我說過您的意思，那麼，現在就讓她出來跟您見見面吧！」

李益客氣地回答：

「在下不才，原不敢奢望垂青。蒙您不棄，真是我畢生最大的榮幸。」

母親淨持一邊命人擺下酒宴，一邊說：

「桂子，去請小姐出來。」

聽到母親提到自己，小玉陡地羞紅了臉，很快地回身端坐在床沿上。陽光正橫掃過鏡面，徐徐地延伸到床頭來，斑駁的樹影在地上婆娑地搖曳著，霍小玉不禁有些恍恍惚惚起來。

二

恍恍惚惚地，李益端坐在廳堂上。想起昨晚的一夜反側，自己都有些詫異起來。長到二十二歲，什麼樣的場面沒見過？居然為了一名素未謀面的女子顛倒痴狂起來！難不成真為她四播的豔名所惑嗎？

廳堂的擺設十分簡淨，屋子裡散發著淡淡的幽香。對面坐著霍小玉的母親淨持和媒婆鮑十一娘。淨持大約四十多歲，徐娘風韻，看起來仍綽約多姿，談笑間，神情還存著當年的媚態。她上身微微前傾著，臉上帶著平和的笑意，正專注地傾聽著鮑十一娘的談話。

鮑十一娘則比手劃腳，以一種極端誇張的神情絮絮不休地說著。李益一點也不清楚她在說些什麼，只見她兩片厚厚的嘴唇張張合合，奮力地掙扎著，李益簡直有些不耐煩了，婢子進去許久了，怎麼還不見霍小玉出來？儘管心裡嘀咕著，表面上可不能不擺出一副謙冲豁達的樣子來，面上帶著笑，適時地點了點頭，盡量使自己看起來熱切而有禮。

酒筵擺好的同時，東邊的閣子輕輕巧巧地走出了一位佳麗。

「哇！真美！」

李益在心裡讚歎了一聲，整個人不禁呆住了！小玉低著頭、紅著臉走到母親的身旁坐下。淨持和藹地對她說：

「妳最喜歡的兩句詩『開簾風竹動，疑是故人來』，就是這位鼎鼎大名的李先生作的。妳老是羨慕他的文采，今天見到了本人，可高興了？」

小玉仍舊低著頭微笑著。許久，才輕聲說：

「聞名不如見面，既是才子，怎能沒有出眾的相貌呢？」

李益渾然忘卻了周遭的一切，只是目不轉睛地望著，愛煞了小玉嬌羞的模樣。

「世上竟也有這麼美的人嗎？」

他失魂落魄地想著，鮑十一娘笑著說：

「喲！李先生，您這是怎麼啦？人家霍姑娘正在跟您說話哪！」

李益這才如夢初醒，也不知道自己幾時站了起來，慌慌張張地作了一揖，說：

「小娘子貌若天仙，李益唐突了！」

定了定神，又接著說：

「姑娘愛才，我呢？仰慕妳的美貌，我倆如能在一起，不就是才貌兼得了嗎？」

大家聽了他這幾近諧謔的話，都又笑起來，氣氛一下子似乎輕鬆了許多。

酒筵開始，各就各位，李益猶然戀戀不捨地把眼光投注在小玉身上，心裡滿溢著快樂。多年來，一直想找個美貌佳人為伴侶，卻始終沒能如願，如今，宿願將償，他高興得幾近忘形。酒過數巡，李益興致高昂，對著小玉說：

「聽說姑娘琴棋書畫，無一不精，李益仰慕已久。今天妳我二人千里相逢，也算有緣，可否請姑娘高歌一曲以助興？」

小玉起先不肯，一個勁兒低垂粉頸。最後拗不過母親和李益一再催促，才唱了一曲。歌聲曼妙，曲調高雅，李益聽得如醉如痴。

夜闌人靜了。微醺的李益踏著踉蹌的步伐，在鮑十一娘的帶引下到西院去歇息。庭院深深，簾幔低垂，李益快活得簡直要在心底歌唱起來。不經意往窗外望去，月光中，正有一個娉婷的身影在紅紗燈的前引下緩緩走來，跳躍的燭火在黑夜裡時隱時現，燈後的白色身影也因此如虛似幻。朦朧中，他推開房門，銀白色的月光剎時間傾瀉了進來，他迎上前去，明明是秋夜，卻兜攬了一室的春色。

庭院中，蟲聲四起，似乎在爭相傳告著什麼信息。夜半了，就著月色，李益仍貪婪地注視著眼前細緻、無瑕的面龐，卻發現淚水正幽幽地滑下小玉的雙頰。他震驚了！是自己的粗魯嚇壞了她嗎？他自責地問：

「都是我不好！是我嚇著妳了嗎？」

小玉也不去拭淚，任由它靜靜滑下、滑下，鬢腳、枕上都是淚！她空茫地望著前方，似乎望進了悠悠的歲月裡。李益著慌了！不知如何是好。許久，小玉才開口：

「妾身出身微賤，自知配不上您。眼前仗著幾分姿色，得到您的垂青，只恐怕將來一旦年老色衰，再也無法長繫君心。想起來，不禁十分悲哀。」

李益聽了之後，不覺笑了起來，說：

「我還以為怎麼了，嚇了一跳！來，把淚擦乾！」

伸手把小玉摟過來，讓她枕在自己的手臂上，一邊為她擦著淚，一邊柔聲地安慰她說：

「我畢生最大的願望，今天已經達到了，可以說心滿意足了，將來縱使是粉身碎骨，我也不願離開妳。夫人怎麼說這樣的話呢？若是妳還不信，我可以立誓，寫下來作個憑證。」

小玉這才破涕為笑，叫侍婢櫻桃挑起帳幔，拿過蠟燭、筆墨來。李益從一個精緻的繡花袋中，接過一幅三尺長的名貴素絹，提起筆便洋洋灑灑寫了起來。引諭山河，指誠日月……回過頭，看到小玉正定定地望著自己，一潭秋水似的雙眼沉靜而銳利，好像可以直穿入他的內心深處，他心頭一驚，手顫了顫，墨水竟在素絹上沾染了一大塊漬痕。

開春的時候，李益考取書判，被委派為鄭縣主簿，四月便得上任。他興沖沖地回來告訴小玉，原指望夫妻二人好好慶祝一番，沒想到小玉並不高興，只是一個勁兒不講話。最後禁不住李益再三追問，才說：

「你的才情聲名，向來為人所敬服，願意和你聯婚的，一定不在少數。況且你上有雙親，婚姻是大事，恐怕也由不得你作主。我有一個預感，你這一去，一定會另外成就好姻緣，我們當初的盟誓，不過是空話罷了！雖說如此，我私心還有點願望，想跟你請求，不知你可願意聽嗎？」

李益大為驚怪，小心地說：

「難道我有什麼錯處嗎？妳怎麼突然說出這樣的話來？妳有話只管說，夫妻間還談什麼請求不請求的。」

小玉便說：

「我今年十八歲，你也不過二十二。到你三十歲壯年，還有八年的時間。請你答應我，讓我們共同廝守這八年的時間，這便是我一生最美好歡樂的時光了。到時候，你再另選高門，締結良緣，也還不晚。我呢，便捨棄人事，削髮為尼，了卻此生，也就心滿意足了。」

李益聽了，既感動又慚愧，不知如何回答才好。許久，才說：

「妳也不要想得太多。以前曾指日發誓，與妳生死不渝，只恐不能白首偕老，怎會有別的心意呢？妳千萬不要瞎疑猜，好好在家等我回來。差不多八月時可到華州，到時候我會儘快差使者回來迎接妳，我們很快就可以再見面的。」

終於到了四月。春夏之交。景物出奇柔和明媚，更增添了幾分離情別緒。李益到處去辭行，長安的親戚們都擺下酒席，為他餞行，他忙著應酬，夜夜扶醉而歸，看不到小玉日漸憔悴的容顏，更看不到她心裡連連不斷的兩行清淚。等到有一天李益從醉鄉中矍然驚醒過來時，已到了離別的時刻。他匆匆打點了小玉為他整理的行裝，頭也不回地往東行去，已經沒有時間讓他回頭再看小玉一眼了。

就任後十來天，李益便請假回東都洛陽去省親。到家後，才知道母親已為他和表妹盧氏定了婚事。李益嚅嚅地說：

「可是我……我……」

話還沒出口，就被母親銳利的眼神給活生生地逼了回去。他知道母親的脾氣向來嚴厲，她說出的話，一向沒有迴旋的餘地。從小到大，他已經習慣在母親的威嚴下屈服，他說不出推辭的話，便任由母親做主決定了婚期。

盧家是當時的高門望族。嫁女兒一定要百萬的聘禮，不到這個數目，絕不答應。李益家裡向來清貧，只得四出奔走借貸。背負著精神和物質雙重的壓力，他跑遍江、淮一帶地方，心力交瘁地掙扎著。他深覺辜負盟約，愧對故人，就有意不通音信，想教小玉斷了念頭。還一一拜託京裡的親友，不要走露風聲。如此，從秋天到夏天，竟似過了一生般漫長。

三

從秋到夏，小玉盼了又盼，卻始終沒有盼到李益回來。她著慌起來，連連派人去打聽，得到的卻都是敷衍之辭。到處求神問卜，也沒什麼結果。小玉成天憂思疑慮、鬱鬱寡歡，到後來，終於病倒了。

李益仍舊音信全無，拖著憔悴的病體，小玉卻依然日日盼望著。她在親友間廣為交際，希望能從他們那兒得到李益的消息。尋求得心切，花費得也多，漸漸地，錢已經不夠用了。便常常叫侍婢偷偷拿首飾出去變賣。多半都放在西市侯景先開的當鋪裡寄售。

這一天，小玉實在想不出還有什麼東西可以變賣了。家徒四壁，回想起這些日子來苦心孤詣的尋求，不禁疲憊地俯身在妝臺上暗泣。就在她低下頭的同時，一陣清脆的聲音響起，一支紫玉釵跌落到桌面上，正斜斜地橫在那裡。她憐惜地注視著這支唯一倖存的首飾，心裡矛盾地掙扎著，最後，她咬了咬牙，狠下心叫道：

「浣紗！浣紗！妳出來一下！」

浣紗一邊在屋後大聲應著，一邊踏著細碎的步子前來。

「妳再把這支紫玉釵拿去侯景先的鋪子裡賣吧！」

「可是，小姐，這不是老爺留下來的唯一紀念品嗎？……」

小玉不由分說地打斷浣紗，說：

「不必多說，照著我的吩咐去做就是了。」

浣紗遲疑地拿著玉釵去了。小玉頹然地靠在椅背上，深深地、長長地嘆了一口氣，酸澀的雙眼竟再也流不出淚了。原來就纖弱的她，更加瘦骨嶙峋。她自憐地注視著鏡中的自己，這哪裡是一年前神采煥發的霍小玉呢？她的雙眼因經常失眠及長期的病痛顯得疲累，雙頰深陷，顴骨因之高聳，額頭因著神色的黯淡而形成一種詭異的寬闊，她呆呆地凝視著，直到浣紗又在鏡中出現。

浣紗紅著臉，氣喘吁吁，眉眼間透著不尋常的喜悅。她頑皮地把那支紫玉釵遞還給小玉，小玉神色慘然地說：

「怎麼？侯景先不要這……」

浣紗笑瞇瞇的，慢條斯理回說：

「不是啦！是我碰到貴人了。」

小玉狐疑地望著她，不知道她在打什麼啞謎。浣紗從身上拿出十二萬錢，興奮地連話都說不清了：

「是這樣的。我剛剛拿這支玉釵出去，在路上遇到一個宮廷裡的老玉工，他看到我手上的玉釵，就過來辨認，說：『這釵是我作的啊！當年霍王為了他的小女兒，要我作這支紫玉釵，為此還當了我一萬錢，這件事，到如今記憶猶新。妳是什麼人？怎麼會有這支玉釵？』我就把您的遭遇一五一十地告訴他，並說賣玉釵是為做人情，請人幫忙打聽李公子的消息。他聽了，欷歔不已，對我說：『沒想到貴戚人家，一旦遭遇不幸，竟然落到如此地步！我年紀一大把了，還見到這樣盛衰無常的事，真叫人無限感傷。』說完，就帶著我到延先公主宅內，把這件事轉告公主，公主也十分同情，嘆息了好一陣子，讓我拿了十二萬錢回來給小姐您哪！」

小玉失神地看著眼前的十二萬錢。連日來，她一直都為尋找李益而忙碌著、焦灼著，甚至騰不出時間來細思自己坎坷的命運，這十二萬錢和老玉工的一番話，無疑地，正為她的遭遇作了最殘酷的註解。她無視於浣紗疑惑的眼神，直挺挺地走了出去，她要找個地方，一個人靜靜地想一想，好好地哭一哭。

李益有個表弟叫崔允明，性情很忠厚，以前常跟著表哥到鄭家玩，和小玉很熟。那時，小玉經常送他一些衣服、日用品的，他很感激小玉的盛情。因此，每次一有李益的消息，便跑來告訴小玉。這天，他又到鄭家來，和小玉閒聊著，幾度欲言又止，最後，忍不住了，便對小玉說：

「姑娘，我有個消息告訴妳，妳聽了，可不許難過哦！」

小玉心知不祥，手足頓時冰涼了起來，表面上卻仍佯作鎮定地說：

「再沒什麼事能打擊我了，你但說無妨。」

崔允明氣憤地說：

「表哥已另聘了長安盧家小姐，今夏曾到長安送聘，後來又回去鄭縣。據說最近已告假到京城來準備成親，並悄悄到城裡來住下，不讓人知道。我原也不知道，是前兩天一位親戚不小心說漏了嘴，才讓我聽到的。……」

崔允明仍絮絮地說著安慰的話，小玉是一句也聽不下了。她恨恨地嘆氣道：

「天下竟有這樣的事嗎？竟有這樣的事嗎？……」

嘴裡喃喃念著，一逕走進了屋子。

從那以後，她到處請託親友，想法子找李益來。

「縱使只見一面也好。我要他自己親口告訴我，也好讓我死了這條心。」

她哀切地請求著。親友們為她的痴情深深感動了。一個個都拍著胸脯答應著：

「沒問題！這件事就包在我身上好了。」

小玉耐心地等著，可是，所有曾經應允的人卻都神秘地失蹤了。派人去追問，都搪塞說：

「沒找到李益啊！」

千篇一律的答覆開始讓小玉起疑了，她開始懷疑李益根本不願意見她。

「難道說，他當真這樣狠心，連見一面也吝惜嗎？」

她天天以淚洗面，不吃不喝的，心裡的怨恨痛苦愈來愈深，病勢也就愈發沉重起來。

一天晚上，她突然做了個夢，夢見一個穿著黃衫的男子抱著李益進來。到了席前，李益便叫她脫鞋。小玉驚醒了，把夢境告訴正在身邊照顧她的母親，並解釋說：

「『鞋』和『諧』同音，這表示我們夫妻還會再見面；脫的動作，是分離的表徵，既然再見了，又分離，這恐怕是要永訣了。這樣說來，我和十郎一定會相見的，只是相見之後，恐怕就是我的死期了！」

第二天早上，小玉起來，請母親為她梳妝。母親以為她病久了，神智有些不清，不大相信她的話，但還是勉強替她打扮著。剛打扮好，就聽到外頭鬧哄哄的，浣紗邊跑邊叫：

「小姐！小姐！李公子來了！李公子來了呀！」

小玉纏綿病榻多日，平常連翻個身都要人幫忙，這時聽說李益來了，不知哪來的一股精神，竟一下子自己站起身來，兩眼閃著奇異的光采，似笑非笑地說：

「果然是李益來了嗎？」

四

果然是李益來了。他深覺愧對小玉，一直小心翼翼地躲著她，多少人來求他去見小玉，他都狠心地拒絕了，沒想到到頭來仍舊是被誆來了。

今早，他同五六位朋友到崇敬寺賞花，漫步在西廊下，大家輪流吟誦詩句。他的好友韋夏卿就對他說：

「春光如此美麗，草木都欣欣向榮。可憐鄭姑娘，卻含冤憔悴，獨守空閨！你竟然忍心拋棄她，未免太殘酷了吧！這實在不是一個正人君子的行徑。這件事你難道不再考慮考慮嗎？」

他原本就心神不寧，又讓韋夏卿這麼一說，不覺更加心煩意亂。一時之間，倒有些惱羞成怒起來：

「大家正高興地吟詩解悶，何苦談這傷感情的問題。以後這件事還是少提，免得傷了你我的和氣！」

正說著，有一名丰采俊逸、穿著黃衫的人從他後面走到他跟前來，對他作了一揖說：

「您不就是李十郎嗎？我是山東人，算來和您還有點親戚關係。雖然我自己沒什麼才情，卻喜歡結交有才學的文士。向來仰慕您的聲名，常希望和您見上一面。今天幸而瞻仰到您的風采。舍下離此不遠，還有些歌兒舞女，可以娛人。姬妾八九人，駿馬十來匹，只要您喜歡，都可以奉送。真希望您能賞光。」

李益正好藉這個機會，躲開剛剛那個不愉快的話題。因此，就策馬和他同行。彎來轉去，竟到了勝業街。李益一看情勢不對，便藉口有事，想撥馬回去。豪士哪裡肯依，只說：「寒舍就在前面，您既然已經到了這裡，怎麼可以不賞光呢？」一面伸手拉住他的馬，往前走。不一會兒，已經到了鄭家的大門口，李益慌得舉鞭打馬就要回去。豪士叫出僕人，一下子抱住李益，很快地把他推進大門裡，反鎖上門，大聲報說：

「李十郎來了！」

李益見事已無可挽回，只好戰戰兢兢地坐著，等候命運的宣判。兩年多了，而乍見小玉時的驚豔猶歷歷如在目前。恍惚裡，似乎小玉又盈盈地自東邊的閣子出來，定睛一看，他不禁嚇得直跳起來。這哪裡是昔日那傾國傾城的佳人呢？

小玉一步一步地欺近，他驚惶地連連後退，最後跌進另一把椅子裡。小玉一句話也不說，只是悽厲地看著他，孱弱的身子搖搖晃晃，枯槁的雙頰上，淚水不盡地流著，滿腔的悲憤怨怒，盡在不言中。

一會兒，外面送進幾十盤酒菜來。賬都付過了，是黃衫豪士叫酒樓送來的。小玉側身坐著，半轉過臉，冷眼斜視李益大半天，李益倒抽了一口冷氣，眼睛不知往哪兒望才好。

小玉舉起一杯酒，對著他說：

「我是個薄命女子。你這負心男兒，害得我青春年華就含恨而死；慈母在堂，不能奉養；繁華的生活，盡化成灰。這一切都是你造成的。李郎！李郎！我們現在要永別了！我死之後，一定化為厲鬼，使你的妻妾們終日不安！」

她伸出左手恨恨地握住李益的手臂，把酒杯摔碎在地上，放聲痛哭了幾聲，就斷了氣。李益摟住她的屍體，為她擦乾掛在頰上的淚痕，內心裡又悔又恨，不禁也號哭起來。兩年多來的思念、在母親前所受的委屈，以及私心裡最不願承認的對功名利祿的追求……排山倒海似地直湧上心頭。

小玉枯瘠的肢體向他強烈地展示了兩年多來她所過的悲痛生活，同時也寫出了他為名韁利鎖所造成的負心負義。他還能怎麼樣呢？踏下的腳步已在時光的軌道裡，印下了一個個清晰的印子，如今後悔，都已經遲了。

李益為小玉穿了全身孝服，日夜哭泣，十分哀痛。臨下葬的前夕，忽然見到小玉的身影掩映在帷帳中，穿著石榴裙、紫羅衫、紅綠帔子，頭上還插著那支紫玉釵，容貌豔麗，如同第一次和他見面時一樣。她斜倚帷帳，手裡把玩著繡帶，低著頭，幽幽地說：

「想不到你為我送終，倒還有感情，我雖身在幽冥，又怎能不感嘆！」

說完，就不見了。第二天，下葬在長安的御宿原。李益一直送到墳上，哭得十分傷心。

小玉死後一個多月，李益就和盧小姐成親了。雖然和豪門大族高攀上了，但並沒有給李益帶來預期的快樂。想起以前和小玉在一起的情景，還有小玉臨終前憔悴的模樣，心裡好不感傷，總是悶悶不樂。到了夏天，為免睹物思情，他便帶著盧氏離開長安這個傷心地，一起回到鄭縣去。

回到鄭縣後十多天，一夜，正要就寢，忽然聽到帳外有個很奇怪的聲音。李益吃了一驚，連忙起來察看。只見一個二十多歲的英俊男子，正藏在帳幔後，向盧氏連連招手。他氣憤極了，繞著帳幔追了幾圈，那人忽然就不見了。從此他懷疑盧氏有外遇，經常猜忌，夫妻之間時起勃谿，日子過得更加不快樂了。

又過了十多天，李益剛從外頭回來，盧氏正在床前彈琴，忽然看見從門外拋進來一個盒子，正落在盧氏懷中。李益搶過來一看，是個犀牛角做的盒子，上面雕著花，方圓約有一寸多，中間有條細絹帶，打了一個同心結。李益把它打開來，看見裡頭赫然藏著春藥，他怒不可遏地吼叫起來，抓起琴，照頭便打，逼著盧氏說實話。盧氏平白挨了一頓拷打，自己也不明白是怎麼回事。後來，李益疑心病更嚴重了，動不動就毒打她，把她折磨得半死，最後乾脆把她給休了。

休掉盧氏後，李益的妾和侍婢們，一旦和他親近過，便免不了被猜疑妒忌，甚至有因而被殺的。他在廣陵娶回營十一娘，長得花容月貌，李益很喜歡她，但仍不改疑心的老毛病，常常故意嚇她說：

「我曾經在某地娶了某女子，後來她犯了某事，我就用某種方法殺了她。」

他不厭其煩地強調著，想使她害怕，不敢做出什麼不規矩的事來。出門時，唯恐她紅杏出牆，就用洗澡的木盆把她蓋在床上，四周加上封條。回來時，一定先詳細檢查過才開封。另外又藏了一把鋒利的短劍，常常故意拿出來照著陽光擦拭著，一邊大聲地說：

「這是信州葛溪鐵所鑄成的寶劍，專門斬不規矩女人的頭。」

凡是他曾接近過的婦人，無不飽受威脅。因此，他接連婚娶三次，都沒有好結果。李益是愈來愈瘋狂了。

【評論】

本文見於《太平廣記》第四百八十七卷，作者蔣防，字子徵，義興人。十八歲時，父親的朋友令作〈秋河賦〉，蔣防才思敏捷，援筆立就，于簡因此把女兒嫁給他。元和中，李紳即席令賦〈韝上鷹詩〉，他又再度展現了他過人的才華，寫道：「幾欲高飛天上去，誰人為解綠絲絛？」李紳知道他是懷才不遇，因此特別推薦，以司封郎知制誥，進翰林學士。長慶中，因李紳得罪，蔣防亦連帶被貶為汀州刺史，後來又改知連州。他擅長寫詩，有集一卷。《全唐文》收了他許多的賦及制議，足見他的文章很好。

本篇寫作目的，據王師夢鷗考證，基於兩個原因：一是黨爭下的怨怒之語。元和間，李逢吉得勢，大肆排擠裴度，繼及元稹、李紳。蔣防與元稹、李紳同氣，李益與逢吉為近屬，蔣防自然與李益形成尖銳的對立關係。二、李益門第清華，又負才氣，初則兩掇巍科，只因好色善妒，乃至無人顧惜，後來驟得憲宗寵召，稍進好官，而狂奴故態更加肆無忌憚。終至諫官以「不上望京樓」詩句彈劾。《霍小玉傳》之揭其陰私醜惡，也不過代表當時士論之一斑而已。據正史記載，李益是故相李揆族子，少年登進士第，長為歌詩，作品常被教坊編為歌詞，供奉皇宮。他死於太和初，作禮部尚書，掌管貢舉，老年時，政治生活仍很得意。小說最後寫小玉作厲鬼為祟，使李益猜疑妻子，與正史所載「少有癡病而多猜忌，防閑妻妾，過於苛酷，而有散灰扃戶之譚聞於時，故時謂『妒癡』」又相吻合，足見故事恐怕大半是真的。

《霍小玉傳》敘述委曲，在唐人小說中載譽最隆，明代胡應麟說它是「唐人最精采動人之傳奇」，絕非虛語。本文確是一篇相當完整的短篇小說。不管是人物的造型、情節的推展、通篇的結構或遣辭用字都堪稱上品。前半描寫人生的順境，故明朗活潑；後半宣告愛情及生命的幻滅，故哀感頑豔。作者有意強調李益的負心，因此，恣意地以小玉的痴情來反諷。他的主要目的在暴露唐代社會中名韁利鎖所給予士子的尖銳矛盾。在這種極度功利的進士道德籠罩下，李益的個性因之變得模糊起來。在冷靜的思考並權衡了愛情與功名的輕重後，「粉身碎骨、誓不相捨」的誓語，便變得不堪一擊了。在未來功名的驅策下，他只得收捨起縈懷的離思，開始為迎娶盧氏女的聘財奔波。

李益內心的掙扎是值得同情的，他完全是科舉制度下的畸形產物，他的個性因著功利思想的摻入而扭曲變形，但是，小玉的造型卻始終如一。她銳意渴求情感的滿足，終於造成脫軌而去的悲劇。她的悲劇與其說是肇因於命定的環境，毋寧說是她對情感強烈而徹底的執著。這種執著，使得小玉可以「忘身」而終不能回到「忘我」的一條最單純的路上來，於是她心靈中的愛，便逐漸轉入對「我」的一份堅持，而成為古典式的幽微情感，再也無法給浪漫的愛情開出更新的境界來。

《霍小玉傳》是一篇真正的小說，對悲劇情感的處理很有獨特之處，較之《鶯鶯傳》顯然是進步了許多。除了對主題作正面的鋪敘外，還加入一些穿插作陪襯和烘托的功夫，而使主題達到最高度的目的。譬如小玉死前，穿插了一位黃衫客出來抱不平，為男女主角的最後會面極力拉攏，這種仗義行為是含有高度挑撥性的。不但刺激讀者對霍小玉深度的同情，同時也加重李益的負義無情，更增加讀者對他的憎惡與憤怒。而小玉臨終前，那樣強烈的情感宣洩，那樣震撼人心的口吻，幾乎可以說已完全違反中國「溫柔敦厚」的文學傳統。她在世時，耗盡生命於愛情，生命之燈燒盡時，又化所有之愛為恨。她已無力於生時報復，便立誓死後化為厲鬼來消解生前不能消除的冤氣，因此，我們可以說它是一個徹徹底底的大悲劇，這在最講求「大團圓」的中國文學作品裡，是很少見的。因此，湯顯祖在把它改編成戲劇《紫簫記》和《紫釵記》時，便採取一種比較浪漫的情調，而以「大團圓」作結。

胡媚兒

蔣防

揚州街上出現了一個乞丐，一天到晚總是做些帶著幾分神秘怪異的事情，沒有人知道他是打哪兒來的，只知道他叫胡媚兒。在他到達揚州約十多天後，便在街上耍起他的玩藝兒來，吸引了很多觀眾。胡媚兒就趁此機會向圍觀的人討賞錢，有時，一天可以要到千萬貫之多。

有一回，胡媚兒在眾人面前從懷中掏出一個玻璃瓶子，瓶子大小約可容下半升液體，裡外透明。胡媚兒把這只瓶子放在腳前席子上，然後對圍觀的人說：

「要是有哪位朋友肯施捨，就把這個瓶子裝滿就夠了！」

那個瓶子的口看起來只有蘆葦桿子那麼細，觀看的人都笑起來說：

「這麼細的瓶口，怎麼放得下錢？」

胡媚兒歪著腦袋瓜子，促狹地說：

「各位如果認為不可能，何妨試試！」

於是有人拿出一百枚錢交給胡媚兒，胡媚兒接過來叮叮咚咚投進瓶子裡，隔著玻璃看去，那些錢就像一粒粒粟米一樣，大夥兒看了，都驚怪不已。又有人拿出一千枚錢幣來，胡媚兒把錢投進瓶子裡，結果跟前次一樣。又有人拿出一萬枚錢讓胡媚兒丟，情形仍然沒有兩樣。

人群中起了一陣騷動，那些好事之徒硬是不服氣，有人拿出十萬錢，有人拿出二十萬錢，試著要把瓶子裝滿，結果都還是和原來一樣。有人甚至於把自己騎著的馬、驢子趕進瓶子裡，隔著瓶子，只見馬和驢都變得只有蒼蠅那麼點兒大，但行動卻仍和原來一樣。街市之中，群情鼎沸，大家一傳十、十傳百，一時之間，圍觀的人竟形成一堵結結實實的人牆。

大夥兒正看得入神時，有一位政府的稅官，正收了好幾十車的貨物，打從那兒經過，見人牆堵道，不覺好奇，也湊上去看。等弄清楚後，心想：

「我押送這麼龐大的政府公物，那小小的瓶子豈奈我何？」

便有恃無恐地向胡媚兒挑戰說：

「你能不能也讓我這幾十輛車子都走進那個瓶子裡去呢？」

胡媚兒打聽清楚那些是公物後，遲疑了一會兒說：

「萬一車子都走進瓶子裡，你怎麼交差呢？」

這位稅官聽胡媚兒如此說，以為胡媚兒心虛了，便理直氣壯地回答：

「這是我的事，你就別替我操心了吧！」

胡媚兒略作沉吟，便說：

「只要你允許，我就可以辦到！你可不許後悔哦！」

稅官看了看四周的觀眾，志得意滿地大聲說：

「你就試試看吧！」

胡媚兒把瓶子微微側著，嘴裡大叫一聲，就見那些車子轟隆轟隆，一輛接著一輛，魚貫進入瓶子中，大家都睜大了眼，爭先恐後地凝視著瓶子。隔著瓶子，可以清清楚楚地看見那些車子就像螞蟻搬家一樣在裡頭走著，才一會兒工夫，便一輛一輛地消失了。

接著，那胡媚兒竟然縱身一跳，跳進瓶子裡去了。那位稅官一看情況不對，不禁大驚失色，汗流浹背，趕緊拿起瓶子，砸在地上，想找回那些貨物，卻什麼也看不見了。大家議論紛紛地走開，只有那位稅官鐵青著一張臉，跌坐在草蓆上，久久無法動彈。自此以後，揚州街上就再也不見胡媚兒的蹤影了。

一個多月以後，有人傳說在河北一帶看見胡媚兒，正趕著那一大隊車輛貨物，急急地往山東方向奔去。那時，正是李師道掛帥鎮守山東。

【評論】

本文見於《太平廣記》第二八六卷。作者蔣防，見《霍小玉傳》。

這是一篇極短的志怪小說，雖名之為《胡媚兒》，但主要是著力於描寫胡媚兒所擁有的一只玻璃瓶子。蔣防利用層進的方式強調玻璃瓶的神奇。由一百錢、一千錢、一萬錢、十萬、二十萬到幾十車的貨物，最後胡媚兒乾脆縱身一躍，連自己都跳進瓶子裡，徒留一個發急的稅官和一群圍觀的群眾。當然！最重要的還是那只破碎的瓶子。作者文筆俐落簡淨，把一個簡單的故事，敘述得高潮迭起，真乃志怪的能手。他除了以《霍小玉傳》有名於世外，其他傳奇之作都不脫志怪色彩，《雙聖燈》、《畫琵琶》如此，《殷七七》、《馬自然》亦如此。

吳保安

牛肅

這些日子來，吳保安顯得很不安定。時而低頭沉思，時而翹首盼望。前些天，他想起自己在遂州方義的官期已經快滿了，而後任難期，便冒昧地寫了一封信給姚州都督李蒙的軍中判官郭仲翔，請求他代自己在軍中謀個差事。信寄出後，心裡又後悔得很。他和郭仲翔雖是同鄉，但兩人並沒有什麼深厚的交情，此舉未免顯得唐突。他對回信實在不抱多大的希望，卻又忍不住偷偷地、熱切地等候著消息。

終於有回音了。李將軍派人召他前去做一個管記的官。他欣喜若狂地四處傳播這個好運道，並且逢人就宣揚郭仲翔的知遇之恩：

「其實，我跟他並不熟悉。我只是寫信去試試，本來是不抱什麼指望的。沒想到他竟然這麼肯幫忙，我真不知道該怎麼謝他才好。這麼好的人，我去了之後，一定得好好報答他。……」

他收拾好行裝，便啟程前往姚州述職。沒想到，半路上就聽說因蠻賊大軍逼臨，李將軍身死亂軍之中，仲翔則為蠻賊擄去。他驚聞噩耗，心裡萬分難過，又恐怕傳言有誤，便強忍悲傷，仍一路行去。

到了姚州後，傳聞蠻夷貪圖漢人財物，凡是被擄獲的人，都准許修書回家，令家人用財物贖回，每人至少須絹三十匹，聽說郭仲翔的贖金是一千匹。他便留在那兒，遲遲沒有回去，看看能不能找個機會替恩公郭仲翔盡點兒力。正好仲翔從蠻夷中轉來了一封信給保安。信裡說自己接到保安來信，還來不及修書回報，而大軍已深入賊庭，不幸潰敗，李公戰歿，自己淪為囚俘，思鄉念國之情，與日俱增，而所受待遇，猶如箕子為奴、蘇武海畔牧羊，艱苦備嘗，肌膚不完，血淚滿地。素聞保安信義，急人之難，因此特別寫信請他幫忙籌措款項，贖他回來。言辭哀切感人。保安接信，心如刀割，暗自發誓必傾全力營救，以酬知己，並立即回信，要仲翔耐心等候，答應極力設法救他出來。

於是，保安變賣家產，傾家中所有財物，才得絹二百匹，又匆匆趕往姚州蠻境，在嶲州住下，在當地經商買賣。保安一向就很貧窮，為了贖回仲翔，把妻子留在遂州，自己在嶲州努力經商，雖是賺了一些尺布升粟，也都慢慢積存起來，前後積了絹七百匹，但數目仍不夠。

一轉眼，十年過去了，十年之間，保安為了積攢錢財，竟一次也不曾回去探望妻兒。他的妻子飽嘗離別之苦，加上飢寒交迫，只好帶著體弱的孩子，騎著一匹驢子前往瀘南，尋找保安。不料中途糧盡，進退失據，他妻子左思右想，也沒一個好法子，急得在路旁嚎啕大哭起來。過路行人，紛紛圍觀。這時姚州都督楊安居正乘著驛馬回任所，看到保安的妻子這般哀痛，十分驚訝，便上前詢問。保安妻子邊哭邊說：

「妾身的夫婿原是遂州方義的尉官，因為朋友不幸被蕃人擄去，因此變賣了家財前往贖回。不料一去不回，拋棄了妾身母子，十年之久，都不通音訊。如今，家中三餐不繼，孩子日夜啼哭，我實在是沒有辦法了，只好帶著孩子前去尋找夫婿。沒想到，半途糧盡，而路途還這麼遙遠，真不知道該怎麼辦才好，所以在此悲泣。」

楊安居聽了之後，大為驚奇，對保安為朋友盡心盡力的義氣，更是讚不絕口。他對保安的妻子說：

「我先到前面的驛站去等候夫人，到時候可以資助您一些路費。」

保安的妻子得了安居送的一輛車子和錢數千後，千謝萬謝之後，繼續向前尋夫。

安居快馬加鞭趕回郡所後，馬上派人尋求吳保安。見了他後，握緊了他的手，和他一起上了廳堂，一邊說：

「我常讀古書，知道古人一些忠義可風的事，不想今天卻在先生身上親眼目睹。何以朋友義氣情深，而對妻子的愛意反淺，以至於拋棄家室，以求贖回朋友呢？前些天，我在途中遇見了先生的妻子正一路尋了過來。我聽了先生的義行，想著先生的道義，殷殷引領而望，只想見您一面，和您交個朋友。我因為剛到任所，也沒有什麼東西可以幫助先生的，就先在公庫中借官絹四百匹，幫助先生一用。等到先生贖回朋友後，您再慢慢還這四百匹絹吧！」

保安夙夜匪懈努力工作，為的就是營救郭仲翔，聽了安居這番話，高興得直掉淚。於是拿回這四百匹絹，連同以前積存的，一齊交給了為蠻人往來通信的使者，特別請他跑一趟。

過了二百天，仲翔終於在大家的企盼下回到了姚州，形容憔悴，幾乎已不成人形。保安和仲翔相見，兩人才彼此認識，執手相看淚眼，竟似好幾十年的老朋友般。

仲翔經過一番漱洗，換上安居送給他的新衣後，顯得神采奕奕，大夥兒便在安居的安排下，高高興興地為仲翔接風。安居因為感於保安的信義，所以便十分寵信他，又令仲翔管理軍隊中的步卒。

仲翔久居蠻邦，通曉蠻人的風俗民情。他打算北歸回家鄉去，便教人到蠻人洞裡買了十個頗有姿色的女子，送給安居，並向他辭行。安居哪裡肯接受，說：

「我豈是市井之徒，冀望您的回報？只是因欽佩吳先生的義氣，所以成人之美而已。先生家中有年老高堂，就以此早晚奉侍左右吧！」

仲翔連忙拜謝，情辭懇摯地說：

「鄙身所以能夠平安歸來，全是先生的大恩啊！微命得以保全，都是先生所賜，仲翔雖死，也萬萬不敢忘了這再造的恩德。這些蠻女子，原就是為先生所買，先生不肯收，仲翔只有以死懇請了。」

安居拗不過仲翔的好意，於是指著蠻女中最小的一個說：

「先生既然如此說，安居也不好違先生雅意。這名女子最小，我挺喜歡的，我就接受這一個吧！」

於是辭去其他九名女子，保安這時也接受了安居的厚待，得到很多的賞賜離去了。

和親人一別十五年的仲翔，終於又回到了自己的家。家人相見，喜極而泣。團聚了幾天後，仲翔又接著趕往京城，因軍功被任命為蔚州錄事參軍，他回家迎了親人一同上任。兩年後，又因表現良好而再授代州戶曹參軍。任期滿了，又丁內憂，料理了喪事後，立即換上外出服，到墓前，拜別父親的在天之靈說：

「我淪落番邦，全賴吳先生鼎力相贖，所以才得以拜官養親。如今大人既已葬畢，我可以放心前去實現我的心願了。」

說罷，便離開了，四處尋訪保安下落。他聽說吳保安已從方義尉官改任眉州彭山縣丞。仲翔便不辭勞苦前往蜀地找尋。誰知道，到了蜀郡，卻發現保安和妻子兩人因任期滿後無法回家鄉去，一起死在當地了。有如晴天霹靂，仲翔不覺放聲痛哭起來。於是穿上縗麻喪服，環絰加杖，從蜀郡赤足步行到保安屍骨存放處的彭山寺廟，一路哭聲不絕，聞者為之沾襟。

到了彭山，祭拜完畢後，這才清出保安的骨頭，唯恐葬斂時遺失，每一節骨頭都用墨記上號碼，用潔白的絹囊包了起來。接著又清出保安妻子的骨頭，也同樣用墨記下次序，貯放於竹籠內，赤著腳親自背負著這些屍骨，步行數千里，一直到魏郡。

保安遺留下一個兒子，仲翔疼愛他猶如自己的弟弟一般。他拿出所有財產二十萬，厚葬保安，又刻石頌讚他的恩德。接著並在墓旁築廬，親自服了三年喪，才帶著保安的兒子出任嵐州長史，又幫他娶了一房妻室，對他百般呵護。雖然如此，仲翔仍自覺對保安的恩德無以為報，就在玄宗天寶十二年奏請皇上，將自己的官位讓給保安的兒子。當時的人知道了這件事，都十分崇敬仲翔的為人。

【評論】

本文見於《太平廣記》第一百六十六卷。作者牛肅，生平不可考，僅知他有一個女兒名應貞，嫁弘農楊廣源，年二十四歲而卒。他曾記開元乾元間徵應及神怪異聞為《紀聞》十卷，原書已佚，現有抄本十卷，是從《太平廣記》裡輯出，非其原狀，本文即其中一篇。宋祁撰《唐書》，曾採其事，入《唐書·忠義傳》。可見吳保安事盛傳於時，是歷史而非虛構。

吳保安的行為完全合乎孔子五倫的規範，看似極不平凡，但在中國文學的忠義史上，卻非特例。在我國，朋友之義和其他各種人際關係一樣，都根源於「報」的觀念，也就是一種報答知遇之恩的行為。

《史記·遊俠列傳》裡曾為遊俠下了一個定義，說：「今遊俠，其行雖不軌於正義，然其言必信，其行必果，已諾必誠，不愛其軀，赴士之困阨，既已存亡死生矣。」雖然就武藝道統言，吳保安夠不上「俠」的條件，然而他的作風卻正符合了中國遊俠精神。友情的意念和理想，令吳保安結結實實勞頓了十年。雖然，我們若持犬儒的態度，來審視郭仲翔和吳保安的關係，則我們可以說，仲翔僅為吳保安寫過一封推薦信，根本是舉手之勞的小事，甚至其間憐憫的成分要比「知己」的成分來得大，但對吳保安來講，最重要的是那種表示，而不是結果。《說郛．談言》篇裡有一首詩：「太行嶺上三尺雪，崔涯袖中三尺鐵。一朝若遇有心人，出門便與妻兒別。」吳保安便是遇上了「有心人」，才毅然拋妻別子，全力營救恩人郭仲翔。這確是中國傳統「報」的觀念最淋漓盡致的發揮。

古今小說有《吳保安棄家贖友》、明沈璟《埋劍記》、鄭若庸《大節記》，都是本此而作。

謝小娥傳

李公佐

背負著怎樣的血海深仇啊！十四歲，人生的繁華才即將開始，謝小娥卻像那歷經滄桑的老婦，把所有的指望都黯然地擱進冷冷的黑夜裡。

父親死了！丈夫也死了！一場從天而降的橫禍，打碎了她如詩如幻的少女情懷。當她從水中被救起後，世界彷彿是被亂刀切割成的細碎肢體，拼拼湊湊，再也兜不攏原來的模樣了。

胸口劇烈疼痛，雙腿血流如注，而寬闊的江水猶自滾滾東逝。這難道是命嗎？一船的人都葬身江底，財物也被強盜劫掠一空，唯獨她被往來的船隻救起。她寧願死，真的！死也強似忍受這刻骨嚙心的傷痛！

母親過世後，她慌亂地提前結束了歡樂的童年。尚在懵懂的年歲，便嫁與段居貞為妻。幸得夫婿垂憐，也著實過了一段教人豔羨的日子。

「難道，這也招天忌了嗎？」

她仰臉向天，無言地抗議著。自醒轉過來後，她一句話也沒說，只用幽深澄澈的雙眸回答船家好意的詢問！還說什麼呢？言辭既挽不回被殘殺的性命，也刷不去她心頭熾烈的恨火，那麼，多說又有何用？她甚至連眼淚也沒有，眼淚是屬於傷春悲秋的奢侈品，在她那倉促的幸福裡，連眼淚都來不及儲存。

她安靜地整了整襤褸的衣衫，拖著疲憊的軀殼，一路乞食，流浪到了上元縣。尼姑淨悟在街頭邂逅了她，才看了一眼，淨悟就被震驚了！她從小娥的雙眼裡讀到了與她年紀不成比例的哀怨與疲累。於是，她默默地把小娥引至寺中，算是緣分吧！從此小娥便寄身妙果寺裡，讓清亮的木魚聲，敲打著她貧乏的生命。

一夜，她突然夢到父親滿臉是血地高喊：

「小娥啊！殺我的人，是『車中猴，門東草』。」

接著又看到丈夫垂著淚，面色悽楚地對她說：

「都是『禾中走，一日夫』害得我們家破人亡，小娥啊！切記這血海深仇啊！」

她哭泣著，一手拉著父親的長袖，一手扯住丈夫的衣角，但兩人卻幽幽地離去，完全無視於她厲聲的嘶號。倒是她被自己的吶喊聲驚醒了。迎著她的，只是一輪清冷的明月。

「車中猴、門東草、禾中走、一日夫，這些到底是什麼意思呢？」

她日夜苦思著，一直沒想出其中的道理。於是，她開始外出，遍求有智慧的人來識解。一年了，卻沒有人能解得出來。小娥幾乎要絕望了。有一天，瓦官寺的和尚齊物遣寺裡的小僮來請她，只說有要緊的事告訴她。她匆匆忙忙趕去，只見齊物正和一位書生下著棋。春日的早晨，空氣裡漾著撲鼻的幽香，嫩綠的枝椏在晨光中理直氣壯地挺立著。遠遠地，她瞧見那位書生的衣裾飄飄，心底突然有一種奇異的感覺升起：

「難不成這位先生將會是我希望之所託嗎？」

齊物看見她，招招手讓她過來，說：

「妳上回不是給我看了一個十二字的謎語嗎？我想了很久，一直沒猜出來。今天來了一位貴客，喏！就是這位李公佐先生，我給他看了，他說也許可以幫得上忙，所以，特地叫小僮去請妳來。」

小娥熱切地注視著李公佐。李公佐追問過前因後果後，鄭重地告訴她：

「如果是這樣的話，那我已經想明白了。殺你父親的名叫申蘭，殺你丈夫的叫申春。」

小娥和齊物都疑惑地看著他，李公佐解釋道：

「『車中猴』，『車』字上下各去掉一畫，是『申』；申屬猴，所以說車中猴。草下有門，字裡頭有東，這是個『蘭』字。再說『禾中走』，是由『田』中間穿過，也是個『申』字；『一日夫』，『夫』字上頭加一畫，下頭添日，是個『春』字。可見殺你父親的叫申蘭，殺你丈夫的叫申春。」

真相大白了。小娥慟哭著對李公佐拜了又拜，把申蘭、申春四字寫在衣服上，長跪向天，恨恨地發誓要為父親和丈夫報仇。春日的陽光在她背後迤迤邐邐漫撒著。她微揚著臉，陽光正好順著高挺的鼻梁一路切了下來，把整張臉從中分成奇異的兩半，空氣裡繞繚著一股淡淡的青煙。她就在煙霧裡直挺挺地跪著，雙眼迸射著可以燎原的恨火，李公佐和齊物都不禁看呆了！

從此，小娥離開了妙果寺，改扮男裝，在江湖四處漂泊著，一心一意找出不共戴天的仇人。一年多後，她流浪到潯陽郡，看見一家竹門上貼著招示，說是「召傭者」。小娥前去應徵。赫然發現這家主人正是申蘭。歷盡風霜的小娥激動得幾乎哭出來了，但馱負著悲苦命運的她連哭的權利也沒有，她強自壓抑著，不動聲色地隨著申蘭進屋裡。心中痛恨萬狀，表面上卻沉靜恭順。因為她的幹練和穩重，很快便贏得申蘭的信任和器重，金錢財物的出入，悉數交由小娥保管。

有一天，她突然在收藏器物的屋子裡，發現了她昔日最鍾愛的一個首飾盒。盒蓋裡深深的鐫刻著一個「娥」字，這是丈夫居貞送她唯一的一件禮物。居貞為人豪放不羈，對她雖然極好，卻向來不慣表達柔膩的情意。不知怎的，有一天居然偷偷在她的妝臺上擺了個首飾盒。她掀開蓋子，看到裡面刻著的「娥」字，熱淚不禁悄悄地湧上來。她還記得，那是個嚴寒的冬日午後，她就那樣坐著，溫柔地撫弄著首飾盒，任淚水靜靜地爬滿了兩頰，心裡滿溢著快樂。之後，夫妻二人誰也沒提起過這個首飾盒，但從彼此的雙眼都體會到了對方的心意，他們就這樣靦腆地享受著生命裡的春天。

如今，首飾盒卻斜躺在屋子一角，以一種蒼涼的姿勢宣告著小娥的無奈和絕望。盒上全是灰，她激動地把它捧在胸前，如同摟住了蒙塵的故人，淚水不禁又汩汩而下。

從此以後，她更小心翼翼地隱藏著自己。兩年多過去了，竟然沒有人發現她是個女子。申蘭和申春是同宗兄弟。申春一家人住在潯陽江北的獨樹浦，經常到申蘭家走動，也常常結伴出遊。二人一去就是幾個月，回來時，必定劫掠大筆財物。

一天，申春攜著酒和幾尾文鯉來訪。機會終於來了！小娥暗自感嘆著說：

「李先生所見果然不錯！夢中的言語都一一吻合。這莫非是老天給我的啟示？我報仇的心願很快地就要達成了。」

當天晚上，申蘭、申春邀集群盜聚會痛飲，以示慶功。大家瘋狂地喝著、唱著，一直到半夜才散去。申春、申蘭都已酩酊大醉。申春躺在內室裡，申蘭臥倒在庭院中。小娥暗暗把申春鎖在房內，抽出佩刀便對著申蘭的頭砍下，鮮血濺滿了小娥的白衣，她握著刀的手微微顫抖著，月光下，只見她臉上一片慘白，就這樣，她一動也不動地站著，直到左鄰右舍聞聲前來幫忙。

中春成擒，申蘭已死。搜出的贓物，價值達千萬，黨羽數十人也盡數伏誅。潯陽太守張公，嘉美小娥的志行，為她上表陳情，才赦免了她殺人的死罪。她茫茫然地走出了申家的大門，復仇之志已了，她卻反倒有一種失落了什麼似的惆悵：

「將何去何從呢？」

她問著，沒有人給她回答。

她終於還是回到故鄉去了。里中的高門豪族聽說了她的志節，都爭著來求聘。小娥卻誓不再嫁，曾經滄海難為水，除卻巫山不是雲。屬於她的春日早已隨著江水遠颺。她剪去了頭髮，穿著粗布衣服，遠赴牛頭山求道，拜在大士尼將律師座下。她的意志十分堅定，又能刻苦，不論雨雪，天氣多麼惡劣，仍照常舂米砍柴，不以為苦。

元和十三年四月，終於在泗州開元寺受具足戒，就以小娥為法號，表示不忘本。那年她才二十歲，正值花樣般的年華。

【評論】

本文見於《太平廣記》第四百九十一卷。作者李公佐，字顓蒙，隴西人，曾舉進士。他在元和中作江淮從事，後罷官歸長安。會昌初，作楊府錄事，大中二年，坐累削兩任官，一生官運非常不亨通。他削官時，正值牛黨新得勢，白敏中為相，煊赫不可一世，因此，曾作《南柯太守傳》以指斥當局。

本篇寫潛遁易妝、尋仇除惡的謝小娥事蹟。小說裡，小娥於手刃仇人後，遁跡空門，正是這種犧牲觀念的部分表現。在中國小說裡，「遁跡空門」時常是犧牲觀念的表現手法之一，這種手法的應用，不外是想反襯出主角能有超越出色欲界的偉大情懷。小娥其實是雙重人格的人物，她是女性，但又完成了男人的事功，足見她具備了男女兩性的特徵。在男性中心的社會裡，女子完成了男子的行為是驚世駭俗的，基於此，小娥的形象，遂成為不朽。

小娥的故事，在唐人小說中是比較接近事實的。《新唐書》就曾把它採入〈列女傳〉裡，雖文簡事省，未足以寫小娥，但由小娥事蹟被寫入正史一事看來，我們不難發現她的不朽正是社會意識形態的基礎。這種現象也可以在中外古今的傳說事蹟裡找到，如法國的聖女貞德，我國的花木蘭等，都是大家耳熟能詳的神奇女性。她們已成為神話的一部分，不斷被傳誦著。雖然小娥的情感仍一直在唐人小說裡嘆息著，不知歸趨何處，但她那燦燦萬古的不朽形象，已再度為我們重申了「天人合一」的生命信念。

本篇除採入《唐書》外，李復言《續玄怪錄》也載有其事，宋代也有小娥為父報仇事（見《輿地紀勝》），明人又取以為通俗短篇小說（見《拍案驚奇》十九）。清王夫之本之作戲曲《龍舟會》。

東城老父傳

陳鴻

東城老父，叫賈昌，是長安宣陽里人。他生於玄宗開元元年，到了憲宗元和五年，已經九十八歲了。但是仍舊神智清爽，談吐安詳，一派耳聰目明的模樣。他口齒清楚，談起開元天寶年間太平盛世的景觀，意興遄（ㄔㄨㄢˊ chuán）飛，趣味盎然，十分引人入勝。

賈昌的父親叫賈忠，身高九尺，是個大力士。曾經隨玄宗平定韋后之亂，擁立睿宗，成為當時的功臣，皇帝下語賜居東雲龍門。

賈昌從小長得聰明伶俐，善於應對，能夠聽得懂鳥語。七歲時，就身手矯健，攀梁爬柱，易如反掌。

玄宗還是太子的時候，最喜歡清明時節老百姓玩的鬥雞遊戲。即位後，便在宮裡設立雞坊，派人到長安市上搜求毛色鮮豔、強悍健壯的上品雄雞千隻，養在雞坊中。又選出五百名少年童子，負責飼養訓練。皇帝樂此不疲，民間遂蔚然成風，真是招得舉國若狂。王侯貴戚為了買雞，不惜傾家蕩產的，時有所聞；一般老百姓也成天熱衷於鬥雞；就是窮得買不起雞的人，也要弄隻假雞回去，過過乾癮。

一天，皇帝出遊，看見賈昌正蹲在雲龍門附近的路邊玩木雞，神情專注可愛，便把他帶回宮裡，做雞坊童子。他以一個三尺小童，進到雞群中，竟然呼喝自如，儼然是親密的夥伴一樣，對那一千餘隻雞，都摸得清清楚楚，哪隻勇敢，哪隻怯懦；哪隻強壯，哪隻瘦弱；什麼時候應當喝水吃東西，什麼情況是病了，該吃什麼藥，無不瞭若指掌。他自己養了兩隻雞，更調理得服服貼貼。護雞坊的官員王承恩看他小小年紀有此本事，便向皇上報告。皇上讓他當殿表演，結果十分滿意，立即任命為五百名童子之長。他的性情忠厚，辦事又謹慎，皇帝更加喜歡他，金銀財物的賞賜，幾乎每天不斷。

開元十三年，皇帝到泰山舉行封禪大典，帶了三百隻雄雞隨行，由賈昌負責管帶。途中，驚聞父親賈忠過世，皇帝特准他盡人子的禮節，奉父親遺體，回家鄉雍州安葬。因為他深得皇上寵幸，地方上的縣官也不敢怠慢，送了許多葬器、喪車，送葬的車馬在洛陽道上如車水馬龍，絡繹不絕。

開元十四年三月，賈昌穿上鬥雞裝束，在溫泉為皇上表演。當時大家都稱他為「神雞童」。有人作詩說：

生兒不用識文字，鬥雞走馬勝讀書。
賈家小兒年十三，富貴榮華代不如。
能令金距期勝負，白羅繡衫隨軟轝（ㄩˊ yú）。
父死長安千里外，差夫持道挽喪車。

八月五日是玄宗母親昭成皇后的生日，玄宗登基後，就訂這天為千秋節。每年這個時候，大賜人民牛酒，狂歡盡醉三天，叫做「酺」。又在宮中盛大奏樂，有時也在洛陽舉行。元旦和清明節則在驪山。每逢這些節日，六宮粉黛都跟隨皇上出來，萬樂齊奏。

賈昌戴著雕翠金冠，身穿錦繡衣褲，在廣場上指揮雞群，有條不紊，神態自若，威風極了！那些雄雞一隻隻聳起羽毛，磨銳尖喙和腳爪，鬥志高昂，躍躍欲試。隨著賈昌的鞭子，一來一往地鬥起來，攻守都很有法度。一等勝負已定，賈昌便制止牠們再鬥。讓牠們依照強弱順序排列，跟著自己後面，走回雞坊。賈昌表演完之後，那些表演角力、舞劍、蹋球、跳繩、踩高蹺等雜耍的人，都洩氣得不敢出場。

開元二十三年，玄宗為賈昌娶了梨園弟子潘大同的女兒為妻，娶親用的男女衣飾，都是皇上賞賜的。賈昌後來有兩個兒子，名叫至信、至德。妻子潘氏後來也以歌舞得到貴妃的寵幸。他們夫婦二人專寵長達四十年，真可以說是紅極一時了。

玄宗皇帝生於雞年，卻常叫人穿著朝服鬥雞，可以說是太平盛世中亂亡的徵兆，然而玄宗卻始終沒有悔悟。天寶十四年，果然發生大亂。安祿山攻陷洛陽，潼關也被打下，玄宗只得出奔成都。夜間，由便門出宮，馬在路上摔了一跤，玄宗腳扭傷，無法繼續前進，便拄著拐杖，逃進南山。每逢昔日觀賞鬥雞的日子，不免感慨萬端，向西南方痛哭失聲。

安祿山以前到京師時，曾在橫門外見過賈昌。他攻下長安和洛陽，就在兩地重金懸賞，搜索賈昌。賈昌唯恐被認出，於是隱姓埋名，投身寺院，才倖免於難。

後來，京師光復，玄宗以太上皇身分返興慶宮，肅宗即位。賈昌回到故居，家中已被洗劫一空，他自己遂淪為落魄的平民，再不能像往日一般，自由出入宮廷了。第二天，在長安南門招國里的路上，遇見一臉菜色的妻兒。兒子挑著薪柴，妻子扛著一條舊棉被，家人相見，恍如隔世，遂抱頭痛哭起來。賈昌歷經劫難，回首昔日的榮華富貴，頓悟人生的無常，便在路上訣別妻兒，從此棲身寺院，永訣紅塵。

代宗大曆元年，他拜在資聖寺大師運平的座下，一心精研經義，以善心感化世人。除了讀經修行外，他還建僧舍、種草木，過著平靜的生活。

德宗建中三年，運平大師圓寂了。他依禮服喪完畢，在長安東門外鎮國寺旁，建了一座塔，奉厝大師。又親手種了一百株松柏，環繞四周，自己在塔下蓋了間小屋子，早晚焚香灑掃，極為恭謹，事奉師父一如生前。

順宗尚未即位時，曾施捨三十萬錢給賈昌建齋舍。賈昌又在外頭蓋了一些客房，專門收容無家可歸的遊民。他自己每天只吃一碗稀飯，喝一升開水；睡草蓆、穿舊衣，其餘全奉獻給佛寺。

他的妻子潘氏，後來也不知所終。德宗貞元年間，長子至信出任武職，曾到長壽里來探望父親。賈昌已摒棄俗念，竟似沒生過這個兒子一樣，把他攆走。次子至德，一直在洛陽做販賣布帛的生意，常常在長安、洛陽間來來往往。好幾次拿錢來孝敬父親，賈昌都堅持不受。兩個兒子見父親已絕了情分，無可奈何，只好走了，從此也不再來。

憲宗元和年間，鴻祖和友人由春明門出城，看見竹柏森然，香煙繚繞，便下馬來，到塔下拜見賈昌。他的談吐一如以前，高妙而引人，我們差點兒都忘了時間。他讓鴻祖住在齋房中。說起他的身世，極有條理。逐漸地，談到朝政問題，鴻祖便問他開元年間的治亂情形。他慢條斯理地說：

「我年輕時，雖仗著鬥雞的本事，博得皇上的歡心，但是，皇上不過把我當倡優一樣看待，讓我住在外宮，朝廷的大小事情，我幾乎一無所知。不過，還是能就個人所親見的，稍稍跟您提一下。當年我曾看過黃門侍郎杜暹任磧西節度使，哥舒翰鎮守涼州，使大唐聲威遠播。我也曾目睹張說統領幽州，每年運送大筆財稅入關，江淮、巴蜀地方的綺羅錦繡，都成為後宮的玩好。河州敦煌道地區屯田出產的糧食，不但足夠邊區人民食用，而且還有多餘的轉運太原儲存，以防關中凶年。關中地區的糧食，都歸私人所有。天子遊幸五嶽時，隨從官員上千萬，從來不需要人民供給食物。我每到過年休假，在街上遊逛，通常見到的都是賣平民穿的白衫白布。偶然有人為了作法除病，要用黑布，往往出了高價還買不到。最後只好用做幞頭帽的綢羅來代替。最近我扶杖出門，見街市裡穿白衫的百姓，竟少得可憐，難道天下的人都當兵去了嗎？」

他頓了頓，感慨萬千地又說：

「開元十二年時，朝廷中三省侍郎出缺，便下詔在曾經擔任過刺史的人裡面挑選；郎官出缺，則在曾經做過縣令的人裡面挑選。這樣依次升補，才能對賢良產生鼓勵作用。可是，現在四十三省的郎吏，雖有治事才能，卻往往被降調，好一點的做刺史，差一點的做縣令。我住的地方剛好在大道旁，常常有些官吏在這裡下馬休息，都對朝廷這種作法，表示極端地不滿。開元間取士，大半還是以德行為主，沒有聽說以進士科的文章之士為人才的，以上是我的一點感受。」

說著，竟不自覺掉下淚來。接著又說：

「先皇使北方的胡人、東方的雞林、南方的滇池、西方的昆夷都臣服於朝廷，三年來朝拜一回。朝廷賜給他們華美的服裝，以最好酒食招待他們，讓他們辦完事馬上離開，京城中從不留宿外國賓客。現在可不同了，京城裡，漢胡雜處，而且娶妻生子，長安城裡的少年，簡直都快胡化了！我看很多的服飾都和往日不相同了，這難道不是妖孽嗎？」

我聽完了，一點兒也不敢作聲，只有沉默地走開。

【評論】

本文見於《太平廣記》第四百八十五卷，作者陳鴻，字大亮，貞元間主客郎中，貞元二十一年，登太常第，才閒居遂志，有史才，乃修《大統記》三十卷，七年而書成。在長安時，與白居易為友。太和三年，官尚書主客郎中。陳鴻的著作，除《大統記》三十卷和本文外，另有《長恨歌傳》、《開元昇平樂》一卷及《全唐文》所錄三篇文章。

陳鴻為文，辭意慷慨，長於弔古，追懷往事，如不勝情。《長恨歌傳》敘寫唐明皇與楊貴妃戀愛故事，使得二人情感歷久而彌新。後世改編為劇曲者甚多，而以白樸《梧桐雨》和洪昇《長生殿》最為馳名。本文記開元、天寶間事，寫賈昌於兵火後，追念太平盛世，榮華零落，兩相比照，其語甚悲。

《東城老父傳》，應該是唐人實錄。李白詩〈古風〉曾寫：「大車揚飛塵，停午暗阡陌。中貴多黃金，連雲開甲宅。路逢鬥雞者，冠蓋何輝赫！鼻息干虹蜺，行人皆怵惕。世無洗耳翁，誰知堯與跖？」蕭士贇以為這是一首諷刺詩，專為賈昌輩而作。當時有謠：「生兒不用識文字，鬥雞走馬勝讀書」，可見時人對鬥雞之徒如賈昌者，是多麼景慕了。

鶯鶯傳

元稹

普救寺裡亂成一團！名將渾瑊在蒲州死了，繼任的丁文雅不善治軍，軍士們在地方上大肆劫掠，眼看著就快騷擾到普救寺裡來了。出家人在寺院裡來來回回奔走著，時而低聲交頭接耳，似乎在傳告著某種風暴的來臨。整個寺廟籠罩著凝肅而緊張的氣氛，寄宿在寺裡的女眷們驚慌地躲進屋子裡，大氣也不敢出一聲，每一個人都睜大了眼，憂心忡忡地戒備著，卻又不知從何戒備起。

聽說同樣寄宿在寺裡的一個姓張的書生，已向他的朋友——蒲州將領求援去了，卻一直沒看到救兵來。幾乎沒有其他的辦法，寺裡所有大大小小的人都突然對這位書生寄予莫大的期望，尤其是崔家母女，正帶著大批的財物和奴僕要返回長安，如果遭到洗劫，勢必人財兩空。因此，對素未謀面的張生，更是如神明般的信奉著。

在大家望眼欲穿的期待下，張生終於回來了！帶著大批的守衛人員，暫時解除了普救寺的危機。十幾天後，杜確奉天子命來蒲州鎮壓，亂軍才倉惶逃逸。在這一場風暴裡，張生扮演了一次成功的英雄角色，一夜之間，他成了普救寺裡的大功臣，人人都對他感激涕零。

崔夫人為了酬謝這位大恩人，特別安排了一桌酒席請張生。席中，她說：

「這一回遇上亂軍，我一個婦道人家，帶著兩個孩子，要不是你照顧，我們真不知道已經變成什麼樣子了。小兒小女都仰賴你的大恩，才得以活命，實在是感激不盡！現在，我叫他們以兄長的禮節來拜謝你。」

說完便叫出一個約莫十多歲的男孩，名叫歡郎，長得十分俊秀。接著又叫女兒，說：

「快出來拜見兄長，人家可是我們的救命恩人哪！」

半天，女兒不出來，推說不舒服。鄭氏抱歉地跟張生說：

「我這女兒就是這個脾氣，天生不敢見生人，請你等等，讓我進去叫她。」

張生連說不必，鄭氏卻堅持進去了。張生在外頭喝著酒，聽到鄭氏在裡面生氣地說：

「人家救了咱們的命，要不然，妳恐怕早就叫那夥兒亂軍給抓走了，這樣的大恩，不當面謝過，還用得著避什麼嫌疑？……」

嘟囔了好久，女兒終於跟在母親後頭出來了。只見她穿著家常衣服，並沒有刻意打扮，只不過把頭髮挽結成鬟，雙頰略施胭脂而已，可是卻自然豔麗，光輝動人。張生一見，驚為天人，連忙站起來施禮。她頭也沒抬，只管在母親身旁坐下，眉目之間，充滿了委屈、不情願的神色，看起來愈發楚楚可憐。張生搭訕著問：

「請問小姐貴庚？」

她仍舊垂著眼，不加搭理。鄭氏趕緊打圓場說：

「興元元年生的，現在是貞元十六年，有十七歲了。」

張生又不死心地試著和她交談，她就是始終不肯說一句話。鄭氏一邊替女兒回答，一邊抱歉地向張生數落女兒不懂事，酒席便在這種尷尬的情況下結束。張生從此神魂顛倒，很想向她表明情意，卻苦於沒有機會。

崔女小名鶯鶯，有個婢女叫紅娘。張生打聽到這個婢女平日和鶯鶯最親近，因此，每次見到紅娘，總是又打躬、又作揖，禮貌周到，十分巴結，偶而還送點小東西給她，卻始終不敢提自己的心意。這樣情思鬱結，險些鬧出病來。他在內心裡痛苦掙扎了許多日子，終於壯起膽子，找個機會對紅娘表白了他私心傾慕鶯鶯，想要一親芳澤的意思。不想紅娘一聽，大吃一驚，羞紅了臉，飛快地轉身跑走了。張生又悔又恨，深怪自己魯莽。

第二天，紅娘卻來了。張生慚愧地向她再三道歉，再不敢提昨天的話。紅娘說：

「你的話，我不敢轉告我們家小姐，更不敢洩漏給別人知道。可是，我倒覺得奇怪，你跟崔家既然是親戚，又有恩於他們，何不趁此機會提親呢？」

原來崔夫人娘家姓鄭，張生的母親也姓鄭，那天在酒席上論起，才發現崔夫人還是張生的遠房姨母，兩家原有些親戚關係。張生聽紅娘問起，才苦著臉說：

「唉！妳不知道，我從小就比較拘謹，向來不和人同流合汙。即使偶然為了應酬，涉足風月場所，也從來不曾正眼瞧過那些女子。可是，那天見了你們家小姐，卻幾乎把持不住。這些日子來，吃飯走路都像掉了魂般，毫無心思，恐怕命在旦夕。如果要等人說媒、行納采、問名那些禮數，非三兩個月不能辦好，只怕我早就沒命了。妳說，我怎麼辦才好？」

紅娘沉吟了一會兒，謹慎地建議道：

「我們家小姐，一向貞靜自重，那天在酒席上，你也是領教過的。就是長輩也不允許隨便冒犯她；下人的話，就更說不進去了。但是，她向來最喜讀詩作文，有時念得出神，常常低迴不已。你不妨試寫一首詩去打動她，除此之外，我也想不出別的辦法了。」

張生聽了，大喜過望，連忙寫了兩闋春詞交給她。

這天晚上，紅娘喜孜孜地來了，拿一封彩箋交給張生，說：

「這是小姐要我交給你的。」

張生迫不及待地打開來看，原來是一首詩，詩題叫「明月三五月」，裡面寫著：

待月西廂下，迎風戶半開。
拂牆花影動，疑是玉人來。

張生明白其中的意思，興奮得睡不著。這天，已是二月十四日了。鶯鶯住的廂房東邊，有一株杏樹。到了十五日晚上，張生刻意修飾了一番，便攀著杏樹，翻過牆去。到西廂房前，看見門果然半開著，紅娘正睡在床上，張生走上前去叫醒她，她看到張生，大吃一驚，說：

「您怎麼到這兒來了？」

張生堂而皇之地說：

「是妳家小姐信上說讓我來的，妳趕緊去通報吧！」

紅娘半信半疑地進去了，不一會兒，又回來，一疊聲喊著：

「小姐來啦！小姐來啦！……」

張生又歡喜又緊張，以為這一回必可得償宿願了，不想鶯鶯卻盛裝前來，一臉寒霜，嚴詞數落張生一頓：

「你救了我們全家，此種恩德實在是天高地厚。所以，家母才將我們姊弟二人託付給你。誰知道你卻買通可恨的婢女，來傳遞這種不正經的詩句！當初你仗義保護我們，使我們免於災難，我當你是什麼正人君子；後來卻趁人之危，提出非分的要求，這和那些亂軍的行徑，又有什麼兩樣？我如果替你隱瞞這件事，無異於姑息養奸，那是不義；告訴母親的話，又背棄了你的恩惠，也不好；想讓婢女轉達我的意思，又恐怕他們說得不真切；所以才寫那紙短箋約你來，想要當面和你說清楚。又唯恐你猶疑，所以故意把辭意寫得很曖昧，好教你一定來赴約。我這樣做，是有違禮教的，心裡豈能不慚愧。只希望你以後千萬自重，不要胡來！」

說完，翩然而去。張生被當頭澆了一盆冷水，頓時呆若木雞，半天動彈不得。許久，才怏怏然又翻牆出去，從此對鶯鶯總算死了心了。

幾天後的一個晚上，張生正在悶睡，夢中彷彿有人叫他；他驚醒過來，看見是紅娘拿著被衾、枕頭來，還笑著拍著他說：

「小姐來啦！小姐來啦！你還睡什麼呢？」

她把被子鋪好，枕頭放好後，就走了。張生大夢初醒，迷迷糊糊的，揉了揉眼睛，端坐了好久，懷疑自己是不是還在夢中。前日那一盆冷水還汪汪洋洋的在他心裡氾濫，沒想到紅娘又帶來了這意外的消息。已經死了的那顆心，又忽地怦然跳動起來。他豁然從床上躍起，想把自身及室內都好好整理一番，可是，卻興奮得不知從何下手，正躊躇間，紅娘已攙著鶯鶯來了，只見她嬌羞無力，楚楚可憐，和從前那副端莊岸然的神情，迥然兩樣。

這一天，是十八日，月光從窗口斜斜地透進來，床上一片晶瑩幽輝；美人當前，似真似幻，猶如神仙中人，張生不禁飄飄然，兩人無限纏綿。正難分難捨時，寺鐘突然大響起來，天快亮了，紅娘在房門外催著。鶯鶯珠淚漣漣，飲泣不止，紅娘攙著她又走了，一整夜，她竟連一句話也沒有。無言而來，無言而去，張生疑惑了？是真？是幻？

「難道是作夢嗎？」

張生喃喃自問著。黎明的曙光溜進窗紗內，就著亮光一看，只見臂上留有殘妝；衣襟還有隱隱的幽香；席榻上晶瑩閃爍著的不就是鶯鶯無言的淚珠嗎？

此後，又有十幾天毫無消息。張生魂牽夢縈，魂不守舍，只能賦詩遣愁。詩還沒寫完，恰好紅娘來了。他匆忙把〈會真詩〉三十韻寫完，交予紅娘，請她轉交鶯鶯。從此，又夜夜歡聚。張生每晚偷偷進西廂，一早便又溜出來，這樣過了將近一個月。張生常問鶯鶯：

「妳母親的意思怎麼樣？她知道我們在一起嗎？」

鶯鶯總是幽幽地回說：

「我也不知道。」

不久，張生要到長安去，便試探鶯鶯：

「我想到長安去，妳說好不好？」

鶯鶯什麼話也沒說，可是卻明顯地表現出哀愁幽怨的神色。張生臨走前夕，沒見到她，便惆悵地走了。

幾個月後，張生不耐相思之苦，又回到蒲州來。鶯鶯看到他依然什麼話也沒說，只是含淚笑著。久別重逢，兩人都格外珍惜。

鶯鶯的文筆相當好，可是，張生屢次求索她的詩文，卻始終見不著。他常常寫了詩文去挑動她，她也不大看。她在文學、藝術方面的造詣極高，表面上卻好像什麼都不懂；口齒伶俐，卻很少開口應酬；對張生情深意重，卻從不在言辭上表示。有時一個人鬱鬱出神，彷彿都不認得人一樣；喜怒不形於色。有一回，她獨自在夜裡彈琴，聲音悽惻哀怨。張生偷偷聽見，覺得很喜歡，便央她再彈一曲，她卻怎麼也不肯了。大概她就是這麼一個幽深典重的人，而張生卻感到撲朔迷離，對她愈發神魂顛倒。

科考的日期已近，張生又要到長安去。臨走的前夕，不再像以前一般情話依依，只是在一旁哀聲嘆氣。鶯鶯心裡已經明白兩人即將永訣了，便十分柔順地輕聲對他說：

「我們兩人一開始就是個錯誤。將來，如果您拋棄了我，這也是理所當然，我不敢有所埋怨。如果您不嫌棄我，願意和我白首偕老，那是您對我的恩惠，我會一輩子感激不盡。您又何必為此行而在意呢？既然您的心情這麼壞，我也沒什麼法子安慰您，您曾經誇我的琴彈得好，以前害羞，不敢多出醜，現在您就要走了，就讓我彈一曲以表示心意吧！」

於是彈了一曲〈霓裳羽衣曲〉，琴聲哀怨，似乎有著無限的傷痛，聽的人都深受感動，個個黯然神傷。鶯鶯自己也止不住心頭的離情別恨，驟然中止了彈奏，丟下琴，淚流滿面，一路跑回去。張生愣然凝視著她奔去的背影，心裡亂得什麼似的。

第二天早晨，張生等了又等，終於還是沒有等到鶯鶯來送行，他頹然地上路，幾次依依回首，卻仍不見伊人蹤影。這回，她依然沒有留下一言半語。

第二年，張生考試失利，沒有及第，遂羈留在京城裡。為免鶯鶯牽掛，他寄了一封信給鶯鶯，鶯鶯也回了一封信，說：

「接到您的來信，對我百般安慰，兒女情深，真使我又高興、又感傷。您又送我首飾一盒、唇膏五寸，讓我來裝飾髮髻、點染雙唇。我雖然很感激您這番盛情，只是此時此地，教我打扮給誰看呢？見到這些東西，徒增悲嘆罷了。

承您告訴我在京城進修課業，想必一切安好。只恨我生性鄙陋，遭到離棄，命該如此，夫復何言！自去秋以來，我經常神情恍惚，若有所失。在熱鬧的場合裡，還強顏歡笑，可是等到長夜獨處，總不免傷心落淚；即使在睡夢中，也是愁思不斷。有時夢見我們又回到昔日的歡會裡，綢繆繾綣，可是，每每歡愉未竟，就已驚醒；面對斜月清光，才意識到您我相隔如此遙遠，實不勝悲痛之情。

自從分別，倏忽已過一年。長安是個繁華的地方，處處引人流連，承蒙您還記掛著我；我無以為報，至於相許終身的盟約，卻是始終不渝的。當年您我因表親關係，偶然見面，加上下人的引誘，從此情愫暗通。我的意志薄弱，禁不起您的挑逗；等到和您有了夫妻之實，情意深濃，以為終身有託，誰知雖是如此，也還不見得能久長，只是徒然顯得自己輕賤可羞，不能使您明媒正娶；遺憾終身，還有什麼可說的！如果您還體念我的一片情意，不辜負我，那麼，我就是死了，也覺得安慰。如果您不屑我們的過去，把彼此的盟約當作空話，那麼，就算我死了，這片情意也不會隨之泯滅！我的話到此為止，心中酸楚難忍，無法暢言，只希望您善自珍重！

寄上玉環一枚，是我小時候的玩物，送給您佩戴在身上，玉象徵堅潤不渝，環表示終始不絕。另外，有髮絲一束，文竹茶碾子一個。這幾件東西並不珍貴，不過是希望您的意志如玉一般堅貞，我的心像環般始終不變；文竹碾子上淚痕猶在，愁緒就如這剪不斷的青絲。用這些東西來象徵我的情感，但願您我永遠歡好。我的心雖時時惦記著您，但身子卻相隔千萬里，不知何時才能再見，所幸情所獨鍾，雖千里之外，精神猶然可以相通。但願您千萬珍重。

雖已春日，但風霜仍然凜冽無情，希望您好好保重，不要過分以我為念。」

張生把這封信給他的朋友們看了，因此，當時長安有許多人都知道這回事。他的一個好朋友叫楊巨源很喜歡寫詩，為此還特地作了一首七言絕句〈崔娘詩〉：

清潤潘郎玉不如，中庭蕙草雪銷初。風流才子多春思，腸斷蕭孃一紙書。

河南元稹也寫了〈會真詩〉三十韻，內容是：

微月透簾櫳，螢光度碧空。遙天初縹緲，低樹漸葱蘢。龍吹過庭竹，鸞歌拂井桐。
羅綃垂薄霧，環珮響輕風。絳節隨金母，雲生捧玉童。更深人悄悄，晨會雨濛濛。
珠瑩光文履，花明隱繡龍。瑤釵行彩鳳，羅帔掩丹虹。言自瑤華蒲，將朝碧玉宮。
因遊洛城北，偶向宋家東。戲調初微拒，柔情已暗通。低鬟蟬影動，迴步玉塵蒙。
轉面流花雪，登床抱綺叢。鴛鴦交頸舞，翡翠合歡籠。眉黛羞偏聚，脣朱暖更融。
氣清蘭蕊馥，膚潤玉肌豐。無力慵移腕，多嬌愛斂躬。汗流珠點點，髮亂綠葱葱。
方喜千年會，俄聞五夜窮。留連時有恨，繾綣意難終。慢臉含愁態，芳詞誓素衷。
贈環明運合，留結表心同。啼粉流宵鏡，殘燈遠暗蟲。華光猶苒苒，旭日漸曈曈。
乘鶩還歸洛，吹簫亦上嵩。衣香猶染麝，枕膩尚殘紅。冪冪臨塘草，飄飄思渚蓬。

素琴鳴怨鶴，清漢望歸鴻。海闊誠難渡，天高不易沖。行雲無處所，簫史在樓中。

張生的朋友看到這些詩，莫不聳動驚異。而這時，張生已決定不再和鶯鶯往來了，一場春夢，便如煙消雲散。當時，元稹和張生很要好，便問張生怎麼如此薄倖。張生說：「大凡所謂的尤物，如果不是自己受人迷惑，便是要蠱惑別人。假使崔家那位小姐遇到富貴，受到嬌寵，那麼，不為雲雨，必為蛟螭，我簡直不敢想像要變成什麼樣子。以前商代的紂王和周代的幽王統領天下，勢力雄厚，但是，只為了一個女子，便全軍覆沒，身遭不測，至今仍為天下人所恥笑！我的德行還不足以抵抗妖孽，所以只好忍痛割愛！」

聽了這番話，在座的人都為之深嘆不已。

過了一年多，鶯鶯嫁了人，張生也已別娶。一次，張生剛好經過鶯鶯居住的地方，便以表兄的身分，請她丈夫讓他見見鶯鶯。鶯鶯知道了，卻不肯出來，張生顯出很失望的樣子，鶯鶯便偷偷地寫了一首詩送給他：

自從消瘦減容光，萬轉千迴懶下床。不為旁人羞不起，為郎憔悴卻羞郎。

幾天之後，張生即將離去，鶯鶯又寫了一首詩，堅決拒絕再見，詩說：

棄置今何道，當時且自親。還將舊時意，憐取眼前人。

張生只得悵然離去，從那以後，就再沒有任何消息了。

【評論】

本文見於《太平廣記》第四百八十八卷。作者元稹，字微之，河南河內人。舉明經，補校書郎，元和初應制策第一，除左拾遺，歷監察御史，坐事貶江陵。又自虢州長史徵入，漸遷中書舍人承旨學士，進工部侍郎同平章事。不久罷相，出為同州刺史，又改越州，兼浙東觀察史，太和初，入為尚書左丞檢校戶部尚書，兼鄂州刺史武昌軍節度使。五十二歲時暴病而卒。兩唐書都有他的傳。元稹非但官高位顯，而且是位有名的詩人，他自少與白居易唱和，時人稱之為「元白體」。宮中嬪妃，最喜唱他寫的詩，呼他為「元才子」。所著有《元氏長慶集》百卷，《小集》十卷，《類集》三百卷。他只寫了《鶯鶯傳》一篇傳奇，卻在所有唐傳奇中流傳最廣也最為人所喜愛，因為張生曾賦〈會真詩〉三十韻，所以本文又名《會真記》。唐人以詩文宣揚其事者甚多，有元微之〈續會真詩〉三十韻、河中楊巨源〈崔娘詩〉、亳州李紳〈鶯鶯歌〉……這篇小說對後世影響相當大，宋趙令畤有〈商調蝶戀花〉十闋；金章宗時董解元有《諸宮調西廂記》；元有王實甫《西廂記》、關漢卿《續西廂記》；明代有李日華《南西廂記》、陸天池《南西廂記》、周公魯《翻西廂記》；清代查繼佐又有《續西廂》雜劇，其他如所謂《續西廂》、《翻西廂》、《竟西廂》、《後西廂》……層出不窮，說明了劇作者對這個故事歷久不衰的喜愛。一直到平劇、各種地方戲劇，甚至話劇、電影，都採用過這個故事，不過標題多數改作「紅娘」了。

唐人小說影響於元、明、清戲曲者很多，而以此文流傳最廣。推究其原因有二：一、本文出自元微之手筆，文雖不高，而辭旨頑豔，頗切人情；二、社會心理趨尚在此，宋代如此，於今為烈，其流播之故可知。

至於傳中的男主角張生，宋人有疑為張籍的，王銍、趙德麟都曾為之辨正，以為張生其實正是元稹夫子自道。我們從元稹本集詩歌和年譜中考察，確和此傳吻合。作者雖站在第三者立場來說故事，然而，姑且不論考據家們所提出的證據，單從文末作者讓張生發表的一段文過飾非的言論及最後作者的按語，稱許張生為「善補過者」一點看來，也夠使人不免懷疑倘若真是「語不涉己」，何以元稹要這樣「苦不堪憂」地一再辯白了。

本文和《霍小玉傳》雖都是小說，但卻是當時社會上所常見的悲劇。在同樣的社會背景下，產生同性質的悲劇是不足為奇的。不但這兩篇是真實的事，還有許多其他相同的、或更具悲劇性的人生故事，在當時的社會舞臺上排演著。因為唐人的「婚」與「仕」的關係是那麼密切，雖然和一個娼妓真正相愛，也得忍痛捐棄，否則一定失婚配偶，將一生為社會所不齒，政治上的前途，也將一併丟棄。文中男主角赴京，經過一番理智分析之後，便發現為自己的事業與前途計，不能不「忍情」而與鶯鶯絕交。從唐史所載元稹生平看來，他原是出身於一個沒落的貴族家庭，為了挽救頹敗的局面，非得有一項高門親事不為功，所以幡然悔過，另結高門，充分反映出唐代社會裡士人階層功利的一面。

元稹筆下的鶯鶯，家庭背景雖無明確的交代，卻保持了一位秉性溫柔的女子，對意中人過分慷慨而失身後的主要弱點。在他沒有回信給她後，她也沒有採取任何行動去左右他，一年後便嫁了人（這和《霍小玉傳》中女主角苦心孤詣地尋求有著很大的差別）。但她在男婚女嫁之後拒絕與張生見面，無疑是用平淡無奇而教人擊節三歎的寫實主義手法，把故事作結，無怪乎在唐宋詩人的歌詩中，要再三褒揚這位中國文學上的新型女子了。只是後世說書人的聽眾雖然也同情鶯鶯，卻接受不了元稹筆下鶯鶯的下場，幾乎後世的改編者都順應輿情，把張生化為多情種子，造成更快樂的結局。董《西廂》如此，王《西廂》亦復如此。

就藝術性而言，《鶯鶯傳》僅居中等，算不上最好。在形式上，《鶯鶯傳》仍是古文家的試驗作品，還保留了許多對佛教小說的模擬。譬如文中插入了一首三十韻的〈會真詩〉，後面又加上一段迂腐的議論。這些如以近代的小說條件來說，都是些破壞藝術完整性的贅疣。然而在初盛期的古文家看來，也許正是一篇完美的典型小說吧！

李娃傳

白行簡

玄宗天寶年間，有個常州刺史滎陽公，在地方上頗有聲望，家境也極為富有。只可惜結婚多年，一直沒有子嗣，夫妻日夜燒香敬佛，也沒有結果。後來兩人都以為命該如此，斷了念頭。不想五十歲那年，突然得了個兒子，夫妻二人自是欣喜異常，便把全副精力都放在兒子身上。

這孩子也從沒讓父母操心過。他既聰明，才學又好，長得也一表人才，深為時輩所推崇。滎陽公老來得子，對他的期望當然是很高的，常常對人說：

「這個孩子是我們家的千里駒哩！」

二十歲這年，他將進京趕考，這是人生旅程中的一件大事，全家上上下下幾乎都驚動了。父親給他預備了豐盛的車馬、衣服等一切日用品，又給了他一筆為數相當可觀的生活費，叮嚀他說：

「依我看，憑你的才學，應該可以一考就中。現在給你預備了夠用兩年的東西，又給你充分的錢花，是為了好讓你專心一致地努力，你可不要讓為父的我失望才好。」

他也相當自負，認為考取功名，簡直是易如反掌，便恭敬地回答：

「孩兒謹記父命，絕不會讓父親失望的。」

於是這位公子揮別父母，由毗陵出發，一個多月後到達長安，就在布政里住下。

一天，公子遊東市歸來，進平康東門，想到西南邊去拜訪朋友。到鳴珂巷前，看見一座宅子，門庭不怎麼寬廣，倒整理得有條不紊。一扇門開著，有個漂亮的女孩正靠著一個婢女站在門口，那副嬌媚動人的模樣，真是前所未見。他不覺看傻了，放慢了馬，磨磨蹭蹭地捨不得走，還故意把馬鞭掉在地上，叫隨從的人下去撿，好勒住馬，趁機多看兩眼。那女孩覺察到有人正看著她，也掉過眼來，含情脈脈地凝視著。他很想上前搭訕，畢竟不敢造次，只好依依不捨地走了。

從此，公子若有所失。整天魂不守舍地想著那對黑白分明、脈脈含情的雙眼，就暗地裡向熟悉長安風月場所的朋友打聽。朋友告訴他：

「那是煙花女子李氏的住宅。」

「有什麼辦法接近她嗎？」

朋友笑著搖搖頭說：

「李娃闊氣得很，和她往來的都是貴戚豪族，所以，她的收入也相當可觀。沒有上百萬的錢財，恐怕無法打動她。」

他一向養尊處優慣了，哪裡懂得人事的艱難，便毫不在意地說：

「只怕事情不成，百萬的數目，算得了什麼！」過了幾天，他刻意修飾了一番，便帶著許多賓客隨從到李家去。婢女前來應門，他假意地問：

「這是誰家的宅院啊！」

那婢子一見是他，也不回答，兀自轉身跑進去，大聲嚷著：

「上回那個掉馬鞭的人又來了。」

只聽得李娃在裡邊兒高興地應著：

「真的嗎？妳們暫且出去招呼他，我打扮打扮再出去。」

他在門外聽見了，心中暗暗歡喜。

侍婢引他見了內室，看見一個頭髮斑白、駝著背的老太太，婢子說：

「這是小姐的母親。」

他連忙上前行禮，並說：

「聽說您這兒有空的屋子，願意租給人，是真的嗎？」

老太太很客氣地回說：

「地方糟得很，只恐怕您在這兒住太委屈了，哪裡敢說租呢？」

於是就引他到客館，屋子還蠻寬敞，陳設也很華麗。兩人坐定，老太太說：

「我有個女兒，年紀還小，談不上什麼技藝，勉強可以招待客人，我讓她出來見見您。」

說著，就叫李娃出來。李娃款款步出，明眸皓齒，風情萬種，驚得他慌忙站起，不敢仰視。見過禮，彼此說些客套話。僕人一會兒送茶、一會兒進酒，所用的器皿都極潔淨雅緻。

侃侃一談，竟已日暮。更鼓的聲音從四面響起。老太太問道：

「不知道您的住處離這兒多遠？」

他故意扯謊，回答：

「哦！我住在延平門外好幾里的地方。」

意思是希望老太太見他住得遠而留他住下。哪知老太太卻反倒說：

「更鼓已經打起來了。您既然住得這麼遠，可得趕快回去，免得犯禁！」

他只好裝出一副無可奈何的樣子說：

「承蒙你們熱誠的招待，竟然高興得連天黑了都不知道。我住的地方離這兒這麼遠，城裡又沒有親友可以借宿，這可怎麼辦才好？」

李娃聽他這麼說，便轉身向老太太求情說：

「既然他不嫌棄咱們這兒僻陋，要租我們的地方，那麼就讓他留宿一夜何妨？」

他躭心地看老太太的表示。老太太沉吟了一下，才說：

「好吧！」

他大喜過望，連忙叫家僮取出兩匹細絹，作為晚間一席的費用。李娃笑著拒絕說：

「沒這個道理！今天晚上，一定得讓我們拿些粗茶淡飯來盡地主之誼。其餘的，等以後再說吧！」以此堅決地辭謝了。

大夥兒轉到西堂坐下。只見帷幕簾榻、妝奩衾枕，都極為豪華奢侈、燦爛奪目。點起蠟燭，便開始送上酒菜，十分豐盛。用過飯，老太太起身走開。他們兩人便自在地聊著，彼此調笑，無所不談。他對李娃說：

「自從上回偶然打從妳家門前經過，剛好看到妳站在門口後，我就時常忍不住想念妳，即使在夢中，也沒有一刻忘記。」

李娃害羞地說：

「其實，我也和你一樣。」

他試探地又說：

「我今天來，並不只是為了要租房子，而是希望能一償宿願，不知道我可有這個命？」

話還沒說完，老太太進來了。笑著問：

「你們在談些什麼呀？這麼高興！」

李娃也不避諱，老老實實地告訴了她，老太太也不見怪，說：

「男女之間，互相吸引，這是很自然的事。若是情投意合，即使是父母之命，也制止不了。公子，我的女兒長得醜，哪能侍候您呢？」

話裡的意思很明顯是答應了。他高興極了，連忙下階拜謝說：

「但願您能把我當成自己的兒子一樣看待。」

老太太答應著，大家又喝了一陣酒，才盡歡而散。

第二天一早，他便把所有的行李都搬到李家來。從此以後，深居簡出，和親友都不通消息。每天就和倡優幫閒，一起吃喝玩樂。漸漸地囊空如洗，就逐一變賣坐騎及家僮。過了一年多，東西全賣光了。老太太看他床頭金盡，逐漸有了怠慢的意思，而李娃卻對他益加深情。老太太打定主意要趕走他，李娃心裡雖然不樂意，卻沒有法子違拗母親。

這一天，李娃對他說：

「我和你在一起已經一年多了，一直沒有身孕。聽說竹林神十分靈驗，我想到那兒去禱祝一番，你說怎麼樣？」

他一聽十分歡喜，就到當鋪裡把衣服當了，買了些上供的東西，和李娃一塊兒到廟裡去，住了兩天才回來。

回程上，走到北門附近，李娃說：

「我姨媽就住在從這兒東轉的小巷裡，我們去看看她，順便休息一下，你說好不好？」

兩人高高興興地繞過小巷去了。果然走不到百步就看到一戶人家，從外表看起來，似乎很寬敞。侍婢喊著：

「到了！」

他下了馬。剛好從裡面走出來一個人，問：

「什麼人啊？」

李娃朗聲回答：

「是李娃啊！」

那人便進去通報。一會兒，有個四十多歲的婦人出來，迎頭撞見他，便問：

「是我的外甥女來了嗎？」

李娃笑吟吟地下了車，婦人親熱地拉著她的手，問道：

「怎麼這麼久沒來啦？」

李娃便把他引見給姨媽。見過禮後，大夥兒說說笑笑地一同走進西門偏院。只見亭臺池榭、蔥蒨竹樹，十分清幽。他暗暗覺得詫異，便悄聲問李娃：

「這是姨媽自己的房子嗎？」

李娃笑而不答，只用旁的話岔開去。

僕人獻上清茶水果，都是些極為珍奇的東西。大家正談著，突然有個人滿頭大汗地騎馬飛奔而來，說：

「老太太不知怎的，突然得了重病，神智不清，現在已經連人都快認不得了。你們趕快回去吧！」

李娃聽了，大吃一驚，急忙跟姨媽說：

「我的心亂極了。我先騎馬趕回去，待會兒再派人來報信，你們兩個隨後再來。」

他原打算和李娃一道回去，姨媽卻連連向他招手，在門口攔住他說：

「老太太眼看著是沒救了，我們應該商量商量怎麼處理喪事，你幹嘛跟她回去？」

他只好留下來，和姨媽一起籌畫喪葬費用。

天黑了，報信的人還沒有來。姨媽皺著眉頭說：

「奇怪！怎麼還沒有人來報信，這是怎麼一回事？你趕快去看看，我隨後就去。」

他急急趕回鳴珂里，卻見大門深鎖，還用泥加了封。他大吃一驚，連忙向左右鄰居探問，鄰居說：

「這房子原來是李家母女租的，大概已住了一年左右。現在房東自己收回去，老太太前天就搬走了。」

「搬到哪兒去？」

他慌亂地問著。鄰居回說：

「不知道。」

他原打算連夜趕回宣陽北門去，質問李娃的姨媽，無奈已經太晚了，計算路程，恐怕無法趕到。只好典當了衣服，胡亂吃點兒東西，找個地方休息。心裡怒火中燒，一夜都沒有闔眼。

天還沒亮，他就騎了驢趕去。敲了許久的門，都沒有人應聲。又大叫了幾聲，才見一個僕役出來。他急急地問他：

「姨媽在嗎？」

那人奇怪地打量著他，並說：

「沒這個人呀！」

他氣極了，臉紅脖子粗地大聲質問：

「分明昨天晚上還在這兒，怎麼現在躲著不露面呢？」

那人疑惑的看著他，他便問道：

「這是誰家的宅第？」

「是崔尚書家。哦！對了！昨天有一個人租下這座宅院，說要用來接待遠來的表親。可是，不到晚上就走了。也許，你指的就是這個人吧！」

他知道受了騙，萬念俱灰，心裡一片混亂，幾乎要發瘋，便快快然回到布政里以前住過的老地方。客舍主人見他可憐，給他飯吃。他又氣又恨，什麼也不願意吃。絕食了三天，害起重病，拖了十多天，病勢愈加沉重。

主人恐怕他死在店裡，給自己添下麻煩，便連夜把他送到殯儀館裡。可憐他奄奄一息，又舉目無親，殯儀館中的人都很同情，便耐心地餵他吃東西，居然從死亡邊緣裡掙扎了回來，慢慢地能拄著枴杖站起來。於是，他們便叫他每天替喪家執紼送喪，得些錢以養活自己，又過了幾個月，他的身體差不多完全康復了。

他每次為了送葬，聽到淒涼的輓歌，想著自己被欺騙的遭遇和眼前的境況，覺得自己還不如死者，就忍不住傷心，痛哭流涕不能自止。回來後，腦海裡猶然繞繚著那哀婉的腔調，便摹仿著唱。他原本是個聰明人，什麼東西，一學便會。沒多久，他的輓歌唱得已出神入化，長安城裡幾乎沒有人能比得上。

長安城裡有東、西兩家殯儀館，排場都很大，是生意上的死對頭，往往互爭短長。東邊那家的車轎、喪具都較西家華麗、有氣派，就只有輓歌唱得差些。知道他輓歌唱得很出色，就湊了兩萬錢，偷偷地把他雇了去，又請了一位有經驗的老前輩，教他唱些拿手的曲子，一再揣摩唱和，悄悄地訓練了個把月，不讓外人知道。

兩家殯儀店曾經約定，定期在天門街上展覽各自店中的貨色，比一比優劣。輸的一方罰錢五萬，作為請客費用。為了表示鄭重，還立下契約，請人作見證。

大家一傳十、十傳百，到了那天，真是萬人空巷，遠遠近近的人都興奮地聚集到天門街上來看熱鬧。從早上到中午，兩家把車輦儀仗等設備，一一拿出來比較，結果東家大獲全勝。西家覺得很沒有面子，於是在南角上安了一張好幾層的臺子，請出一位長鬍鬚的老先生，懷裡抱著個大鈴鐺，前前後後還有好些人簇擁著。他抱拳作了一揖，便昂然走上臺去，唱起〈白馬〉哀歌；仗著向來沒有人比得上，神氣得旁若無人，觀眾也紛紛喝采；西家的人洋洋自得，以為這下子必然可以壓倒對方了。誰知東家早就有備而來。也在北邊設了個臺子，讓公子戴著烏紗帽，手裡執著大扇子，由五六個人陪著走出來。他整了整衣冠，慢條斯理地上了臺，帶著悽楚的神情，扯開嗓門唱起來；唱的是〈薤露〉哀歌，歌聲嘹亮悽婉，一曲還沒唱完，觀眾都感動得嘆息流淚。這一場比賽，西家又輸了，愈發覺得臉上無光，偷偷地把五萬錢放在前面，收拾收拾，就溜走了。

這時，正好公子的父親到京裡來述職，也換了便服，跟著同僚來看熱鬧。隨行的一個老家人，是公子乳娘的丈夫。見他站在舞臺上，分明像是家中小主人，心裡很疑心，想要上前相認，又不敢，不覺掉下眼淚。刺史覺得很奇怪，問他緣故，他說：

「臺上唱輓歌的那個人，真像我們家公子。」

刺史說：

「我的兒子已經被人謀財害命了，怎麼可能落到這般田地？」

嘴裡雖如此說，心裡可也有幾分疑心，想起兒子下落不明，不禁潸然淚下。

看過熱鬧後，大夥兒都回去了。老家人放心不下，又偷偷跑回來，向他的同伴打聽：

「剛才在那兒唱輓歌的人是誰？唱得可真好！」

「是姓某某的公子。」

老家人心裡一驚，正是他主人的姓。急急的又問名字，卻已經改了。老家人料定是他，便悄悄走近，想看個仔細。他見到老家人，神色慘變，回身便要躲進人群裡。老家人哪裡肯依，一把扯住他的衣袖說：

「您不是公子嗎？」

他既無法逃避，索興抱著老家人痛哭，所有的委屈都化為淚水。老家人急忙雇了車子，把他帶回去。

父親一見果然是他，不禁勃然大怒，說：

「你這不肖子！做出這等敗壞門風的事，還有什麼面目來見我？」

氣沖沖地押著他到曲江以西、杏園以東的荒郊野地裡，剝去他的衣服，用馬鞭狠狠地毒打了一陣，他受不了，昏死過去，他父親憤怒地抛下他不顧，兀自走了。

教他唱輓歌的那位老師叫一個平日跟他比較親近的同伴，偷偷地跟在後頭察看，那人一看他昏死過去，大為驚恐，馬上跑回去跟大家說起，大家很為他難過，就派了兩個人帶著草蓆去把他埋了。到了那裡，一摸他的胸口，還有點微溫；連忙把他扶起來，過了半天，總算有點兒氣了，就把他抬回來，給他灌了些熱湯，經過一晚，才活了過來。命雖撿回來了，可是一個多月後，手腳還不能動。被打傷的地方都潰爛了，又髒又臭，大夥兒都受不了那氣味，一天晚上，便把他抬出去，扔在路旁，不管他的死活。路過的人見了他的慘狀，都覺得很可憐。經常丟些剩菜剩飯給他，他就靠著這個勉強充飢。過了好幾個月，才能拄著楞杖站起來。從此淪落成叫化子，白天拿著破碗，大街小巷去向人家要飯；晚上就住到髒兮兮的坑洞裡，如此，從秋天一直挨到了嚴寒的冬季。

這一天，外頭下著大雪，他又冷又餓，不得已，只好冒著雪出來要飯。風雪太大了，家家戶戶都緊關著門。他沿街叫喊著，一直走到安邑東門，順倚著牆根北轉，看到第七八戶人家門口，半開著大門。這時，他餓得實在受不了了，只希望有人會拿些東西給他吃。所以，就拚著剩餘的力氣，大聲叫著：

「餓死人啦！冷死了呀！」

聲音極為哀苦悽慘。李娃正在房中梳妝，聽見了聲音，馬上擱下手上的胭脂，對侍婢說：

「一定是他！一定是他！我聽得出來。」

連忙快步追出。只見一個枯瘦乾癟、長了一身疥瘡的乞兒正虛弱地倚在牆角，口裡猶聲嘶力竭地喊：

「餓死了呀！餓……」

她仔細一看，果然是他。李娃大為痛心，哭著問：

「你不就是我的郎君嗎？」

他抬頭一看是李娃，氣極攻心，手腳不聽使喚，竟跌坐在地上，口裡說不出話來。李娃撲上去，抱住他的頭，順手脫下身上的繡花短襖，披在他身上，扶著他回到西廂房。失聲慟哭說：

「都是我害得你落到這種地步！」

李娃的母親在裡面聽到聲音，趕緊跑出來，問道：

「是什麼人？」

李娃一邊擦著眼淚，一邊回答：

「是我的郎君。」

母親不高興地大聲說：

「趕快趕他走！怎麼讓他到這兒來！」

李娃面色凝重地搖了搖頭，態度堅決地說：

「不行！他是好人家的子弟，我們不能再害他了。當初他駕著漂亮華麗的車馬，腰纏萬貫的到咱們家來，不過一年，就統統花光了。不但如此，最後還設下圈套，把他一腳踢開，這簡直不是人幹的。害得他非但讓人看不起，甚至連父子之情也斷絕了，還被自己的父親毒打拋棄，以致落魄到現在這般境況。天下人都知道這是被我害的。你要知道，他的親戚多半在朝廷為官，一旦當權的長官弄清楚這件事，恐怕不會饒過我們的！況且做這種昧良心、害人的勾當，老天也會降禍的。您養了我二十年，所花費的大約千金，我願把自己的珠玉釵環，金銀飾物，奉與母親，以為贖身之費。望求母親，放孩兒一條生路，從此永絕風塵，跟隨公子度日。希望您能答應，我就心滿意足了。」母親雖不樂意，但看李娃面罩寒霜，似乎絕不會妥協，只好答應了。

李娃毅然地搬離了鳴珂巷，在城北租下一所小宅院，日夜悉心地照顧著他。每天不厭其煩地為他沐浴、更衣、餵湯粥、酥乳，凡是頭上戴的、腳上穿的，都拿最考究的給他用。調養了幾個月，身體逐漸好轉，一年後，終於完全康復了。

一天，在花園裡閒聊，李娃突然問他：

「現在你的身體已經恢復了。想想看，以前的學業還記得嗎？」

經過長期的荒嬉與落魄，書本早已和他絕了緣，他沉思了一會兒，不太肯定地回說：

「大概只記得十分之二三吧！」

李娃欣然說：

「這就行了！走！我們出去一趟！」

他不知就裡，騎著馬跟著。李娃的車子一直到旗亭偏南，專賣各種典籍的書鋪前才停下來。李娃跳下車，跟他說：

「進去把考試須用的書全撿齊，我們帶回去，從今以後，開始好好準備應考。」

於是，叫他摒除雜念，不分晝夜，專心一致地用功讀書。他讀書時，李娃便在一旁陪著，做做針線女紅之類的；看他讀累了，和他說話解悶兒，或叫他練習寫作詩賦，以為調劑。常常一直陪到深夜，還不肯先去休息。他看李娃如此用心良苦，便也絲毫不敢怠惰，唯恐辜負她的深情。

兩年過去了。他的學問大有進展，自覺很有希望，便對李娃說：

「我想已經可以去應試了。」

李娃謹慎地回說：

「別急！我看還是等你準備得更充分些再去。」

又過了一年，李娃才同意他去。果然一考便中，而且名列前矛，立時聲名大噪。就是前輩文人看了他的文章，也沒有不佩服的，都爭著和他交朋友，只恐沒有機會。

但是，李娃卻說：

「這還不算什麼！現在的人，常常剛考中一門科第，便自以為可以擔當要職，受到普天下的敬重，實在太自大了！特別是你，過去的行為是個汙點，比不得別人，尤其應該比別人更加用功。希望再度考中，才能和人家一爭短長。」

他從這一番義正辭嚴的道理中，體會出李娃對他期望的殷切，便愈發努力苦讀。到了大比之年，皇上徵召四方的才俊之士，他去應考「直言極諫科」，輕易奪魁，被委任為成都府參軍。從此，聲望日隆，地位日高。

將要去就任，李娃自慚形穢，對他說：

「我終於使你恢復本來面目，總算對得起你了。從此我要回去奉養母親，度我餘年。你現在是個有地位的人了，也應該娶一個門當戶對的妻子，體體面面，好好孝順父母。希望你自己好好保重，我這就走了。」

他一聽，如晴天霹靂，呆了半晌，眼淚紛紛掉下來，說：

「妳怎麼能走！妳如果離開，我馬上就自刎而死。」

李娃雖也流著淚，但態度卻相當堅決。他一再苦苦哀求，李娃才無可奈何地說：

「那麼，我送你過江，到劍門，你一定得讓我回來。」

他沒有辦法，只好依她。

一個多月後，終於到達劍門，這時滎陽公也恰好調差做成都府尹，兼劍南採訪使，正好也住在驛站裡。他一到，就遞上名片要求拜見。父親心裡覺得詫異，起初不敢認。後來看到上面寫的祖父、父親的官銜和名諱，這才相信真是自己的兒子，大為驚異。父子相見，恍如隔世，不禁抱頭痛哭。

父親問起別後的情形，他悲喜交集，一邊掉淚，一邊仔細敘述。父親十分感動，就問：

「那麼，現在李娃在何處？」

他回說：

「她送我到這兒，現在正準備回去哪！」

父親急忙說：

「使不得，千萬不能讓她走，她可是你的再造恩人哪！」

第二天，就和他先乘車到成都，留李娃在劍門，特別準備了地方給她住。次日，又託人正式來提親，一一按照禮節來迎娶，於是二人便成了正式的夫妻。

婚後，李娃把家事料理得井井有條，親友們都大為稱讚。過了幾年，公婆相繼過世，她服孝守節極為嚴謹。丈夫因為她的善於治家，以致無後顧之憂，得以全心在仕途上發展。十年間，官運亨通，屢次升官。李娃也受封為汧（ㄑㄧㄢ qiān）國夫人，四個兒子也很爭氣，都有很高的地位，一家顯赫，幾乎無人能望其項背。

【評論】

本文見於《太平廣記》第四百八十四卷。作者白行簡，字知退，下邽人，是名詩人白居易的弟弟。貞元末進士第。辟盧坦劍南東川府。元和十五年授左拾遺，累遷司門員外郎主客郎中。寶曆二年冬以病卒，年五十餘歲。白氏有文集二十卷，今已佚。所作傳奇有《李娃傳》與《三夢記》。《李娃傳》近情而聳聽，故纏綿可觀；後人本此而作劇者，計有元高文秀《鄭元和風雪打瓦罐》；元石君寶《李亞仙詩酒曲江池》；宋元戲文《李亞仙》；明朱有燉《李亞仙花酒曲江池》；鄭若庸《繡襦記》及近人俞大綱先生《新繡襦記》。

《李娃傳》是唐人小說中的雋品，故事的結構、情節的處理，以及人物性格的描述都相當成功。它在傳奇小說中的地位，絕不亞於《鶯鶯傳》和《霍小玉傳》。這篇小說雖名為《李娃傳》，作者卻將衝突隱在關鍵處，一個銜著一個的在某生身上應驗，以烘托出女主角的個性，完全擺脫平鋪直敘的手法，只讓人覺得暗潮騰湧、波瀾起伏，作者文筆通暢、字句華美，加上故事曲折變化，入情入理堪稱第一流的小說作品。尤其是小說中有幾處動人又深刻反映唐人生活的場面，如公子初訪李娃的一幕，描寫一見傾心的戀愛及娼妓的生活，活潑生動。另外，東西凶肆互爭的那一幕，更是千古奇唱，人物的聲容笑貌，無不畢肖，對於當時的特殊社會風氣，傳神寫照，極為詳盡，實是今日研究唐代社會狀況的最佳史料。

這篇小說之所以出色，時代性所占分量極重，如非在階級門第觀念極重的唐代，則男主角與其父的衝突，便會減小許多；如不是強烈的門第觀念作祟，則父親見到兒子落魄街頭，鬻歌自生，心痛憐惜唯恐不及，豈會憤而出手將他打得半死！這篇小說大部分的戲劇性是建立在其父「志行若此，汙辱吾門；何施面目，復相見也」，這句話上。由此亦可見當時一般人對門第的重視。

杜子春

李復言

灰濛濛的天！光禿禿的樹木兀自聳立著，耳邊只聽得一陣陣的北風呼嘯而過。杜子春縮著脖子，埋著頭蹣跚地在長安街市中行走。天色已晚，卻還粒米未進，一身襤褸的他，四處徘徊著，不知何去何從？他是不願再到親戚朋友家中去碰釘子了，也不能怪人情薄似秋雲，說起來都是自己不好，萬貫家財全在縱酒閒遊中浪蕩耗盡了。如今，求救無門，該怪誰？他邊走邊嘆氣，不知不覺來到了東市的西門。天寒地凍，路上只有稀稀落落幾個行人匆匆忙忙地趕著路。

「他們大概都是趕回家中去的吧？唉！只有我，無家可歸！」

他想著，不禁自怨自艾起來。站在城門外，一臉飢寒之色，杜子春惶惶如喪家之犬。

從來沒有一刻像現在這樣渴望有一個溫暖的家。想到家，早逝的父母、往日的繁華，陡地源源滾滾地氾濫了整個心頭，喉頭湧上了一陣酸澀，眼淚就這樣不聽話地掉下來。

突然，有位老先生拄著柺杖走到杜子春面前，上上下下打量著說：

「你是怎麼啦？有什麼困難嗎？」

數日來嘗盡人間冷暖的杜子春，何嘗聽過這樣的關切？於是滿腹的心酸，在這一句溫暖的慰語中，化為紛紛的淚水。他哽咽地說出心事，老先生聽完他的遭遇後，沉吟了一會兒，說：

「現在，你需要多少錢才夠用？」

子春楞了一下，不知道老先生問這句話的用意何在。用袖子擦了擦淚，靦覥地說：

「只要有三五萬，也就夠過日子了。」

老先生笑著說：

「夠嗎？恐怕太少了吧？」

子春苦笑著更正：

「十萬！十萬儘夠了！」

老先生仍然像剛才一樣笑著說：

「夠嗎？我看，還是太少了。」子春這下子有些訝異了，不覺停止了啜泣，狠著心說：

「百萬！百萬一定可以了。」

誰知道老先生居然還是說：

「還是太少了吧？」

子春有些受愚弄的感覺，差點兒惱羞成怒起來，在這嚴寒的冬日裡，還有心情調侃一個飢寒交迫的流浪漢，未免太過殘酷！他強抑下滿腔的怒火，賭氣地說：

「三百萬！」

老先生這才輕鬆地說：

「差不多了！」

一邊從懷裡取出一些錢，鄭重地說：

「這些先給你度過今晚。明天中午時分，我在西市附近的波斯房子等你，切記！不要遲到了。」

子春看著手中握著的錢，如墜五里霧中。太不可思議了！他四處告貸，幾日來，一分錢也沒借到，沒想到在這市集裡，居然平白拿到了活命之資。是夢嗎？他揉了揉眼睛，沒錯！手上確實拿的是錢。老人走了，他還來不及跟他道謝哪！子春快活地連跑帶跳，他要好好地去吃一頓、睡一覺，安安穩穩地做個美夢。他太疲倦了，疲倦得來不及去思索這突如其來的好運道。

第二天，他迷迷糊糊從被窩裡睜開眼時，已是日上三竿。他想起前一天傍晚老先生說的話，心想：

「三百萬！他不會是當真要給我三百萬吧？不可能！非親非故的！」

他躲在溫暖的被窩裡左思右想，決定不下是不是要到西市去赴約。對一樁不可能的事，悄悄地抱著非分的希冀，是一種既興奮又痛苦的煎熬。最後，已經快到中午了，他終於下定決心：

「何妨去走一遭！反正也不費什麼事！就算他存心捉弄我吧！頂多也不過接受一場訕笑罷了。何況，說不定還真有奇蹟出現！」

想到這裡，他又打從心裡高興起來。簡單地漱洗後，便直奔西市的波斯房子。遠遠地，他看到老人果然在那裡！全身血液不覺沸騰起來！老人從身邊拿過來一個布囊遞給他，打開一看！三百萬！果然是三百萬！他驚訝地張口結舌，什麼話也說不出來。錢就在布囊裡，他瞪視著，手微微地發抖，心幾乎從口腔中跳出來。老人什麼時候走的，子春完全不知道。

有了錢，又是海闊天空。窮苦潦倒的日子已成過去，子春放蕩的心又作祟起來，像熊熊的烈火一般，一發不可收拾。於是又開始乘著駿馬、穿著輕裘，終日和一些酒肉朋友沉浸爛醉中。再不然，就是歌舞絲竹，日夜在青樓狎妓作樂，壓根兒沒想到好好振作、治理產業。萬貫的家財也經不起這樣的揮霍。一二年間，錢財慢慢用光了。榮華富貴如過眼雲煙，他又恢復了襤褸困窘的老樣子。自己左思右想，都沒個好主意，只有白白在市門前嘆氣。就在這時候，那位老先生又突然出現在他跟前，慈祥地對他說：

「你怎麼又變得這般模樣呢？真是教人想不透啊！現在我再接濟你多少錢才夠呢？」

子春低著頭，慚愧得不知說些什麼才好。老先生再三追問，他這才漲紅了臉，支支吾吾連聲抱歉辭謝。老先生笑著說：

「明天中午，還是老地方見面吧！」

子春忍住了滿腹的羞愧，如約前往，老先生果然又給了他一千萬。在赴約之前，他曾經暗下決心，從今以後，一定要奮發圖強，好好謀生，那麼過去的大富翁如石季倫、猗頓也不過是不在自己眼中的豎爾小輩罷了！但是錢一旦到手，過去的酒肉朋友又蜂湧而至，禁不起引誘，子春又把持不住，終於放縱浪蕩一如往昔。不到一二年，窮得比以前還不如，又惶惶然朝不保夕了。

這一天，子春餓得頭昏眼花，可憐兮兮地在市門前晃來晃去，正不知道怎樣挨過這飢餓的痛苦，突然看到老先生正朝這裡走過來，他禁不住羞慚，掩面便走。老先生從背後追趕過來，牽住了他的衣服下擺，請他留步，仔細端詳了他一會兒，嘆著氣說：

「唉！想不到你這麼不善於理財治事。」

說完，又從身上背著的布袋裡拿出三千萬給他，並說：

「如果這些錢還不能治好你的話，那麼你的貧窮病已經進入膏肓，無可救藥了。」

子春手裡接過錢，感激得痛哭流涕，心裡想：

「我放蕩冶遊，生平所有都已揮霍殆盡，親戚朋友沒有一個肯理睬的。只有這位老先生一連接濟了我三次，我怎麼敢當呢？」

因而對著老先生長揖再三，說道：

「晚輩今天得到這些錢，人世間的事業可得而成，孤兒孀婦也全都能得到溫飽，而我自己也可以揚眉吐氣一番。人家說大恩不言謝，您這番隆情厚賜晚輩一定牢記在心。待此去事業有成，便唯老先生之命是從。」

老先生頻頻點首道：

「我正是這個意思。等你事業有成之後，請在中元節時到老君廟的雙檜樹下來見我。」

告別了老先生，子春懷著一種感恩的心情重新做人。他想到淮南多孤兒孀婦，便帶著鉅款來到揚州。一口氣買下百頃良田，在城裡蓋起高樓，在大路旁建造百餘間房屋，接了所有的孤兒孀婦來住。又料理了甥姪後輩的婚嫁，遷葬一些族裡的親友。凡是有恩於他的，都厚禮答謝；有仇的，也一一報了仇。該做的事都已告完成，子春如釋重負，便如期前往赴約。這時，老先生果然正嘯遊於雙檜樹蔭底下。兩人見面，彼此都很高興！敘了敘別後諸事，便一同登上華山雲峰臺。

上了山，人間俗事盡拋。山風迎面而來，蟲鳴鳥啼，此起彼落，子春感覺到從來未曾有過的悠閒。進入山中約四十里左右時，只見一處房舍十分整齊潔淨，似乎不是常人所居。彩雲縹緲，遙遙籠罩著屋宇，又有白鶴在上方拍翼翔飛。屋子裡，上有正堂，堂中擺了一個約九尺高的藥爐，冒著紫色火焰，光芒四射，照得窗戶裡外通透明澈。藥爐旁亭亭站立了九名玉女，青龍白虎兩隻異獸，分別蹲踞在前後兩方。子春看傻了眼，不知道這些是幹什麼的。這時，天色已逐漸暗了，老人換上一身道士打扮，遞給子春三顆白石丸子和一杯酒，要他馬上服用。待他吃下去後，老人又拿出一張虎皮鋪在內室西壁，叫子春東向而坐，神色凝肅地告誡子春：

「千萬不可開口說話！等一會兒會有尊神、惡鬼、夜叉、猛獸、地獄及你的親屬等現身，百般糾纏。記住！這些都不是真實的。只要你不動不語，安心不懼，就不會為這些事情苦惱，千萬要記住我的話！」

說完，轉身走了。

子春環顧庭院，除了一個貯滿水的大陶甕以外，沒看見有別的東西。可是就在道士剛走沒多久，突然發現旌旗戈甲，千乘萬騎，彷彿滿坑滿谷，喝聲驚天動地。其中有一位自稱大將軍的，身高丈餘，率領著一群披著金甲的人馬，光芒四射，耀人眼目。大將軍身旁的衛士有數百人之多，都持劍張弓，直入堂前。大聲喝道：

「你是什麼人？見了大將軍膽敢不迴避？」

左右侍衛蜂湧而上，執劍逼問他的姓名，又問他是幹什麼的？子春本欲回答，忽然想起老先生的吩咐，趕緊把行將出口的話都嚥了回去。問話的人見子春沒有反應，大為生氣，命令部下把他殺了。侍衛們紛紛張弓射箭，喝聲如雷。子春仍然一句話也沒說。自稱大將軍的，這才怒極而去。過了一會兒，數以萬計的猛虎、毒龍、獅子、蛇蝎，紛紛向他包圍過來，咆哮怒吼，爭先恐後地撲過來咬噬他，甚至還有跳過他頭上的。

子春心裡雖然害怕，卻牢記著不言不語的叮嚀。猛獸見他鎮定自如、神色泰然，只好紛紛退散。接著大雨滂沱，傾盆而來，一時之間，天昏地暗，雷電交加，火輪在他左右來來回回滾動著，電光也前前後後閃閃作聲，一時連眼睛都睜不開。房子裡開始瀰漫著大水，深達丈餘，流電吼雷，聲響不絕於耳，勢如排山倒海，不可遏止。才一剎那的工夫，已淹沒了子春的座位，而他依然端坐如前。

又過了一會兒，那個自稱為大將軍的人又來了。這次，他帶來了一群牛頭獄卒，和相貌猙獰的鬼神，將一個盛著滾沸熱湯的烹人大鍋放在子春面前。四面密密麻麻地布滿著持兩叉長槍的鬼卒。大將軍傳令下來說：

「只要肯說出姓名，即刻放人。否則，用長槍叉入鍋中。」

子春仍舊相應不理。大將軍無可奈何，只好命人抓子春的妻子來，拖拉著扔到台階前，威脅他說：

「只要你說出姓名，我馬上放了她。」

子春仍是沉默不語。大將軍勃然大怒，命人鞭打他的妻子，打得遍體鱗傷，血流如注；又用槍矛刺她，用刀斧砍她；最後還把她丟進滾水裡煮，他的妻子實在痛苦得無法忍受了，大聲號哭地對著他說：

「妾身雖然醜陋笨拙，有辱相公厚愛。但十餘年來，為您鋪床疊被、料理家務，也算盡心盡力。現在不幸被鬼神所抓，備嘗苦楚，已經忍受不住了。不敢期望相公跪拜求情，但得您一開金口，就能保全妾身的性命了。人誰無情感，相公竟忍心吝惜這麼一句話嗎？」

說完，淚流不已。她一邊咀咒，一邊發瘋似地罵著。子春起先看到妻子受到種種的折磨，已是萬分不忍，再聽到她一番義正辭嚴的指責，更是痛徹心肺。只是一想到老先生的恩重如山，便再也顧不得其他，狠下心，閉起雙眼，依然沒出一點聲音。大將軍不勝其怒地說：

「你以為我不敢毒害你的妻子嗎？」

隨即命令鬼卒取來剉碓，從她的腳開始，一寸寸地剉著。只見一片血肉模糊，他的妻子更是不住地悽厲嚎叫，子春心中流血，卻還是置之不顧。將軍沒有辦法，只好說：

「這個賊子妖術已成，不可以讓他久居世間。」

便下令左右殺了他。殺完，子春一縷魂魄悠悠然被領著去見閻羅王，閻羅王說：

「這不就是雲臺峰的妖民嗎？把他提交煉獄之中吧！」在煉獄裡，子春受盡了折騰，鎔銅鐵杖、碓杵擣碎、石磨子磨過猶且不夠，還加上火坑、湯鑊、刀山、劍樹的折磨，他忍受了常人所不能忍受的痛苦，但因為他一心念著道士的叮嚀，彷彿覺得還可以忍受下去，竟連呻吟的聲音也沒有。獄卒回報受刑完畢，閻王驚訝地說：

「這是個陰賊！可不能再讓他繼續作男人，就讓他變成女子吧！把他發配投生到宋州單文縣的縣丞王勤家吧！」

子春投生之後，一直就疾病纏身，針灸藥醫，一天也沒停過。也曾墜到火中，或掉落到床底下，種種的痛苦不一，但始終不曾出聲。慢慢地，終於長大成人了。她長得容色絕代，十分漂亮，就是從來不開口說話，家裡的人都只當她是個啞女。親戚朋友，百般逗弄，或出口侮辱，也不見她回嘴。同鄉有個進士盧珪，聽說她容貌出色，便託媒人前往提親。她家裡的人以不能說話來推辭。盧珪回說：

「做妻子的，只要品德好、賢慧，又何必一定要開口說話！這樣正可以警戒那些終日喋喋不休的長舌婦啊！」

她家才答應了這門親事。

時間在沉默裡飛逝。夫妻二人十分恩愛，結婚數年，也生了個男娃兒，聰慧無比。小孩兩歲時，有一天，盧珪抱著兒子逗弄著要她說話，沒有應聲，多方引弄她，還是一句話也沒有。盧珪怒從中起，說道：

「從前賈大夫的妻子看不起她的丈夫，所以才不開口言笑。但是看他射雉的本事，還是笑了出來。如今，我既不像賈大夫那麼醜陋，而本事也比射雉強多了，你卻連話都不肯說一句！大丈夫為妻子所鄙視，要兒子幹什麼！」

於是，抓住孩子的雙腳，便往石頭上用力砸下去，孩子的頭應手而碎，血濺數步。子春一時愛憐之情生於心，忘了老人的囑咐，不禁失聲叫了出來：

「噫！」

聲音還沒停止，突然發覺自己坐在老地方，道士正站在自己的面前。已是五更天了！窗外微微透著曙光，屋內一片紫色的火焰正穿屋而上，大火自四面八方圍燒過來，屋子頃刻間化為灰燼。道士長嘆道：

「你可把我害慘了！」

抓住子春的頭髮，把他整個人投入水甕裡。火終於熄滅了。道士走向前道：

「你的心中，喜怒哀懼惡欲六情，都已經忘懷了。所差的只有『愛』這一情。假如剛才你不出聲驚呼，我的藥便可煉成，而你也可以成仙了。仙才果然是不容易得到的！幸好我的藥還可以重新煉過，而你也仍可以回到塵世間去，好自為之吧！」

說罷，遙指歸路要他回去。子春厚顏登上爐台觀看，藥爐已完全毀壞，只見裡面有個數尺長的鐵柱，大如臂膀，道士正脫下衣服，努力地拿著刀子在削著。

悵然而歸的杜子春，一面為著自己忘了誓約而慚愧著，一面又計劃著再替老人效勞，以贖前罪。他又到雲臺峰上尋找老道士，但四顧茫然，哪裡還有人跡？只好抱憾而回，從此再無老人的消息。

【評論】

本文見於《太平廣記》第十六卷。作者李復言，字不詳，隴西人，生平不可考。只有《太平廣記》一百二十八卷引《續玄怪錄．尼妙寂》一條云：「太和庚戌歲，隴西李復言遊巴南，與進士沉田會於蓬州。田因話奇事。錄怪之日，遂纂於此。」可知他是大和開成間人，所作《續玄怪錄》就是記載這一段時間的異聞軼事，傳到宋初有五卷本及十卷本兩種。至南宋，則有《續玄怪錄》四卷，凡廿三事，已是殘本，《太平廣記》所引皆為此書所不載。到清代，合南宋本和《太平廣記》所載，成《拾遺》二卷，都已經不是原來的面目了。《杜子春》即《續玄怪錄》中的一篇。

《杜子春》的故事原型出於《大唐西域記》（卷七）的《烈士池》故事。《太平廣記》卷四十四又引了另一則骨幹略同的故事《河東記蕭洞玄》，加上裴鉶《傳奇》中的《韋自東》，共有四則相近的故事流傳。在所知的這四篇文章中，單以情節的布置、主題的旨趣而言，《杜子春》都較其他三篇為佳。

《烈士池》的故事是非常簡短的說明性故事，《河東記蕭洞玄》大致是敷衍《烈士池》而成，但比《烈士池》具更多細節的描寫，比《烈士池》更能把握住情節的懸疑和緊張。《韋自東》則使人有「虎頭蛇尾」之感。《杜子春》則保留了各篇的長處而避免了它們的缺失，而且在最能顯現主題的地方，運用了極生動具體的細微動作，使人拍案叫絕。他採用《烈士池》原有的隱士與烈士的遇合關係並強化它，使子春的效命報答成為必然。他以「不出聲」為煉丹成功與否的關鍵，利用子春死心踏地的感激之心，為恩人忍耐任何痛苦而不言。李復言更精心設計的是不覺失聲的「噫」，來替代只是抽象說明的「失聲驚駭」、「忽發聲叫」兩種直敘。這一「噫」聲，不但點活當時的情境，更把多少忍耐的痛苦蓄含著！可以想像杜子春的意識裡是未經思索地、自然地交織著老人的誓約和母子親情的矛盾，才會有這聲極為抑制而又無法抑制的輕微的驚呼。

子春歸別道士，只是慚愧未能報恩，並未因成仙失敗而悔恨，仙才之所以難得，便在於連愛心都得泯除。一個具有愛心，具有熱情的人類，是否適合無情無覺的神仙世界？李復言巧妙地在文章中，從反面來否定佛道先要斷絕人倫關係、消滅七情六慾才能獲得正果的這種思想，而肯定了人和人之間的愛心。它的結局為我們說明了人性中的某些情感是無法滅絕的，也正因為人性中的某些情感無法絕滅，人才成為一種具有人性的人，《杜子春》這篇小說也因此才成為充滿人性的、真實的小說。

《杜子春》一文亦影響後世小說及戲曲。《醒世恆言》中有《杜子春三入長安》，明胡介祉有《廣陵仙傳》、清岳端有《揚州夢》傳奇。

定婚店

李復言

杜陵有個年輕人名叫韋固。小時候，父母就過世了。一個人過日子相當寂寞，因此，想早些討房媳婦來作伴。只是多方求婚，都沒有結果。

元和二年，他閒居無事，便想到上清河去玩一趟。路經宋城，天色已經不早，就在那兒找了家客棧歇腳。住店的客人聚在一起聊天，知道韋固急於成家，其中有一位就說：「前清河司馬潘昉有個女兒賢慧異常，據說最近也正要擇配良家。我不妨代你走一遭，事情如果成了，你可得好好謝我哦！」

韋固聽到機會又來了，十分高興。兩人並約好第二天早上在店西龍興寺門口碰頭。韋固回房後，愈想愈興奮，輾轉反側，竟徹夜難眠。天還沒亮，他就起來漱洗，斜月尚明，韋固已經趕到龍興寺。夜涼如水，龍興寺矗立在黑夜裡，格外顯得神秘莫測。大地一片靜寂，寺門猶自深鎖，只有一位老人倚著布囊坐在臺階上，藉著月光看書，四周靜悄悄的，什麼人也沒有。韋固好奇地走到老人的後面，偷偷地看他看些什麼。奇怪的是，書上的字既非蟲篆、八分書、蝌蚪文字，也不是梵文。他大覺奇怪，便問老人：

「老先生，您看的是什麼書？我從小苦學不休，世間的文字，自信沒有不認得的，就是西國的梵文，也能讀得通，怎麼您看的這本書我就從來沒有見過，這是怎麼回事？」

老人笑著回答：

「你當然沒有看過囉！這不是人間的書。」

「不是人間的書是什麼？」

「哦！這是陰間的書。」

韋固半信半疑，又追問：

「幽冥中的人，為什麼到這裡來？」

老人不禁又笑起來說：

「是你起得太早，不是我不應該來。凡是冥間的官吏都執掌人間的事務，執掌的人難道可以不到人間來走走嗎？現在在道路上行走的，人鬼各半，只是你沒有辦法辨別而已。」

韋固愈聽愈感興趣，也愈發好奇：

「既然如此，那麼您在冥間又掌理什麼事？」

「我掌管的是天下的婚姻。」

韋固正為婚姻著急，忙問：

「我從小父母就過世，一直希望能早些娶親，以延續宗嗣。十年來，我苦心孤詣，多方訪求，卻都無法如願，最近有人跟我提起潘司馬的女兒，依您看，這樁婚事成得了嗎？」

「不成。如果命中注定不合，就算你降格以求，也還是不行，何況是郡佐的女兒。你未來的妻子，現在才三歲，等到他十七歲時，會進你家門的。」

韋固聽說還得等上十四年，未免覺得洩氣，但既是命中注定，卻也無可奈何。轉眼看到老人身旁的布囊，又問道：

「你這布囊裝些什麼？」

「只是些紅繩子而已。這些紅繩子是用來繫夫妻的腳的。自從他們一生下來，我就偷偷把他們的雙腳繫在一塊兒，即使是仇敵之家、貴賤懸隔，甚至天涯一方、吳楚異鄉，只要這條紅繩一繫，終生不可脫逃。你的腳現在已經和方才我說的那位女孩繫在一起了，你再多方尋求也是沒有用了。」

「可不可以請你告訴我，我未來的妻子現在何處？她家是幹什麼的？」

老人舉起手一指，說：

「她就住在這個小店的北方，是賣菜陳婆婆的女兒。」

「我可以看得到她嗎？」

「陳婆婆經常抱她到市場賣菜，你跟著我來，我就指給你看。」

侃侃一談，天已微明。昨天在旅店中和他相約的人一直沒有出現，而老人已收拾起書本扛起布囊走了，韋固也顧不得再繼續等下去，便也匆匆忙忙尾隨著老人到菜市場。遠遠看見一個瞎了一隻眼的老太婆，抱了一個三歲的小女孩走過來。老人指著老太婆懷裡的小孩說：

「這就是你的妻子。」

小女孩長得十分醜陋，又是瞎眼老太婆的女兒，韋固愈想愈生氣，說：

「可不可以把她給殺了。」

「此人命裡當食天祿，將來還要嫁給你，怎麼可以把她給殺了？」

老人說完，突然間不見了。韋固心裡很不痛快，罵道：

「老鬼如此妖妄，怎麼說我也是士大夫之家的子弟，娶妻總要門當戶對。即便不能如此，也可以援立貌美的歌伎，何必去娶瞎眼老太婆醜陋的女兒？」

心中懷恨，遂磨了一把小刀子，交給他的一個奴僕說：

「我看你平常做事挺能幹，如果能替我殺掉那個女孩，就賞給萬貫的錢財。」

奴僕見利心動，第二天，果然暗藏凶器到菜市場去，於眾目睽睽之下刺了小女孩一刀，然後急忙逃走。菜場中的人，見有人當眾行凶，都騷動起來，紛紛聯合起來緝拿兇手，幸好韋固和奴僕逃得快，才得以免去刑責。驚魂甫定，韋固連忙問道：

「刺中了沒有？」

「本來打算刺她的心的，一時慌亂，才刺中眉間。」

一場風波，就此平息了下來，後來韋固屢次求婚，始終沒有結果。

時間過得很快，十四年過去了。韋固以父親的餘蔭為相州參軍。刺史王泰讓他專門負責審問囚犯，表現良好，因此，刺史便把女兒嫁給他。王泰的女兒年紀約十六七歲，容貌十分華麗，韋固對她可以說十分滿意。奇怪的是，她的眉間，經常貼著一片花子，即使是沐浴或閒處時，也不曾卸下。如此過了一年多，韋固覺得很訝異，忽然想起昔日雇小廝刺中女孩眉心的往事，遂問他的妻子：

「妳的眉間到底怎麼了，怎麼老貼著花子？」

他的妻子才哭泣著說：

「其實我並不是郡守的女兒，而是他的姪女兒。我父親原先曾作宋城的郡守，在任上時過世，那時，妾身還在襁褓之中，母親和哥哥又相繼亡去，只剩一間小屋在宋城南邊，和乳母陳氏相依為命，全靠乳母賣菜來過日子。乳母憐惜我年紀小，不忍一刻分離，三歲時，抱到菜市場中，卻突然為狂賊所刺，至今刀痕尚在，所以用花子來覆蓋。七八年前，叔父到盧龍上任，我才因此能跟隨左右，以女兒的名義把我嫁給你。」

韋固大吃一驚，十四年前的預言果然應驗了嗎？遂追根究底：

「乳母可是瞎了一隻眼睛？」

「是啊！你怎麼知道的？」

「雇人去行刺的，正是我啊！」

多奇妙啊！這莫非真的是命中注定的嗎？他這才和妻子全盤托出十四年前的往事，從此兩人愈加相敬如賓。後來生了一男名鯤，做到鴈門太守，母親受封為太原郡太夫人。到這時，才知道冥冥之中注定的事是永遠沒辦法改變的。

宋城的太守聽到這件事覺得很不可思議，因此把這個小店題名為「定婚店」。

【評論】

本文見於《太平廣記》第一百五十九卷。作者李復言，見《杜子春》。《定婚店》為《續玄怪錄》中的一篇，唐末人記此事的，還有《玉堂閒話》所紀《灌園嬰女》一則，雖事實微有差異，但可明顯看出是同出一源的。

《定婚店》寫韋固多方求婚不成，在偶然機會下，卻從月下老人處得知，未來妻子是一位瞎了一隻眼的賣菜老太婆的三歲女兒，他嫌棄她鄙陋，遂唆使奴僕刺殺此女，不料只刺中眉心，韋固倉惶逃走。十四年後，娶一美妻，奇怪的是，妻子眉間常貼一花子，他忽然想起往事，逼問妻子，才知天命不可違。李復言利用「刀傷眉間」及「眉間常帖一花子」作為故事情節上前後呼應的重要細節。「刀傷眉間」自然伏下「眉間常帖一花子」；前者造成本篇故事的第一高潮，並留給讀者無限的期待，扣緊了情節上的緊張和懸宕。後者極其自然地滿足了讀者期待的心理，具體地表現出本篇故事的主題——婚姻命定的觀念。

韋固為改變自己婚姻的命運，反抗命定的陰影，甚至不惜犯下殺人之罪。雖然命運的給予後來相當稱愜其心，使韋固先前的舉動顯得多餘。妻的眉間，刻下自己少年憤氣的傷痕。男主角婚姻自主的意志受到天命的挫敗，雖然解釋了男女婚姻關係內所包含的一些特殊性和神秘性，但本篇除表現這一主題外，作者還試圖展現「人間意志」與「天命」衝突的問題。人力雖無法對抗天命，卻總有尋求個人自主的衝動。天命的結果儘管十分圓滿，人也有不肯隨便就範的衝動。眉間這一印記，強烈地顯現了主題所包含的這二重觀點。

另外一篇骨幹相同的《灌園嬰女》，男主角以「細針內於顱中而去」，姑不論細針入於腦袋中，女嬰如何能「無恙」，過分脫離經驗的真實感而神乎其神；「細針內入顱中」

及「輒患頭痛」也遠不如「刀傷眉間」及「眉間常帖一花子」意象運用得精細而詩情。就故事的進展而言，《定婚店》一步步往前推，也比《灌園嬰女》一文入情入理，前後呼應，表現多而說明少。

無雙傳

薛調

唐德宗建中年間，有位書生王仙客，是朝臣劉震的外甥。年幼喪父，便隨著母親一同回到舅父家。劉震有個女兒名喚無雙，年紀約莫比仙客小幾歲，長得活潑可愛，每天和表哥互相追逐遊戲，過著無憂無慮的生活。

劉震的妻子常喜歡戲稱仙客為五郎子。歲月就在童言稚語裡悠悠過去。一晃眼，在舅家的日子已過了數年。數年間，劉震侍奉孀居的姊姊和照顧仙客，可以說是無微不至，仙客的日子過得平穩而愉快。

然而，天有不測風雲，仙客的母親突然染上了重病，眼看著一天比一天嚴重，於是，她把劉震喚到床畔，傷心地對他說：

「我這輩子就只有仙客這麼個兒子，也是我唯一放心不下的。只可惜恐怕不能看到他娶妻室了。無雙端麗聰慧，我一向就很喜歡她，將來長大了，希望不要把她許配給別人。如果我不幸而去，仙客就只有託付給你照顧，你如果能成全我這個心願，我死也瞑目了。」

劉震慌忙回答：

「姊姊應該安心養病，不要為旁的事操心啊！」

過不了多久，仙客的母親不幸與世長辭。仙客滿懷傷痛地護送母親的靈柩，回到故鄉襄陽安葬。服喪期間，他一方面悼念逝去的母親，一方面又想念青梅竹馬的無雙，心境頗為寂寥，遂想起母親臨終前和舅父的一番談話。他自忖道：

「我的身世既然這般孤苦無依，不如早日成親，以廣後嗣，也可安慰母親在天之靈。無雙妹妹也應該長大成人了，舅舅該不會因為他位尊官顯而悔了這樁婚事吧？」

因此，一等服喪期滿，馬上整裝來到京城。

這時，劉震官拜尚書租庸使，門館顯赫，冠蓋雲集，有說不出的威風。仙客拜見舅父後，被安置在學舍裡，讀書作息都和一般弟子同等待遇。舅甥間的情分依然如故，只是一直不曾聽到舅舅提起婚嫁的事。日子一天天地過去，仍然毫無動靜，仙客心中頗為著急。

有一天，他無意中從窗縫間窺見了無雙，已經長得明豔動人，宛如仙女一般。仙客更是為之痴狂不已，唯恐舅舅把無雙許配給其他豪門子弟。他左思右想，不知如何是好。於是，最後決定賣掉所有的行裝，得錢數百萬。凡是舅父身邊使喚的人，以至於小廝僕役，都送了厚禮，還經常擺設酒席，宴請中門之內的大大小小。表兄弟就更不用說了，更是恭敬對待。因為他手面闊綽，大家都很喜歡他。遇到舅母過生日，更獻上最珍貴新奇的首飾，博得舅母極大的歡心。趁著舅母正高興的時候，仙客遣使了一個媒婆向她提親，舅母正在興頭上，愉悅地說：

「這也正是我的希望啊！我馬上來辦這件事！」

經過了幾天，卻仍舊沒有任何消息。仙客百般無奈，獨自在書房裡發呆。忽然有個婢女匆匆忙忙地跑來，一邊喘息，一邊跟他說：

「剛才夫人和老爺談起公子想娶小姐的事，老爺說：『從前我也並沒有答應這門婚事啊！』看樣子，事情恐怕不太妙哦！」

仙客聽了之後，不覺神魂若失，心氣都喪，半晌說不出話來。繼之一想，事情也許並不至於如想像的那麼糟，於是又振作起來，仍舊小心翼翼地奉事舅父母，更加不敢懈怠。

一天，劉震天還沒亮就入朝去了，到太陽剛出來時，忽然快馬奔回家中，直入內宅，連說：

「快把大門鎖起來，趕快！」

家人不明就裡，只見他氣促汗流，也都惶恐駭懼不已。過了一會兒，劉震定了定神，才說：

「涇原的軍隊造反了，姚令言領著大隊人馬打進了含元殿，天子已經隨著滿朝文武出奔。我先回來料理一下家事。」

他一邊說，一邊命人收拾金銀羅錦，並回頭對仙客說：

「我決定把無雙嫁給你。你趕快去換換衣服，押送這些細軟從開遠門出去，找一家比較隱密、荒遠的客棧安置好，我和你舅母及無雙從啟夏門出去，繞過城，隨後就到，以免啟人疑竇。」

仙客驚喜萬分，連連拜謝，並依照吩咐將事情辦妥，然後在客棧門口引領盼望。但是，直到太陽都下山了，還不見人影。仙客心裡著急得不得了，便前去打聽消息。開遠門從中午就關閉了，他站在城門外，極目南望，卻是一個人也沒有。於是，慌慌張張又趕著到啟夏門，天已經黑了，仙客手舉火炬，腳蹬青驄馬，忐忑不安地在城門外逡巡。啟夏門也鎖住了。依稀看見城牆上有幾名拿著白色木棍的士卒，在那兒走來走去巡視著。他下了馬，緩緩地問：

「城裡怎麼啦？發生了什麼事嗎？」

「你不知道啊！朱太尉已經登基做了皇上了，所以，局勢才這樣緊張。」

仙客心裡又慌又亂，卻假裝若無其事的樣子問道：

「這麼說來，那些文武百官不都逃走了？可有什麼人打從這兒出去？」

「午後時分，租庸使劉尚書曾經重車裝載，領著四五個婦人想從這個門出去，沒想到追兵快馬趕到，一時之間，亂成一團，好像都向北奔去了。」

仙客聽說舅父一家下落不明，不禁悲從中來，失聲慟哭。一路抽抽嗒嗒地回到了客棧。夜半時分，突然城門大開，火炬如晝，亂兵手持挺刃，一路吆喝著：

「讓開！讓開！我們要搜索躲在城外的朝官。」

仙客驚惶地拋棄了金銀車馬而逃，輾轉回到了襄陽，一待便是三年。亂事平定，京師重整，海內無事。仙客才匆匆入京，尋訪舅父的消息。到了新昌南街，正停下馬四顧徬徨，不知何去何從的當兒，忽然有一個人走到馬前，倒身便拜。仔細一看，原來是舊日使喚的僕人塞鴻。塞鴻原本是王家的僕役，因為頗為能幹，被留在舅父家。此時，兩人相見，握手垂涕，不能自已。許久，仙客才拭乾眼淚問：

「舅父、舅母一向可好？」

塞鴻答道：

「都住在興化里的宅子中。」

仙客興奮地說：

「我現在就過街去看看。」

「不急！不急！如今我已經贖了身，平日以販賣繒帛維生。現在天色也不早了，就請到舍下住一晚，明天一早再一同前往也不遲。」

忠心耿耿的塞鴻把昔日的主人邀請到自己住的地方，準備了極為豐盛的酒菜招待他。夜闌時分，兩人在院子裡長談，塞鴻幾度欲言又止，仙客心知有異，一再追問，塞鴻這才悽楚地傾吐：

「尚書接受了偽朝的官職，皇上回京後，大為震怒，將他和夫人都判處極刑。無雙小姐則被罰入掖庭為女僕了！」

仙客聞言，哀冤號絕，流淚不止。

「如今，四海雖廣，我卻已舉目無親，不知託身何所？」

說罷，又痛哭了一陣。許久，才強抑了悲哀，問塞鴻說：

「不知道舊日的家人還有誰在？」

「只有無雙小姐的丫鬟採蘋，還在金吾將軍王遂中家裡。」

仙客仰天長嘆道：

「無雙已無相見之日，能見到採蘋的話，死也甘心！」

於是，投名刺前往拜謁金吾將軍，以從姪之禮拜見王遂中，並一一說明事情本末，最後要求以重金贖回採蘋。遂中與他一見，很是投機，又感於他的情深義重，便毫不猶疑地答應了。

離開了將軍府，仙客租下了一棟房子，和塞鴻、採蘋一同住，彼此互相照顧，有如一家人。塞鴻常常關心地進言：

「公子年紀也不小了，應該求得一官半職，總不能老是這樣悒悒不樂。往後天長地久，可怎麼辦？」

仙客也認為他說的極有道理，於是，就將實情懇摯地稟告了王遂中，遂中推薦他去看京兆尹李齊運。李齊運見他長得一派斯文，才識也不錯，便讓他治理長樂驛。

仙客接掌了長樂驛後，雖勵精圖治，但內心仍十分苦悶，天天記掛著無雙。有一天，忽然使者來報，有朝廷中的使者押領著三十多名宮女前往皇室園陵，以備灑掃，當晚將寄宿於長樂驛。後來，果然看見一行人乘著十輛華麗的車子歇在館驛，然後一一下了車。仙客心中一動，對塞鴻說：

「聽說宮女中有許多是官宦之家的女兒，我懷疑會不會無雙就在裡頭，你可不可以為我去窺探一下？」

塞鴻說：

「宮嬪數千人，哪會那麼湊巧，小姐偏被選了出來在這三十名之中？大人莫非思念成疾了？」

仙客悽然地說：

「你儘管前去，人生的際遇有時是很難捉摸的。」

於是，就讓塞鴻偽裝成驛吏，在驛館簾外烹茶侍候，並給他賞錢三千，約道：

「你好好留在那兒烹茶，不可片刻離開，一有發現，火速回來通報！」

塞鴻應著去了。但因為宮女都在簾內，外頭看不清，只聽到一片碎語喧譁而已。

夜深了，人聲逐漸寂寥。塞鴻忙著洗滌茶具，守著爐火，連打盹都不敢。忽然聽到簾下有人輕聲喚著：

「塞鴻！塞鴻！是你嗎？你怎麼知道我在這兒？只不知相公還健在嗎？」

說罷，低聲嗚咽著。果然是無雙小姐！塞鴻驚喜得差點兒跳起來。趕緊回話說：

「公子現在正任本驛驛長。因為懷疑姑娘會在這些宮嬪之中，特令塞鴻前來打探問候！」

「我不敢多說話，怕引人起疑。明天我離去後，你到東北方的那間房子裡，在紫色的被褥底下，我留了一封信，煩請轉送相公。」

說完，匆匆離去。

塞鴻飛奔往報仙客，仙客悲喜交集，問道：

「我有沒有辦法見她一面。」

兩人苦思了很久，塞鴻拍著手輕聲叫起來，說：

「有了！現在我們正在修渭橋，公子可以假扮成管理修橋的官吏，明天她們的車隊經過時，你就靠近車子站立。無雙姑娘若還認得出公子，一定會掀開簾子，那麼，便可以瞥上一眼了。」

第二天，仙客照著塞鴻的方法，緊張地佇候在橋上，當第三輛車子經過時，簾子忽地掀開了！果然是無雙！仙客終於見到了多年來朝思暮想的未婚妻！剎時悲感怨慕，百般情懷一起湧上心頭。車隊過去了，仙客猶然痴痴地佇立在那兒……

塞鴻果然在無雙住過的客房裡紫色褥子下拿到了一封信，仙客顫巍巍地接過了信，眼裡是淚、心中是血。盼了這麼久，總算盼到了一封無雙的親筆函，信長達五頁，詞理哀切，敘述周詳。仙客讀罷，不禁仰天長嘆，以為從此天各一方，再也無法相聚了。正傷感之際，忽然看到信末有一行附註：

「常聽宮中傳令的敕使說，富平縣的古押衙是一位有心人，你能去請求他想想辦法嗎？」

仙客得一線生機，急急忙忙辭去驛長的職務，回歸本官富平縣尹之職。從此四處尋訪古押衙。

光陰倏忽而過，轉眼幾個月又過去了。古押衙這個人似乎從人間消失了般，一直沒有消息。正當仙客絕望得幾乎放棄尋找時，古押衙卻奇蹟似的被發現在一個偏遠的村莊裡。仙客興奮地帶著厚禮前去造訪，兩人暢談甚歡。以後，凡是古生所希求的，仙客必盡力為他辦到，所贈的縉綵寶玉，更是不勝枚舉。仙客想以至誠論交。因此，來往一年多，始終沒敢開口要求。

一天，古生突然來訪。開門見山地說：

「我古洪是個粗人，年紀也一大把了，實不足供驅使。一年多來，蒙公子盡力相待，細察公子之意，一定有什麼事要老夫幫忙。老夫也是個有心人，為報答您的深恩，情願粉身碎骨，在所不惜。」

仙客道出了心事，哭泣著回身就拜，將實情全都告訴古生。古生聽完後，仰天若有所思，然後連連拍著腦袋說：

「唉！這件事可真是不容易哦！不過，我會勉力而為，只是公子不可期望在短期內辦到。」

仙客回說：

「我只求在我有生之年能和她見一面，怎敢以時間早晚來限制你呢？」

古生一去，半年沒有消息。有一天，忽然聽到有人急急扣門，仙客開門一問，原來是古生差人送信來。信上寫著：

「我派去茅山的使者已經回來了，請大人到寒舍一敘。」

仙客連忙快馬飛奔而去。見到古生後，古生卻一直不提此事。直到夜深人靜，才問仙客：

「您府上有婦女認識無雙姑娘的嗎？」

仙客回說有位叫採蘋的，曾是無雙的丫鬟，並且立刻回家把採蘋帶來。古生仔細端詳了採蘋後，笑嘻嘻地說：

「請把她借給我幾天，大人先行回去吧！」

過了幾天，忽然聽到有人傳說：

「有一位皇上的使者來，處置了一名園陵的宮人。」

仙客心中不安，命塞鴻出去打聽，沒想到殺的正是劉無雙！仙客聞言，昏死了過去。甦醒後，又嚎啕痛哭：

「天啊！本指望古先生救她，沒想到反而害死了她，天哪！我該怎麼辦？」

流淚欷歔，心念俱灰。

當日深夜，仙客聽得一陣急促的扣門聲，匆忙開門一看，竟然是古生，揹著一個蓆捲進來，掩上房門後，古生悄悄地對仙客說：

「這正是無雙姑娘。現在看起來好像死了，但心頭仍有微弱之氣，以後自然會甦醒過來，到時候，只要灌她一點湯藥，並且切記保持絕對的安靜和秘密。」

仙客將無雙抱入臥房裡，自己單獨守護著。天亮了！無雙全身開始有了暖意，睜眼一看是仙客，大哭一聲又暈了過去。仙客搶著急救，直到半夜，才又甦醒。古生於是對他說：

「暫借塞鴻到屋後挖個坑好嗎？」

坑挖得差不多時，忽然刷地一聲，古生抽刀砍斷了塞鴻的頭。仙客嚇了一大跳，古生安慰他說：

「今天，我總算報答了公子的大恩了。前些日子，我聽說茅山道士有藥術，服了他的藥，能使人呼吸停止，脈搏微存，但四肢僵冷，彷彿已死，其實三天之內便能再活過來。因此，特別派人去求了一顆。昨大，我叫採蘋假扮成使臣。聲稱無雙叛逆，賜此藥命她自盡。掩埋之時，我託稱是她遠親，用一百匹縑贖回屍體，一路上，凡路役盤查、郵驛傳使，都重金賄賂過了，茅山使者及挑夫也在野外處理完畢。為報答公子深恩，老夫情願自刎，免得事情外洩！公子往後也不能再居住在這兒了，門外備有十名僕役、五匹馬及絹二百匹，請在五更時分，帶著無雙姑娘逃走。從此變換姓名，四海浪跡，以避禍害！」

言畢，舉刀自刎，仙客忙去搶救，可惜為時已晚，只見頭落坑洞，仙客悲慼萬端，只得匆匆掩埋了二人。

天還沒亮，仙客便整理好行裝，帶著無雙和採蘋日夜兼程趕路。經過了西蜀，渡過了三峽，最後來到了渚宮。數年後，始終沒聽說京城有任何追捕的消息，於是，仙客便放心地舉家遷回襄陽，和無雙共度了五十年漫長而幸福的歲月。

【評論】

本文見於《太平廣記》第四百八十六卷。作者薛調，字不詳，河中寶鼎人，美姿貌，人號為「生菩薩」。咸通十一年，以戶部員外郎加駕部郎中，充翰林承旨學士，次年，加知制誥。傳聞懿宗時，郭妃悅其貌，謂懿宗曰：「駙馬盍若薛調乎？」不久薛調暴卒，世遂以為中鴆毒。

《無雙傳》寫王仙客與劉無雙相戀，後逢兵亂而分手，無雙入掖庭為宮嬪，仙客悲痛欲絕，因訪俠士古押衙訴其事。古生別去，半年後，忽傳宋園陵的一名宮女死了，仙客往視，正是無雙，號哭不已。夜半，古生抱無雙屍至，灌以藥，得復生。於是二人逃去，古生自殺以示滅口。故事曲折，但不甚近情，所以胡應麟在《莊嶽委談》中說：「王仙客，事大奇而不情，蓋潤飾之過，或烏有無是之類不可知。」其中寫古生雖不近情，但極生動。而寫家人塞鴻假扮驛吏，烹茗簾外，伺機和無雙交談一段，尤其細膩感人，全篇雖以「無雙」為名，但卻以仙客為主體，一線寫來，仙客之情深似海，鍥而不捨；家人塞鴻之忠義不二；古生之慷慨成仁，皆躍然紙上，主角無雙反倒屈居陪襯地位。雖然作者對無雙著墨不多，但在其他人的反襯下，亦可見其溫婉柔媚。

本篇寫茅山道士的藥術，服之者立死，三日而活，不讓西方《羅蜜歐與茱麗葉》專美於前，這是中西文學作品不謀而合的一個有趣現象。本篇既寫男女戀情，又謳歌俠士風範，和《柳氏傳》一樣，兼俠義類及愛情類小說之長。明代陸采曾本之作《明珠記》。

周秦行紀

韋瓘

滿懷壯志去應考，卻不幸名落孫山，牛僧孺垂頭喪氣地回故鄉去。他由長安出發，經過伊闕南面的鳴皋山下，準備走到大安，找個人家借住一晚再走。沒想到走了許久，天都黑了，卻仍看不到大安的影子，他沒有辦法，只好就著月光繼續趕路。又走了十餘里，道路變得比較平坦，但四野無人，牛僧孺心裡不禁開始有些害怕起來。

這時已經入夜了，月亮剛上柳梢頭。牛僧孺突然聞到一股奇異的香氣，他便循著這股香氣，加緊腳步前進。也不知道走了多遠，見遠處有微微的燈光，心想大概是村莊，腳步更快了。

抬頭一看，原來是一座大宅子，看來似乎是富貴人家的住宅。一個黃衣守門人正把守著大門，看到牛僧孺走來，沉著聲音問：

「喂！您是什麼人？打從那兒來的？」

「我叫牛僧孺。因上京趕考沒有及第，現在要回故鄉去。本來打算到大安去借宿一夜，卻走錯路到這兒來，天已經黑了，我只想求宿一晚，沒有其他的意思。」

兩人正說話間，有個青衣小丫頭探頭出來，問看門的黃衣人說：

「你在門外跟什麼人說話呀？」

黃衣人朗聲說：

「是個客人，來借宿的。」

黃衣人回過頭叫牛僧孺稍候，他匆匆到裡頭報告去了。一會兒，出來對牛僧孺說：

「主人請您進去。」

牛僧孺低頭輕聲的問道：

「這是什麼人的宅子啊？」

黃衣人揮了揮手，頭也不回地說：

「您只管進去，不必問這個。」

牛僧孺戰戰兢兢地隨著黃衣人往裡走，經過了十幾道門，才到大殿。殿中垂著珠簾，殿前有數百個穿紅衣、紫衣的人分立兩旁。牛僧孺到了殿前，殿前的侍衛齊聲喊著：

「拜見主人！」

牛僧孺正錯愕間，簾裡有人說：

「我是漢文帝的母親薄太后。這是個廟，你根本不該來，今天怎麼會到此呢？」

牛僧孺垂著頭不敢仰視，只說：

「我住在宛下，只因考試落第回家。天黑迷路，恐怕發生意外，為豺狼所吞噬，所以不揣冒昧前來請求借宿一夜。」

薄太后聽說之後，便派人把簾子捲起來，離席說：

「我是漢朝的老母親，你是唐朝的名士，我們彼此沒有君臣關係，你就放輕鬆一點兒，到殿上來相見好了。」

薄太后穿著一身白衣服，相貌十分瑰偉，年紀看起來也不很大。她和藹地問牛僧孺：

「走那麼遠的路，想必很辛苦吧！」

兩個人便坐下來聊天。

大約過了一頓飯的時間，聽到殿裡傳來一陣笑聲。薄太后優雅地說：

「今晚月色很好，正好有兩位女伴來找我，又遇上您這位貴賓，不妨叫她們出來，大夥兒熱鬧一下。」於是吩咐左右：

「請二位娘子出來相見！」

過了好一會兒，有兩位女子姍姍走出來，後頭跟隨著數百名侍從。前面一位細腰長臉，頭髮又多又黑，沒有化妝，穿著一襲青色衣服，年紀大約二十出頭。太后拉著她的手向牛僧孺介紹著：

「這是漢高祖的妃子戚夫人。」

牛僧孺作了個揖，戚夫人也回了禮。後面一位皮膚很白皙，態度安詳平穩，臉上帶著笑，神彩飛揚，長得很美，穿著繡花的衣服，年紀比薄太后要小些。薄太后指著她說：

「這位是漢元帝的妃子王昭君。」

牛僧孺又照樣作了個揖，王昭君也回了禮。介紹完後，便依次坐下。

薄太后坐定了後，好像想起了什麼似的，連忙又吩咐左右說：

「快去迎接楊家和潘家的人來。」

一會兒，有五色雲彩由空中冉冉而下，笑聲逐漸清晰。薄太后笑著對他們三人說：

「楊家、潘家的人來了！」

一剎那間，車馬嘈雜，光彩奪目，目不暇接。有兩位女子從雲中下來。牛僧孺連忙起身站在一旁。只見前面那位女子腰很細，眼睛很長，長得豔麗絕倫，穿黃衣、戴玉冠，大約二十多歲。薄太后介紹說：

「這是唐玄宗的妃子楊太真。」

牛僧孺馬上拜伏在地，行臣子之禮。楊太真紅著臉說：

「這可不敢當！我得罪了肅宗，唐朝天子並沒有把我當成正式的后妃，你用臣子之禮拜見我，豈不是不太妥當嗎？」

說著退後答禮。另外一位，長得很豐滿，一副聰明的樣子，個子小小的，皮膚很白，年紀倒很小，穿著又寬又大的衣服，薄太后說：

「這是齊朝的潘淑妃。」

牛僧孺同樣又敬了禮，淑妃慧黠地答禮。

大夥兒敘禮完畢，太后吩咐開飯。食物紛紛送上來，奇珍異餚，多半是牛僧孺沒見過的。牛僧孺肚子餓得慌，也管不了那麼多，東西來了便吃，痛快得很。吃過飯，又準備了酒喝。那些器具都和帝王之家沒有兩樣。

薄太后問楊貴妃說：

「妳怎麼好久都不來了呢？」

楊太真矜持地說：

「唐明皇帝到華清宮來，我忙著侍候他，哪有時間來？」

太后轉頭又問潘淑妃：

「妳也好久不來了，又是怎的？」

潘淑妃只是笑，也不回答。楊太真看她一眼，說：

「潘妃對我說，東昏侯一天到晚出去打獵，為了等他，懊惱不已，也沒有心情前來。」

薄太后問牛僧孺：

「當今天子是誰啊？」

牛僧孺回說：

「是肅宗長子。」

楊太真笑著說：

「唷！沈婆的兒子居然作了天子，倒是樁怪事啊！」

太后又問：

「他是個什麼樣的天子？」

「我這個無才無德的小人物，實在不足以知天子之德。」

薄太后不滿意的又追問：

「這兒沒什麼忌諱，你但說無妨。」

「只聽得民間傳說，是個聖明君主。」

薄太后聽了，頻頻點頭。

歌舞隊在薄太后的命令下進來。那些樂妓都是年紀很小的女孩兒，大家一邊聽歌賞舞，一邊喝酒。酒過數巡，也就停止了酒、樂。

薄太后一時興起，對大家說：

「牛秀才旅經這裡，幾位姑娘又正連袂來訪，大家有幸聚在一起，機會真是難得。這裡也沒有什麼可以娛樂的。而牛秀才本來就是個才子，我們何不乾脆各賦詩一首，說說自己的心志，藉此解解悶，打發打發時間？」

幾位姑娘聽了，高興地齊聲回說：

「太好了！」

薄太后於是吩咐人拿來紙筆。不一會兒功夫，都紛紛繳卷了。薄太后的詩是：

月寢花宮得奉君，至今猶媿管夫人。
漢家舊是笙歌處，煙草幾經秋復春。

王昭君寫著：

雪裡穹廬不見春，漢衣雖舊淚垂新。
如今最恨毛延壽，愛把丹青錯畫人。

戚夫人則詠：

自別漢宮休楚舞，不能妝粉恨君王。
無金豈得迎商叟，呂氏何曾畏木彊。

楊太真寫著：

金釵墮地別君王，紅淚流珠滿御床。
雲雨馬嵬分散後，驪宮不復舞霓裳。

潘妃的詩是：

秋月春風幾度歸，江山猶是鄴宮非。
東昏舊作蓮花地，空想曾披金縷衣。

幾位女子七嘴八舌地互相取笑著，牛僧孺不得已，只好也寫了一首：

香風引到大羅天，月地雲階拜洞仙。
共道人間惆悵事，不知今夕是何年？

牛僧孺注意到另外有一個很會吹笛子的女子，頭髮短短的，衣服很漂亮，長得也很秀氣，好像是和潘淑妃一塊來的。薄太后請她坐在幾位姑娘旁邊，常常請她吹吹笛子，偶爾也敬敬她酒。薄太后看到牛僧孺正望著那個女孩兒，便回頭問牛僧孺說：

「認識她嗎？她就是晉朝石崇的愛妾綠珠。潘妃很喜歡她，認她作妹妹，所以常和她一道來。」

太后又笑著對綠珠說：

「妳也不能不作一首！」

綠珠略為沉吟了一下，便寫道：

此日人非昔日人，笛聲空怨趙王倫。
紅殘翠碎花樓下，金谷千年更不春。

酒闌人靜，夜已深了。薄太后望著眾人說：

「牛秀才遠道而來，十分難得，理當好好招待。今晚誰和他作伴？」

戚夫人首先起身推辭說：

「我的孩兒如意已經長大了，陪他不方便，而且也不應該。」

潘妃也急急地說：

「東昏侯為了我，送了一條命，封地名號全被取消，我可不能辜負他。」

綠珠細聲細氣地說：

「石崇最會吃醋，而且規矩最嚴苛，我除了死之外，是不能隨便來的。」

薄太后看著楊貴妃說：

「楊太真是當今皇朝先帝的貴妃，這件事可不能跟她提。」

這個不可，那個不行，大家不約而同的把目光集中在王昭君身上。薄太后代表發言說：

「妳起先嫁給匈奴的呼韓邪單于，後來又轉嫁殊累若單于，說起來還是妳自己比較能作得了主；再說北方寒冷之地，那胡鬼也沒能耐，今晚，我看就由妳來陪牛秀才吧！」

王昭君羞人答答地低著頭，一句話也沒說。事情已決定，大夥兒便各自回家休息。牛僧孺被左右侍從擁著送到昭君院去了。

天快亮的時候，侍從來通知說可以起床了。王昭君紅著眼圈，依依不捨地和牛僧孺話別。這時，侍者又傳說薄太后要見牛僧孺，牛僧孺只好匆匆和昭君告辭，出來見太后。太后客氣地對他說：

「這裡不是你久留之地，你得趕緊走了。我們就在此分手，但願你能常記起昨晚的愉快情形。」

於是，匆忙吃過早飯，牛僧孺便向大家致謝辭行。戚夫人、潘妃、綠珠都掉下了眼淚。薄太后派了一名紅衣使者護送牛僧孺到大安去。等到上了大路，看看天已經大亮，紅衣使者竟不知何時消失了。

牛僧孺獨自走到大安，問里中人是不是有一棟大院人家，里人回說：

「沒有呀！不過，離此地十幾里路倒有一座薄太后廟！」

牛僧孺不信，又回過頭走去瞧，發現是有一座薄太后廟，已破敗不堪，荒煙蔓草遮著，人都進不了，和昨晚所見，大不相同。可是，衣襟上還隱隱留著薰來的香氣，經過了十幾天都沒有消掉，牛僧孺被搞糊塗了……

【評論】

本文見於《太平廣記》第四百八十九卷。本文作者曾引起許多的猜測，在五代及五代以前，一般人似乎都相信是牛僧孺寫的。到了五代末宋初，才有張洎出來為他辯誣，認定是韋瓘所寫。牛僧孺曾作了大半輩子的官，稱得上「出將入相」，他早年確也曾寫過不少小說，題名為《玄怪錄》。因他有了這部小說集，宋晁公武就很替他惋惜，說《周秦行紀》其實並不是他的作品，只怪他愛寫小說，所以被栽誣上了。其實就常識方面來推測，本文也不可能是牛氏所作。小說一開始便明說「余貞元進士」，接著又介紹「僧孺姓牛」，豈有寫這種無君無父的文章來誣陷自己的道理。

據考證，本文應該是韋瓘所寫。韋瓘字茂宏，京兆萬年人。據正史記載，他曾中過進士，任中書舍人。當李德裕做宰相時，不太理睬旁人，只有韋瓘可以時常和他見面。因此牛黨非常討厭他。文宗時代，李德裕一度失勢，他也因此被李宗閔貶逐出京，最後終於桂林觀察史。唐人雜記說他十九歲應舉，二十一歲以狀元及第，發榜時就除左拾遺，屬於門下省，有資格在皇帝身邊說話。次年，憲宗遇刺，穆宗即位，本定重陽節大宴群僚，他曾上疏諫阻，年紀輕輕，有如此的作為，遂為李黨領袖李德裕所賞識，攏絡在其門下，牛李黨爭至為激烈，韋瓘遂設此文字來構陷牛僧孺，自來假小說以排陷他人，要以此事最為惡毒了。

《周秦行紀》雖是一篇還不到三千字的小說，卻深刻反映出有唐一代最嚴重的社會及政治問題——朋黨之爭。論文中有兩個重要關鍵，一是牛姓應圖讖之說，一是罵「沈婆兒乃為天子」與昭君侍寢的事。作者為牛僧孺羅織了這麼大的一個罪名，其目的無非希望激怒王室以消滅牛黨罷了！

牛氏代唐之說，在玄宗時就已盛傳，直到僖宗時，這個嫌疑才告冰釋。最初是周子諒為阻止玄宗重用牛仙客而利用圖讖之說來事誣蔑，後來遂變為一種攻擊的工具，凡是對方姓牛，便拉扯到上頭去，所以李黨要構陷牛黨，這當然是一個必然應用的工具。

另外，作者寫「沈婆兒乃為天子」及昭君侍寢之事，主要是以昭君失節影射沈后兩度失身於胡人，牽涉到婦女失節的事，一矢二的，藉此加重被誣者的罪狀。而熟知牛僧孺身世的人，更會進一步領悟到作者的命意所在。牛母周氏年輕時治蕩無檢，作小說的人，故意影射牛家私事，以圖中傷，藉以減低牛氏的社會地位，更進而損害他的政治發展。

本文採用第一身自述式，卻往往筆拙而露馬腳。相傳唐文宗看到本文時，笑著說：「牛僧孺是貞元間進士，安敢罵德宗為沈婆兒？」的確是作者最疏忽之處。

嬾殘

袁郊

嬾殘是衡嶽寺裡打雜的和尚。因為他老是等大夥兒吃過飯後，收拾那些殘羹剩飯吃，加上性子又懶，所以，大家都叫他嬾殘。他自己也不計較，似乎對這個稱呼還挺滿意的。

他白天專做些寺裡的工作，晚上則睡在牛欄。他安之若素地待了二十年，卻從來沒有看過他有任何厭倦的表示。

有一段時間，鄴侯李泌寄宿在衡嶽寺裡讀書。他曾暗中注意到嬾殘的舉止行為很特別，心想：

「這絕對不是個凡夫俗子！」

從此，便格外關切嬾殘的動靜。

一夜，嬾殘半夜起來誦經，聲音宏亮深遠，響徹山林，透過重重的宅院，一直傳到李泌房中。李泌原是個知音的人，他能從一個人的聲音裡辨別出此人心境的憂喜。乍然聽到嬾殘誦經的聲音，吃了一驚，自言自語地說：

「嬾殘的聲音始而悽惋，繼而喜悅，一定是個被貶謫不得意的人，恐怕再過不久就要離開衡嶽寺了。」

於是，等到嬾殘誦完經，李泌便悄悄地去拜見他。李泌到了門外，沒敢隨便推門進去，謹慎地先通報上自己的姓名。嬾殘見李泌找上門來，有些不高興，對著空中吐了一口水，說：

「你這一來不是害慘我嗎？往後恐怕沒得安寧了。」

李泌什麼話也不敢多說，只是等在門外，頻頻拱手作揖。嬾殘也不理他，只管從牛糞火堆裡撥出烤山芋來吃。過了好久，才不耐煩地對李泌說：

「你就進來坐吧！」

李泌如釋重負地席地而坐。嬾殘漫不經心地把手上正吃著的熟山芋，順手分成兩半，一半遞給李泌吃，自己則仍舊悶不吭聲地吃著另一半。山芋吃完了，嬾殘拍了拍手，站起身說：

「你平日謹慎小心些，不必多說話，日後當有十年宰相之命。」

說完，便擺出送客的姿態。李泌也不敢多問，向嬾殘道謝後，就回自己的寢室去了。

在這之後約一個月的光景，縣太爺因要祭山神，一路趕著整修道路。一天夜裡，卻突然來了一陣雷風暴雨，一座山峰因此崩塌，傾洩下來的泥巴石頭把道路都堵塞了。其中有塊大石頭正好擋在路中央，怎麼推也推不動。

主其事的人不得已，只好用了十條牛，又以數百人吶喊著一齊用力推。聲嘶力竭，那石頭卻像是釘牢了一樣，穩穩地端坐在那兒，一動也不動。試了很久都沒有用，大夥兒愁眉苦臉地你看我，我看你。嬾殘突然說：

「既然人力無法解決，讓我來試試看，也許可以把它移走。」

大家聽了，都捧腹大笑，笑他不自量力，膽敢大言不慚。嬾殘埋怨著說：

「你們何必笑得這樣前俯後仰的？我若搬不動，你們再譏笑也不遲啊！」

寺裡的和尚也不攔他，只笑一笑，任憑嬾殘前去。

嬾殘走到大石頭旁邊，只輕輕地搬了一下，石頭就輕易轉動起來。一轉眼，大石頭翻滾而下，聲如雷鳴一般，山路一下又暢通了。大家看呆了！衡嶽寺的和尚都圍著他嘖嘖稱奇，全州的人都對他刮目相看，禮敬他一如神明。

這會兒，嬾殘倒是一句話也不說了。他無言地回到廟裡，心裡計劃著離開這兒。

沒過幾天，衡嶽寺外忽然虎豹成群，雖然每天大家都奮力地趕殺，卻似乎永遠趕不走、殺不完，大家都很苦惱，不知怎麼辦才好，一下子都把眼光投注在嬾殘身上。

嬾殘仍是一副悠遊的樣子，說：

「把鞭子給我，我幫你們把這些東西都統統趕走。」

大家都高興地說：

「那麼大的石頭他都可以推得動，這些虎豹應該也難不倒他才對。」

就給了他一根白木條，然後偷偷躲起來看嬾殘怎麼個趕法？

嬾殘才剛剛走出了大門，就被一隻老虎給銜了去，大家嚇了一跳，趕緊拿起武器追出去，卻已經沒有了蹤影。只得慨嘆了一回，各自回寺裡去。可是，說也奇怪，自從嬾殘被銜走後，衡嶽寺外的虎豹，竟也跟著絕跡了。

李泌後來果然如嬾殘所預言，作了十年的宰相。

【評論】

本文見於《太平廣記》第九十六卷，注明出自《甘澤謠》。《甘澤謠》，一卷，計收《嬾殘》、《魏先生》、《紅線》、《許雲封》、《韋騶》、《素娥》、《圓觀》、《陶峴》等八篇。作者袁郊，字之乾，蔡州朗山人。其父袁滋於德宗建中初年授試校書郎，由於公正不阿、英豪忠勇，得以屢次擢升，青雲得意。袁滋非但政治上表現不凡，文學上工於篆、籀書，文章踵繼元結，也有傑出的成績。袁郊既生長於書香門第，又有這樣顯赫的家世，宦途上自然一帆風順。唐懿宗咸通時，為祠部郎中，累遷翰林學士，遷虢州刺史。他雅好音律，曾和名詩人溫庭筠以文會友而相互酬唱，《全唐詩》收了他四首詩。

本文在林林總總的唐人傳奇中，是少數經得起「小說觀點」檢視的文章。開始以輕描淡寫的手法，將情節推展到高潮，隨即以一懸疑作結，給人一種意猶未盡的渴想。

主角亦凡亦奇的本性在首段中隱微地進行著。直到李泌寄居寺中讀書，驚歎孄殘「非凡物也」，才明顯點出孄殘的風貌。中夜潛謁那段最是傳神，文字的精簡有致及戲劇意味的十足，真教人拍案叫絕。

作者用極精簡的筆墨，極少的會話，極單純的戲劇動作，然後充斥了豐厚的靜默於其中。很複雜的一種心戰，便在其間沉沉展開。磴道移石是故事的高潮所在，高潮過後，「孄殘悄然，乃懷去意」，又是一個大轉折，頗使全篇陷入黯然神傷的情緒裡。然而一波未平，一波又起，「寺外虎豹，忽爾成群」，又給讀者掀起另一個高潮。

作者兩度用對比的事象，將主角亦凡亦奇的潛能表露無遺。這種以間接的、烘托的方法，一再刻劃孄殘的性格風貌，其效果在使讀者的感受逐漸加深、具象。尤其最後一段的表現，正如一記高亢的聲響，震人心肺。當一再陷入低潮迴盪時，又以驅虎豹場面，把孄殘的神秘性推向顛峰，讀者的情緒亦因之而升起。然而作者卻以「伏筆」的詮釋（後李公果十年為相也）及「懸疑」的設置（才出門，見一虎銜之而去）作為悲壯的結束。

由上可知，袁郊寫作本文的匠心獨運。

紅線

袁郊

紅線是誰家的女兒一直是個謎。誰也不知道她來自何方，只記得似乎是個夜黑風高的冬日，她可憐兮兮地來求見潞州節度使薛嵩，從此，她就一直待在薛嵩的身邊。薛嵩見她長得聰明伶俐，也沒拿她當丫鬟使喚，一樣讓她讀書識字，就如同自己親生女兒一般。

時光荏苒，小姑娘終於長成亭亭玉立的少女。由於她天資聰穎，過目不忘，幾年之間，便熟習經史，並且能寫出很好的文章。除此之外，她還擅長彈奏一種名叫「阮咸」的樂器，薛嵩非常器重她，派她掌管文書工作，敬稱她為「內記室」。

有一回，薛嵩在軍中舉行盛宴以犒賞屬下。一時之間觥籌交錯，熱鬧非凡。酒過數巡，餘興節目紛紛上場，樂隊也隨著演奏。紅線陪著薛嵩飲宴，聽到鼓聲有些奇怪，便低聲向薛嵩說：

「您聽！這羯鼓的音調如此淒涼悲痛，擊鼓的人恐怕是有嚴重的心事！」

薛嵩也是個懂音律的人，聽了紅線的話，再仔細傾聽一下，便贊同說：

「妳說得不錯！我也頗有同感！」

說著，命人把那擊鼓的人召來，問道：

「聽你的鼓聲這樣悲切，莫非有什麼心事？」

鼓手這才流著淚回答：

「不瞞您說，小的妻子昨天半夜去世了，因為今天有盛會，我沒敢請假，恐怕惹您生氣！」

薛嵩立即命他回家料理喪事。

唐肅宗至德年間，河北地方的藩鎮還是很跋扈，其中尤以魏博節度使田承嗣更是驍勇善戰，聲勢浩大。肅宗為了牽制及緩和彼此間的衝突，只好採取懷柔政策，讓薛嵩的女兒嫁給田承嗣的兒子，使他們因為姻親的關係而相安無事，藉以維護和平。

田承嗣身患熱毒風，一到夏天，病情惡化，苦不堪言。所以，他常想找個夏天比較涼快的地方，正巧潞州四季如春，因此，田承嗣常對人說：

「我如果能移鎮太行山的東邊，享受那地方的陰涼氣候，少說也可以多活幾年。」

太行山的東邊正是薛嵩的勢力範圍，這番話充分流露出他想強奪薛嵩領土的野心。於是，他便開始招募勇武過人的軍士三千人，給予最優厚的待遇，號稱「外宅男」，天天勤練武功。每天夜裡加派三百名侍衞守護官邸，唯恐消息傳出，自己會先遭不測。這些都準備好了之後，便積極地命卜筮的官吏為他卜算一個良辰吉日，準備向潞州進軍。

潞州節度使驚聞田承嗣將進犯的消息，十分的擔憂，儘管絞盡腦汁，也還是想不出對策。一天夜裡，轅門已閉，一切都靜悄悄的。月光底下，只見薛嵩在庭院中徘徊苦思，紅線一旁陪著。紅線看出了薛嵩的抑鬱，問道：

「大人這些天來，憂心忡忡，寢食難安，是不是為了強鄰將來進犯的事？」

薛嵩長嘆一聲說：

「唉！正是為了這件事啊！這是關係著我個人的生存和國家的安危，我真不知道該怎麼辦了！」

紅線見主人如此困窘，遂謙卑地說：

「我雖然只是個女子，但也希望能為您分憂解勞，大人不妨把目前的情況告訴我，也許我能幫上一點忙也說不定！」

薛嵩有感於紅線的一片赤忱，便把田承嗣的陰謀告訴了她，並感嘆地說道：

「我薛嵩繼承祖先遺業，身受國家重恩，一旦失去這片疆土，無異於數百年勳業付之一炬，我怎麼對得起歷代祖先及朝廷大恩？」

「這事好辦！大人您就不必再擔憂了，只要您讓我到魏州去一趟，察看一下那邊的形勢，看看他們是否確有進犯的安排。現在一更天出發，三更時就可以回來覆命。我只需一匹快馬和一封向田將軍的問候信便足夠了。」

薛嵩大吃一驚。他萬萬沒有想到這一位看似柔弱的女孩兒，竟有如此的膽識，便說：

「妳跟了我這麼久，我居然不知道妳是個異人，我實在太沒有眼光了。可是，妳這樣做，萬一辦不好，反而招來更大的禍患，那該怎麼辦？」

紅線充滿信心地回答：

「此行一定成功，您放心好了！」

紅線轉身回到自己的房間，準備行裝。等她再走出房門時，已是一副夜行人的打扮。頭梳烏蠻髻，上插一支金鳳釵，身上是一件緊衣繡花短袍，腳著青絲輕履，胸前佩了一把龍紋匕首，額頭上寫著太乙神名，來到薛嵩面前，行禮告辭，然後忽地便不見了。

關上了房門，背著蠟燭，薛嵩獨自坐著，一邊嘆息，一邊喝酒。他向來酒量不好，喝不上幾杯就要醉的，這晚倒奇怪，連喝十幾大杯都沒醉倒。到了三更時分，曉角初響，忽然一陣風起，好像聽到窗外有一片梧葉墜地的聲息，薛嵩警覺地問：

「什麼人？」

「是我，紅線。」
薛嵩連忙開門迎接，興奮地問：
「事情辦得怎麼樣？」
紅線恭敬地回答：
「幸不辱命！」
「有沒有打鬥傷人？」
「還不至於那麼糟！我只是拿了田將軍床頭的金盒子做個證物而已。」
薛嵩沒想到事情進行得這麼順利，高興得連連稱謝：
「真謝謝妳，一夜辛苦了。快快把事情的經過告訴我吧！」
紅線沉穩地在主人面前坐下來，開始敘述這一夜的經過：
「我到魏郡時還很早，大約午夜前三刻吧！經過了好幾道森嚴的大門，才到田將軍的寢室。寢室外那些值勤的外宅男正在走廊裡打瞌睡，鼾聲如雷。庭院中還有許多侍衛的軍士，在廊簷下來回走動著，彼此間還傳送口令，小心戒備。我悄悄地推開左邊的那扇門，溜了進去，看見田親家翁正在帳子裡沉沉入睡，頭下枕了個有犀牛圖案的枕頭，髻上紮著黃色頭巾，枕頭前露出一把七星劍，劍前擺著一個開著的金盒。裡面放著寫有他的生辰八字和北斗神明的字條，上面還散發著一些香料珍寶。看他那不可一世、志得意滿的睡相，哪兒知道，他的一條命，就在我手中，只要我匕首一刺，即刻喪命。那時，桌上的蠟燭快燒完了，婢僕臥於四周，兵器森羅，我看他們睡得昏昏沉沉，悄悄拉拉他們的衣袖、拔掉他們的髮簪，都沒有一個人驚醒，於是，我便大膽拿著金盒子輕輕走出來。」

說到這裡，紅線似乎鬆了一口氣，停頓了一下，又繼續道：

「走出魏郡西門，走了大約二百里，遠遠看到銅雀臺高高的矗立在月光下，漳水也在斜月下靜靜地東流，晨風在耳畔呼呼吹送，想到任務已經完成，心頭不禁一陣狂喜，所有的疲倦都一掃而空。再說您能信任我，讓我去辦這件事，為了酬報知己，我快馬加鞭，以半夜時間，往返七百里路，潛入敵境，經過五六座城池，一心只希望能不負使命，以解除您的憂愁，哪裡敢說辛苦呢？」

如果不是金盒子在燭光下閃閃發亮，薛嵩簡直不敢相信這個近乎神話的故事，紅線，多麼神奇的女子！薛嵩從此要對她刮目相看了。

第二天早上，薛嵩派遣了一個使者送一封信給田承嗣，信上寫著：

「昨晚有人從您的魏郡來，他說從您的枕邊得到一個金盒，我不敢據為己有，特地遣使奉還，敬請笑納。」

專使日夜趕路，直到夜半才抵魏郡。看到魏郡戒備森嚴，正大事搜捕偷取金盒的人，全郡人人驚恐不已。使者請求接見，將金盒與書信呈上。田承嗣讀信見盒，當場嚇昏了過去。心知薛嵩的厲害，手下的武林高手竟能在數千精兵守衛下，來去無蹤地劫走自己枕邊的至寶。於是挽留使者住下，好好地款待一番，又厚賞了許多禮物，親暱非常。

第二天，田承嗣不敢怠慢，派人送了三萬匹布、二百匹名馬，還有其他珍寶到潞州來，獻給薛嵩，一面道謝，一面致歉：

「我這條命是您幫我留下來的，我已經知錯了，從此將改過自新。何況我們本是親家，更應互助，往後如有差遣，自當全力以赴。至於我這裡所謂的『外宅男』，本來也沒有其他企圖，只是用來自衛，如今既然派不上用場，留著也沒用，已將他們全部解散，各自回家去了。」

從此以後，黃河南北各鄰近藩屬，都敬畏薛嵩，紛紛遣使訪問，和睦相處。

正當此時，紅線卻來向薛嵩告辭求去。薛嵩驚問：

「好孩子！妳一直都住在我家，現在要到哪兒去？何況剛剛仰賴妳立了大功，妳怎麼可以在這時候離去？」

紅線無可奈何地說：

「不瞞您說，我上輩子本來是個男的。讀了些神農醫書，就在江湖間行醫濟世。有一回，有個孕婦得了蟲病，我用芫花酒配藥給她服用，想不到婦人和她腹中的雙胞胎都一同死了。由於一時下錯了藥，一下子殺害了三條生命。因此，死後在陰間受罰，被判這輩子降為女子，並讓我做低賤的奴婢工作以吃苦受難。幸好遇到您好心收養我，到現在已經十九年了，最美麗的羅裳已經穿過了，山珍海味也嘗過了，您又對我那麼好，我還有什麼不滿足的！至於國家，現在正富強著，不會有問題的。那些跋扈的人，違背天理，絕不會有什麼好結果。您可以放心。上回我到魏郡去就是為了報答您的恩情。如今，雙方都相安無事，保全了不少人的性命，使亂臣賊子知所畏懼，以我一個小小的女子，能做這些事，功勞也算不小，總算可以贖了前生的罪孽，恢復我男兒本身了。從此遠走他方，出家修道，與天地長存。」

薛嵩聽了，知道再也無法挽留了，便嘆了一口氣說：

「唉！既然如此，我也不再留妳。就送妳千兩黃金，當作生活之用吧！」

紅線謝絕了他的好意，堅持不受厚禮。薛嵩於是廣集賓客，為她設宴餞別。賓客們齊集堂中，薛嵩唱歌勸酒，賓客中有位名叫冷朝陽的，做了一闕詞：

採菱歌怨木蘭舟，送別魂消百尺樓。
還似洛妃乘霧去，碧天無際水長流。

薛嵩歌聲悲切，紅線感動得熱淚盈眶，再三拜謝。後來假裝醉酒，藉故離席，從此之後，再也沒有她的消息。

【評論】

本文見於《太平廣記》第一百九十五卷，下注「出《甘澤謠》」。然而明刊本五朝小說載有此篇，下題楊巨源撰，《唐人說薈》本之，因此，有人懷疑《紅線傳》並非袁郊所作。其實，《唐書．藝文志》及《宋史．藝文志》都未引錄楊巨源曾有傳奇之作，而就文章本身極其成熟的寫作技巧來看，也應該是唐人傳奇中後期作品，恐怕應當是袁郊的作品。明人刻書，往往不稽所出，以妄題撰著人為能事，類似這樣的例子甚多，實不足取信。

豪俠小說的產生，是世人一種無可奈何的心理表現。唐代自從安史之亂以後，外有藩鎮林立，內有宦官作奸，黨爭十分激烈，以致民不聊生，無人為解倒懸之憂，而在上位者，為求鞏固政權，都各養死士，明爭暗鬥，豪俠小說遂應運而生。《紅線傳》塑造了俠女紅線，憑藉著神通，消弭了一場即將發生的藩鎮之戰，使兩地免於戰亂之禍。明代梁辰魚曾據此改編了一齣戲，名《紅線女》，《醉翁談錄》也曾著錄了《紅線盜盒》的小說，只可惜已經失傳了。

本文所述背景正和《通鑑》所載不謀而合——藩鎮擁兵自固，目無朝廷，同儕間勾心鬥角，弱肉強食。在反映時代方面，《紅線傳》實給了我們一個極明晰的中唐藩鎮縮影。歸納起來，約有以下四點：

一、其時朝廷對藩鎮已失去控制力量，各節度使之間動輒引發戰爭，弱肉強食。《紅線傳》的故事，就是由魏博節度使田承嗣，一意要兼併潞州節度使薛嵩治下的地區所引起。

二、中唐之後，暗殺風氣大盛。如田承嗣遣刺客殺薛雄一家；王承宗、李師道遣刺客殺害宰相武元衡等都是。為了防備被暗殺，自得提高警覺、加強自身的防衛。故事中田承嗣的衛兵，正是為此而設。

三、《紅線傳》謂田承嗣在薛嵩生前就想兼併其地；史書則載薛嵩死後承嗣才先後取得相、衛、邢、洛四州之地。

四、傳奇寫田承嗣、薛嵩、令狐章三鎮締為姻戚；正史則載李寶臣、田承嗣、薛嵩、李懷仙與梁崇義、李懷義結為婚姻，互相表裡。這四點雖與史實略有出入，但時代背景及政治風氣則無二致。顯見《紅線傳》的寫作是充分反映了當時的時代風尚。

《紅線傳》雖是豪俠小說，卻沾染了極為濃厚的佛道色彩。《紅線傳》敘述主角往返魏博，竟能隱身飛行，「夜漏三時，往返七百里」。這種隱身術及飛行術，都是道教的神通。至於紅線額上所寫「太乙」，則是道教之神。而紅線功成身退時，吐露了因前生犯罪而降女身的來歷，完全是佛教輪迴之說。可見佛道二教的影響，在當時已打進中國文化基層而表現於文藝作品之中了。

在寫作技巧方面，《紅線傳》以結構層次擅場。有三點值得一提：

一、紅線的身世之謎一直到她功成身退時才揭穿，增加了文章的懸疑效果。

二、紅線完成任務後向薛嵩面稟經過情形。文筆細膩、繪形繪色，可圈可點，尤其是寫歸途所見景色一節，這些景色原應該在去程就看到，而作者卻把它放在歸途中寫，可見其手法之高妙。因為紅線在去程中，任務在身，勢必急如星火，哪有心情觀賞沿途風光；歸途上，任務已圓滿達成，不妨放心瀏覽一番。況且報告重點係在魏郡的作為，如先描寫一大段景色，則形成緩急賓主倒置。

三、紅線的報告中，用了不少駢儷文句。唐人傳奇的勃興，雖是韓愈古文運動的迴響，但傳奇作家並未完全摒棄駢文。論敘事，自然是古文靈動，但寫景抒情，則以駢文韻味深長。古文為主，駢文為輔，正是唐人傳奇形式上的一大特徵，也是它成功的一大因素。袁郊真正發揮了這一個優點，使《紅線傳》顯得優美出色，餘情不盡。

崑崙奴

裴鉶

唐代宗大曆年間，有個姓崔的年輕人，長得一派斯文，舉止穩重安詳，說話也十分文雅。他的父親在朝為官，和當時朝廷上的一位蓋代功臣頗有些交情。

有一天，這位一品官生了病，崔生便被父親派去問安。這位一品官聽說好友的兒子來了，就讓侍女把簾子捲起來，請崔生進去。崔生請過安後，在一旁坐下，一邊和一品官閒聊，一邊四下打量著。屋子很大，布置也相當豪華。一品官身旁，還有三位長得很漂亮的侍女伺候著。一品官示意一個穿紅衣的侍女端一杯澆上甘酪的桃子給崔生吃。崔生年紀輕，看到女孩兒在旁邊，十分害羞，便任由桃子擺著，一直沒敢端起來吃。一品官笑著說：

「怎麼？害羞啊？」

崔生期期艾艾說不出話來，一品官乾脆叫紅衣侍女用匙子餵崔生。崔生慌了手腳，萬分不自在，又不好意思拒絕，只好勉強吃了一些。紅衣侍女見崔生這般忸怩，也不覺笑起來，把剩餘的桃子端走。崔生如釋重負，慌忙告辭。一品官說：

「不多坐一會兒？要是有功夫，多來玩玩嘛！可不要把我這老的給忘了，來的時候也不必拘束，就當自己家一樣！」

接著，叫紅衣侍女送出庭院。崔生走在前頭，紅衣女在一旁跟著，崔生偶然回過頭，看到紅衣侍女向他作手勢，起先伸出三隻指頭，又把手掌翻了三次，然後指指胸前的小鏡子，說：

「務必記住了！」

然後，就回頭進屋裡去了。

崔生回到家後，想起那位紅衣侍女，不覺神迷意奪，常常一個人坐著發呆。茶飯不思，話也少了，變成個悶葫蘆般，一天到晚愁眉苦臉，就念著一首詩：

誤到蓬山頂上遊，明璫玉女動星眸。
朱扉半掩深宮月，應照璚芝雪豔愁。

左右侍從的人也摸不清究竟是為了什麼。

崔生家中有位崑崙奴，名磨勒，他看公子每天恍恍惚惚，就問：

「公子，您到底有什麼心事？這樣不快樂！何不告訴老奴，讓老奴替您想辦法。」

崔生懶懶散散地回說：

「你們知道什麼？居然問起我的心事來了。」

磨勒熱心地說：

「您只管說吧！讓我來替您想辦法。不是我誇口，只要您說出來，我一定能替您解決。」

崔生聽磨勒這樣自信的話，嚇了一跳，心想也許他真有辦法也未可知，就把碰到紅衣侍女的事統統告訴他。磨勒輕鬆地說：

「噯！這不過是件小事罷了，何不早告訴我，自己卻悶成這個樣子。」

崔生又把紅衣侍女的手勢說了一遍。磨勒說：

「這也不難懂。伸出三個指頭，是說一品官家中有十院歌妓，她就在第三院裡。手掌反了三次，共是十五隻指頭，不正是十五日。指胸前小鏡子，就是讓您十五月圓如鏡時去！」

崔生聽磨勒這麼一解說，豁然開朗，高興極了。趕緊追問道：

「謎是解開了。但是，拿什麼辦法才能完成這件事？」

磨勒胸有成竹地說：

「後天就是十五了。請公子去買兩匹深青色的絹，做兩件夜行緊身衣。另外，一品官的歌妓院門口有猛犬看門，那是曹州孟海地方的狗，既機警又勇猛，平常人只要一接近，一定會被咬死，只有我才有辦法。今天晚上，我就去斃了牠們。」

崔生便派人準備酒肉供磨勒飲用，以示獎賞。到了三更時分，磨勒帶著武器前往，不到一頓飯的工夫就回來了。說：

「所有的狗都殺光了，後天我們去時，不會有障礙了。」

終於到了十五日夜半。磨勒和崔生穿上青綠色夜行緊身衣，一起動身前往。磨勒背著崔生在一品官宅院內連連飛過十幾道門牆，才進入歌妓院內。找到第三院門口一看，門沒有關，裡面的燈還亮著。只聽到紅衣侍女在裡頭坐著，長長地嘆了一口氣。好像在等什麼似的，一邊還吟著詩句：

深洞鶯啼恨阮郎，偷來花下解珠璫。
碧雲飄斷音書絕，空倚玉簫愁鳳凰。

這時，四周一片寂靜，侍衛人員全睡了。崔生壯起膽子，慢慢地拉開簾子走進去。紅衣侍女發覺有人進來，緊張了一下，等看清楚是崔生後，高興得跳起來。走上前來拉著崔生的手說：

「我一看你，就知道你絕頂聰明，一定能了解我的意思，所以我才用手勢表達。只是，你怎麼有辦法進得來呢？」

崔生也不敢掠人之美，便把磨勒出主意，把他背來的情形大致說了一遍。紅衣侍女忙問：

「磨勒現在哪裡？」

「就在簾外等著。」

紅衣侍女讓崔生把磨勒喊進來，親自倒了杯酒給他喝，並對崔生說：

「我本來是北方人，家裡也滿有錢的。一品官仗著權勢，把我強要到這兒當侍女。我每天苟且偷生，雖然打扮得漂漂亮亮，其實心裡很不痛快。即使吃的是山珍海味，穿戴的是綾羅珠翠，又有什麼用！您的手下既然有一身的好功夫，何不帶我脫離這監牢似的地方。只要能離開這兒，就是死了也甘心。即使做您的奴僕，一輩子侍候您，也在所不計，就不知道您意下如何？」

崔生聽了，想到一品官的權勢及兩家的交情，覺得好生為難，只有低頭不語。磨勒倒是挺熱心，抹了抹嘴巴說：

「既然您的意志如此堅決，這倒也沒有什麼難的。」

紅衣侍女聽了，高興極了。磨勒又偷偷地說：

「我先替您把生活用具及必需品帶出去。」

他身手矯捷，飛快地來來回回了三趟，才把行李搬完。看看時候不早了，磨勒緊張地說：

「我們也得趕快走了，天一亮就來不及了。」

趕緊背了崔生和紅衣侍女飛出大宅院。那些守衛的人員，居然一個也沒發現。回到家後，崔生便把紅衣侍女藏了起來。

天亮後，一品官家的侍衛終於發現了，連忙跑來報告：

「大人！紅衣侍女不見了，門口的猛犬前天就被殺光了。」

一品官嚇得目瞪口呆，趕快吩咐下去：

「我們家向來門禁森嚴，居然人被帶走，一點痕跡也沒留下，若非有飛簷走壁的功夫，絕對辦不到，這件事千萬別張揚出去，萬一惹怒了這位武林高手，反而招來更大的麻煩，那就糟了！」

崔生把紅衣侍女藏在家中，起初總是小心翼翼，不敢輕易讓她出去。時間一久，就慢慢把戒心鬆懈了。二年後，崔生趁著春光正好時，駕著小車，載著紅衣侍女到曲江旁去玩，不巧被一品官的家人辨認出來，回家來報告。一品官覺得很奇怪，就把崔生找去問個究竟。崔生害怕得不得了，不敢再隱瞞，只好把磨勒幫忙的經過老老實實地供出來。一品官神色凝重地說：

「這都是紅衣侍女的錯，我也不再追究了。只是，你家那個僕人這等厲害，你完全制不住他，往後還不知道會闖出什麼大禍，我須把他除掉，免得將來再有人受害。」

於是，派了五十名兵士，帶著武器，到崔家去，把崔生的院子團團圍住，準備把磨勒抓起來。這磨勒果然不是等閒之輩，看看來者不善，帶了一把匕首，從高牆上飛出，像一隻老鷹一樣，一轉眼就不知道到哪兒去了。一品官的人雖連連射出快箭，卻拿他一點辦法也沒有。人既沒有抓到，一品官也有幾分後悔和害怕，唯恐他來報復，便夜夜睡不好。在臥房周圍布下嚴密的戒備網，讓侍衛人員來來回回徹夜巡邏。一直過了將近一年，看看沒有什麼動靜，才算放心。

過了十多年，崔家有人看見磨勒在洛陽街頭賣藥，容貌依舊，一點也不顯老。

【評論】

本文見於《太平廣記》第一百九十四卷。作者裴鉶，其事跡史傳不載。只有計有功《唐詩紀事》六十七云：「乾符五年，鉶以御史大夫為成都節度副使。」又《全唐文》八百五，錄裴鉶文下注曰：「鉶咸通中為靜海軍節度使高駢掌書記，加侍御史內供奉，後官成都節度使副使，加御史大夫。」著有《傳奇》三卷（又稱《裴鉶傳奇》）。《傳奇》一書盛行於趙宋之世，因此，時人常以唐人小說涉及神仙詭譎之事的，一概稱為傳奇。

陳振孫《直齋書錄解題》，取此書入小說類，並說：「尹師魯初見范文正〈岳陽樓記〉，曰：『傳奇體耳』！文體隨時，理勝為貴，文正豈可與《傳奇》同日語哉，蓋一時戲笑之談耳。」由振孫這番話，可見宋時對《傳奇》這本書是相當鄙薄的。晁公武甚至把高駢的惑溺神仙，歸罪於裴氏的導諛，更可看出當時士大夫崇道的心理及對誕妄志怪小說的抨擊。唐代文言小說之被稱為傳奇，也許正是由這本《傳奇》而得名。雖然正統派文人對它十分輕視，但由於文奇事奇，於藻麗之中，出以綿渺，素來為人所喜愛。《崑崙奴》正是《傳奇》中的一篇。

作者寫《崑崙奴》磨勒的本領，極盡小說家誇張之能事。他身著束身之衣，輕而易舉地穿扃過戶，逾重垣，獒猛犬，迅若翅翎，疾同鷹隼，攢矢如雨，莫能中之，有如今日盛行的武俠小說中的人物。因為磨勒仗義牽繫紅線的行徑，頗為大快人心，所以據此改編為戲曲者為數相當不少。元楊景言有《磨勒盜紅綃》，佚名戲文也有《磨勒盜紅綃》；明梁辰魚有《紅綃》，梅鼎祚有《崑崙奴》雜劇。

崔護

孟棨

博陵崔護儀表不凡，又頗有幾分才氣，加上為人潔身自愛，在性格上，便不免有些孤傲，平日不輕易和人往來。

這年，他參加進士考試，不幸落了榜，一向心高氣傲的他，哪經得起這種打擊，竟終日抑鬱寡歡。家人看他這樣，就勸他出去走走，散散心，免得悶出毛病來。於是，清明那天，崔護禁不住家人的慫恿，只好獨自一人出門閒逛。

天氣很好，軟軟的和風迎面拂來，帶著一絲絲青草的芳香。不知不覺地，他踱到了城南。一所巨大的莊院就矗立在他眼前。莊院四周，花木扶疏，十分幽雅。他側耳傾聽，裡裡外外竟然聽不到一點人聲，就像沒人住似的。走了幾乎一個早上，腳有點兒酸了，鼻尖上也沁出一粒粒的汗珠，實在有幾分困乏。

「不如就到這莊院裡去叨擾一番吧！」

主意已定，他便上前去敲門。好一會兒，才有一個女孩兒出來。那女孩兒來到門邊，卻不開門，只站在那兒，一面從門縫裡往外看，一面輕聲地問著：

「是誰啊？」

「是我，崔護，過路的。我出來欣賞春日的景色，走累了，而且因為出來前喝了些酒，現在有些口渴，想跟您要杯水喝，順便也休息休息。」

那女孩兒聽了之後，不聲不響地轉身進屋裡去。一會兒，端了杯水出來，為崔護開了門，請他進去，並為他找了張椅子，請崔護坐著歇息。

崔護一邊喝著水，一邊瀏覽著院內的景致。院子裡十分寬廣，遍植著桃樹，桃花正怒放著，整個庭園便這樣氾濫著一片春潮。那個女孩，一直都沒說話，只是靜靜地斜靠在一株小桃樹的枝椏上，一雙澄澈的眼睛，似乎含著無限的深情，默默地望著崔護。

崔護收回視線，不由得打量著眼前的女孩。女孩長得非常明淨，兩頰被排山倒海似的桃花映得通紅，眉目間似笑非笑，而纖巧輕盈的體態，更顯得她姿色不凡。再加上那雙脈脈含情的雙眼，把一個少女的柔媚，襯托得淋漓盡致，真教人覺得有說不出的喜愛。崔護忍不住逗著女孩說笑話，那女孩兒卻仍舊一句話也不回答，只是深情地望著崔護。

水喝完了，笑話也說了一大堆，卻得不到一句回應，崔護只好訕訕地起身告辭。女孩送崔護到門口，兩隻會說話的眼睛像是有千萬種情意，仍是那樣，深深地凝視著崔護。幾度欲言又止，最後終於還是什麼也沒說，帶著依依不捨的神情，轉身回屋裡去了。崔護目送著女孩走進屋裡，心裡也不禁湧起一股難以言喻的眷戀。帶著幾分惆悵，離開了那座莊院。從那以後，崔護為人事的紛紜所羈，竟至無暇再想起這段際遇。

轉眼又是清明。那段幾已淡忘的記憶突然又鮮活起來，難以自制的思念與激動，在內心裡激烈地衝擊著。他趕緊穿戴整齊，迫不及待地奔向城南。迎接他的，卻只是緊閉的門扉與橫在門上的那把大鎖。一切景物依舊，那院牆、那大門、那屋宇，甚至越牆而出的桃花，依舊是記憶中的樣子，只是呵！那有著翦水雙瞳的姑娘，卻不知何處去了。崔護感到萬分失望，無限悵惘，他不死心地在宅子四周徘徊著，天快黑了，桃花依舊在那兒冷冷地笑著，大鎖也依然盡職地把守著。崔護無奈，便到附近人家借了筆墨，在左扇大門上題詩一首：

去年今日此門中，人面桃花相映紅。
人面祇今何處去？桃花依舊笑春風。

然後悵悵然離去。

過了幾天，崔護因事到城南去，心裡仍記掛著那個女孩，便繞到那座大宅院。到了門口，卻聽到屋裡傳來一陣陣悲切的哭聲。崔護急忙敲門探求究竟。一會兒，有位老先生邊拭淚邊來開門。一見面，老先生楞了一下，接著便不客氣地說：

「你是不是崔護？」

崔護嚇了一跳，連忙回說：

「是呀！我正是崔護。您怎麼曉得？」

老先生一聽，便又哭了起來。一邊哭，一邊恨聲地說：

「都是你啊！都是你害死了我的女兒啊！」

迎頭一陣痛罵，使得崔護又驚又疑，不知如何是好。

老先生哭了一會兒，又接著說：

「我的女兒已經十八歲了，從小念過不少書，至今還沒許配人家。不知怎的，自從去年清明節以來，便經常恍恍惚惚，若有所失。前些天，我帶她一塊出門去辦事，回來時，看到門上題的字，她逐字逐句地念著，一遍又一遍，念完了，進到屋裡，便開始生起病來。連著幾天，不吃不喝的，就這麼死了。我的年紀已經很大了，所以沒有急著把女兒嫁出去，為的就是想找個理想的正人君子，以託付她的終身，我的晚年也不愁沒有著落。現在，女兒因念了你的詩，不幸絕粒而死，你倒是還我女兒的命來啊！」

說完了，又禁不住老淚縱橫。崔護聽了，如遭電擊，不由痴痴地呆立在那兒，心中悲慟萬分。許久，才請求老先生讓他進去，向女孩拜祭一番。

進到屋裡，只見那女孩兒仰臥床榻，面容溫潤，神色安詳，就像從前一樣。崔護感慨萬端，千言萬語，只化作兩行清淚。他在床邊坐下，用手托起女孩的頭，讓它擱在自己的腿上，輕聲地喚著：

「我來了，我來了，妳看，我不是在這兒嗎？」

一邊流淚，一邊喚著。一會兒，那女孩竟然睜開了雙眼，怔怔地看著崔護，依然是那年清明的模樣。調息了半天，女孩居然又活過來了。崔護又驚又喜，女孩的父親更是高興得不得了。這一段天賜良緣，便在桃花叢裡生了根，結了果。

【評論】

本文見於《太平廣記》第二百七十四卷。作者孟棨，字初中。嘗官梧州。著有《本事詩》一卷。選輯歷代詩人緣情之作，分情感、事感、高逸、怨憤、徵異、徵咎、嘲戲七類，並附敘其本事。崔護就是《本事詩》中的一篇，其中「去年今日此門中，人面桃花相映紅。人面祇今何處去？桃花依舊笑春風。」一詩，早已膾炙人口。類似這種故事，最適合劇場搬演，因此南宋雜劇就有這齣戲目了。

元人白仁甫、尚仲賢也都各有《崔護渴漿》一本，明孟稱舜有《桃源三訪》雜劇，《傳奇彙考》卷六所載明人傳奇《登樓記》、《題門記》、《桃花莊》也都演此事，惜皆不存。本篇故事的關鍵處在於崔護無意中題下的一首詩，因為此詩而勾起女主角一場心病。二人初邂逅時，女主角粉頸低垂，默然不語，僅靠兩眼傳情，作者把一個懷春少女靦腆羞澀的模樣，寫得淋漓盡致。

虬髯客傳

杜光庭

一陣敲門聲劃破了寂靜的長夜，雖然只是輕輕巧巧的幾聲，但在這大半夜裡也著實夠讓人驚心的。李靖揉了揉惺忪的睡眼，五更天！怎麼也想不出有誰會在此刻造訪。他慌忙整了衣冠前去應門。門外站著一位穿著紫衣服、戴著帽子的女子，杖上挑著一紙口袋，李靖不明就裡，忙問：

「請問是……」

那人羞澀地低著頭說：

「我是楊家拿紅拂的侍女。」

李靖一邊請她進來，一邊想著前一天早上他以平民身分上門拜謁楊素、呈獻計策的事。司空楊素在隋煬帝臨幸江都時，奉命留守西京。一向恃寵而驕，又因時局混亂，以為天下權力大、聲望高的人，都不如自己，因此，生活奢侈豪華，派頭迥異於一般大臣。每當公卿來談論公事，或賓客上門求見，他總是高坐床上接見，由一群美女擁著出來，侍女成群結隊，排場有時更甚於皇上。晚年更加放縱，已經完全忘了自己身負的重責，一點也沒有扶持危局、安定天下的心思。這天，楊素依然高坐接見李靖。李靖心裡很不高興，但仍客氣地上前作揖，說：

「天下正逢變亂，英雄爭相起事。您是皇室重臣，理應留心收羅豪傑之士，不該高坐著接見客人。」楊素一向習慣於接受逢迎，哪裡聽過這種義正詞嚴的指責，便肅然起來道謝，會談之下，十分高興。

當李靖高談闊論的時候，注意到有一個執著紅拂的漂亮侍女目不轉睛地望著自己。當時，他急於表達意見，沒有把她放在心上。現在，她居然出現在眼前，深夜裡，為了什麼？李靖覺得很納悶兒。進了房門後，她脫去外衣和帽子，這次，李靖可仔細地打量了一會兒。她大約十八九歲的樣子，白皙的臉蛋兒，穿著繡花的衣服，模樣兒十分標緻。她玉面低垂，向李靖盈盈下拜。李靖吃了一驚，慌忙還禮，女子說：

「我侍奉楊司空很久了，看過的人可以說不少，只是沒有一位能比得上您的。菟絲女蘿不能獨生，希望能依靠喬木而活，所以，特地跑來投奔您！」

原來，李靖從楊素家辭出後，她也跟著走到門口，指著他問一個侍衛說：

「請問剛剛出去的那位先生，排行第幾，住在哪裡？」李靖聽到了，回頭一一回答後離去，女子喃喃複誦了幾次，便記下了。如今，就是循著地址找來的。李靖說：

「楊司空在京城勢力很大，讓他知道了怎麼辦？」

「他說起來可真像是個半死的人，只剩一口氣沒斷，沒什麼好怕的。我們都知道他沒有什麼前程，所以，逃走的人很多，他也並不怎麼追究，我已有周詳的籌劃，希望您不要多疑。」

「請問貴姓？」

「姓張。」

「排行第幾？」

「最長。」

李靖看她肌膚、儀態、言行舉止各方面，都好比天上的仙女，沒想到自己會突然間得到這樣一個美人，又歡喜又恐懼，一時之間，反倒不安起來，頻頻到門口去張望，唯恐有人追蹤而至。過了幾天，雖然也聽說楊府追緝使女的風聲。但是，看樣子似乎只是例行公事，並不很嚴峻。因此，他就讓她改扮男裝，騎著馬，大大方方地走出旅館，打算一起回到太原去。

到了靈石這個地方，兩人都累了，便找了家旅店歇息。床鋪好後，屋角擺著的小泥火爐上燉著的肉也快熟了，紅拂立在床前梳著拖到地上的長髮，李靖則在門外刷馬。忽然有一個中等身材、長著滿臉胳腮鬍子的人，騎著一匹瘦驢子進到店裡來。他把皮囊扔在火爐前，拿過枕頭來斜靠在床上，目不轉睛地看著張氏梳頭。李靖看他這種不禮貌的行徑很生氣，但強忍著沒發作，還繼續刷著馬。張氏仔細看了他一眼，一手握著頭髮，一手在背後向李靖搖手示意，教他不要生氣。急急忙忙梳好頭髮，整理好衣服，就走到那人面前客氣地行禮，請教他貴姓，靠在床上的客人回說：

「姓張。」

紅拂孩子氣地笑著說：

「我也姓張，算來該是您的妹妹。」

說著連忙下拜。然後又問：

「兄長排行第幾？」

「第三，妳呢？」

「最大。」

那人也高興起來說：

「今天遇到妳這同宗妹妹，真是可喜可賀。」

張氏這才遠遠地招呼李靖：

「李郎，來見見三哥。」

李靖急忙過來施禮，於是三人圍著坐下。客人說：

「鍋裡煮的什麼？」

「羊肉，大概已經熟了。」

「我快餓壞了。」

李靖於是出去買了幾個燒餅回來，客人從腰間抽出一把尖刀，把肉切開一起吃。三個人都吃過了，客人又把剩下的肉，很快地切碎，拿去餵驢子，動作又迅速又俐落。回到屋裡，客人接著問李靖：

「我問句話，您可別介意。我看您也不過是個窮書生，怎麼能得到這樣的美人？」

李靖心裡有些不高興，卻不好意思表現出來，只好說：

「我雖然窮，也是個有心人。若是別人問起，我是不會說的，既是您想知道，我也不敢相瞞。」

便把邂逅張氏的詳細經過一一說明。客人說：

「那麼，現在您們打算上哪兒？」

「想去太原躲一躲。」

客人聽了一怔，自言自語地說：

「我可不是因為您到太原去才去的。」

停了一會兒，又問：

「有酒嗎？」

「西邊兒就是酒店。」

李靖出去打了一斗酒回來，兩人開懷暢飲。酒過一巡，客人說：

「我這兒有些下酒的東西，您可願意陪我吃一點兒？」

「不敢當！」

於是，客人打開皮囊，先取出一顆人頭和一副人的心肝，再把人頭放進口袋裡，然後用短劍切著心肝，和李靖一邊談一邊吃。

「這個人是天下最沒有良心的人！我懷恨十年，現在才到手，總算出了一口怨氣！」

說著，狠狠地吃了一大口。又說：

「看您的儀表堂堂、氣概不凡，真是個大丈夫！可曾聽說太原這地方，有什麼特別傑出的人材？」

「我認識一個人，我以為他確是真命天子，其他充其量不過是將帥罷了。」

「姓什麼？」

「跟我一樣，姓李。」
「年紀有多大？」
「才二十歲。」
「現在幹什麼？」
「州將的兒子。」
客人低著頭沉吟自語：
「很像。但還得見個面看看。」
接著對李靖說：
「您能不能設法讓我見他一面？」
李靖回答：
「我有個朋友劉文靜和他很熟，可以請他介紹見面。不過，您得告訴我，為什麼要見他？」
「望氣的人說，太原這地方有一股奇氣，叫我去看看。您明天出發，什麼時候可以到太原？」
李靖計算著到太原的日期。客人爽快地說：
「到的第二天，天一亮，就請在汾陽橋等我。」

說完，也不等李靖應允，便跨上驢背，飛也似的去了，一轉眼就失去了蹤影。李靖和張二人又驚又喜，呆了好一會兒，才相互安慰著：

「俠士不會騙人，不用害怕。」

也跟著快馬加鞭，趕回太原去了。

到了約定的時間，進了太原城，在迷濛的霧氣裡，果然又見到了虬髯客。兩人都很高興，便相挽著走訪劉文靜。到了劉家，李靖騙文靜說：

「我這位朋友會看相，想見李公子，你可不可以去接他來？」

文靜一向覺得李世民很特殊，一聽說有人會看相，馬上差人去請李世民來。派去的人剛回來，李世民也跟著來到。沒穿禮服官靴，敞著皮襖便來了。神氣昂揚，相貌不凡。虬髯客沉默地坐在末席，一看就死了心。喝了幾杯後，他把李靖招到一邊說：

「果然是真命天子！」

李靖轉告文靜，文靜更加高興，自負有眼光。出了劉家，虬髯客神情有些恍惚，似乎受了什麼致命的打擊一樣。他垂頭喪氣地說：

「我已看出十之八九，他的確是個真命天子。不過，還得請我那位道士朋友看一看。李郎應該和大妹再上京城一趟。某天正午，到馬行東邊兒酒樓下找我。您只要看到樓下有這匹驢子和另外一匹瘦驢子拴在那兒，就知道我和道兄都在樓上，您可以一逕上去。」

說完，便分手走了。李靖目送著虬髯客蹣跚地離去，心裡不知怎的，突然酸澀起來。

到了京城，李靖按址去拜訪，果然看見有兩頭那樣的牲口拴在外面，他就撩起衣襟上樓去。虬髯客正和一位道士喝酒，見李靖上來，驚喜異常，連忙招呼就坐。三個人圍坐喝了十幾巡酒，也談了許多。最後，虬髯客對李靖說：

「樓下櫃子裡有十萬貫錢，您拿著，先找個隱僻的地方把大妹安置下來，某天，再到汾陽橋見我。」

李靖按期前往，道士和虬髯客已先到了。三人結伴去找文靜。這時，文靜正在下棋；知道他們的來意後，很快寫了一封信差人接李世民來看棋。道士和文靜對奕，虬髯客和李靖一旁觀戰。一會兒，李世民來了，風采不凡，神氣清朗，滿座風生，兩眼彷彿能洞察秋毫。道士一見，神色慘變，推開棋盤，長歎說：

「唉！這盤全輸了！輸定了！已經無法補救了，還能說什麼呢？」

下完棋，就告辭了。走出了大門，道士對虬髯客說：

「這裡不是您的世界，不必再枉費氣力，不過，別的地方還可發展，好好幹，可千萬別想不開。」

虬髯客面色鐵灰，神情沮喪，但仍強打起精神對李靖說：

「您帶著大妹到京裡的某街某巷小宅裡來找我，您和大妹在一起，窮得什麼也沒有，我想讓內人拜見您們，也商量個長遠辦法，請不要推辭。」

說著，嘆著氣走了。

李靖獨自騎馬回去，帶著紅拂女同訪虬髯客。那是一間有著小木板門的房子，他猶疑地敲了敲門，立刻就有一個人探頭出來，見是他們，馬上很恭敬地行禮迎接說：

「三郎吩咐等候李先生和大小姐已經很久了。」

領著他們穿過幾層門，來到大庭前，只見四十個丫頭列隊迎接他們，緊跟著，又來了二十個小廝，引導他們進入東廳。廳裡布置得富麗堂皇，很多的擺設精緻得簡直不似人間的東西。李靖和紅拂在裡邊重新更衣漱洗。穿戴好之後，忽聽得有人喊道：

「三郎來了！」

虬髯客頭戴紗帽，身著皮襖到來，也有龍行虎步的派頭。三人見面，彼此都很高興。虬髯客催促他太太出來，原來也是個妍麗的佳人。於是，四人一起到中堂。那兒已有一桌極其豐盛的筵席等著，席間，管絃不斷，音節超妙，好像天上的仙樂。吃過飯後，又喝酒。這時，家丁從東堂抬出二十個架子，每個架子都用錦繡蓋著，放置妥當後，掀開繡帕，都是些文件、契約和鑰匙。虬髯客說：

「這些都是寶貨錢財的數目，我所有的財產，全在這上頭，現在全送給您們。我本來想在這個世界裡闖蕩，準備爭戰個二三十年以建立功業。如今，中國既然有真主了，我還在這兒幹什麼？太原李公子是真命天子，三五年內，天下就要太平了。以您這樣奇特的人材去輔佐清平的君主，只要盡心盡力，必能做到一人之下、萬人之上。大妹妹姿容絕代、才藝不凡，將來妻以夫貴，也可坐軒車、披霞帔，享盡榮華。不是大妹不能賞識李郎，不是李郎也無法榮顯大妹。在群雄蜂起的時候，英主賢臣，及時結合，就好比老虎咆哮，谷風隨生；蛟龍吟嘯，彩雲匯集，這些都不是偶然的。您們拿我送的禮物，去輔佐真主，建立功業。十年之後，如果您們聽說東南幾千里外，有特殊的變化，那就是我建立功業的時候。那時，您們可不要忘了面向東南，為我痛飲一盃。」

接著，轉向男女僕婢，教他們一齊對李靖夫婦下拜，說：

「從今以後，李先生和大小姐就是你們的主人了。」

說完，和他太太帶了個小廝騎著馬，頭也不回地走了。李靖夫婦便在這個宅子裡住下來，後來，果然仗著虬髯客送的家財。幫助李世民起義建國，終於統一了天下。

貞觀十年。李靖身居尚書左僕射。有一天，南蠻國差人來報告：

「有人率領海船千艘，武裝軍隊十萬，侵入扶餘國，殺了國王自立，現在國家已經安定了。」

李靖心知虬髯客終於如願稱王一方，回家告訴紅拂，夫婦二人不忘老友臨別的叮嚀，舉盃遙向東南，敬致賀忱。

由此可知，真命天子的興起，並不是英雄可以希望得到的，更何況不是英雄呢？為人臣而想作亂，無異於螳螂用手臂去抵擋車輪，只有自取滅亡。我皇家福祉萬代，豈是僥倖得來？

【評論】

本文見於《太平廣記》第一百九十三卷。關於本文的作者，有人說是張說，有人以為是杜光庭。張說是武后所提拔的人，開元年間的名相，不但在唐小說史中，產生還嫌太早，而且在開元統一的局面下，恐怕也沒有產生虬髯客的必要。所以張說之說，實不可信。《虬髯客傳》曾收於杜光庭《神仙感遇傳》內，《宋史．藝文志》便載為杜光庭作。杜氏辭章很好，《全唐文》曾收錄了他很多作品。他在懿宗時曾應萬年科不中，遂入天臺山為道士。後來僖宗因避黃巢之亂入蜀，見蜀中道門衰落，想得名士「以主張之」。遂推薦杜光庭，被召充麟德殿文章應制。杜氏既善文辭，又是道士，很有寫《虬髯客傳》的可能（《虬髯客傳》大抵是道士的作品，因為真人、天數素來是道士的口頭禪）。他想盡力把唐太宗渲染為真命天子，藉以折服黃巢及其他亂臣賊子的野心，同時又可以取悅僖宗，以博取功名。因此，本文極有可能是杜光庭之作。杜氏字聖賓，一作字賓至，處州縉雲人。王建建國，為諫議大夫，賜號廣成先生，晉戶部侍郎。後主立，以為傳真天師，崇真觀大學士，後解官隱青城山白雲溪，自號東瀛子。著作頗多，有《諫書》一百卷、《錄異記》十卷，《廣成集》一百卷、《神仙感遇傳》一卷……明人取本文以作曲的有張鳳翼和張太和的《紅拂記》、凌初成的《虬髯翁》及馮夢龍的《女丈夫》。

《虬髯客傳》所要表達的意念是——必須有「真命」，才能為「天子」。虬髯客雖然具備了所有的物質條件，又是一世的英雄，但因看出唐太宗是「真命天子」，所以自甘退讓，並將所有財物都捐贈李靖以助太宗起事。何況其他非英雄，更不必妄想了。

神權時代，一切以「天命」為依歸，但所謂「神意」、「天命」也者，都是不可捉摸的東西，可以偽造，可以贗製。所以，每當割據局面即將結束，一個統一的形勢將要成立時，那最有希望的英雄，除了武力外，總要再披上一些神話在身上，作為精神的綏靖與克服。這些渲染的工作，一向由左右擁護他的人出來擔任。

中國歷史上每一個新朝代要興起前，無不反覆排演著。我們看司馬遷所作《史記》，無論三皇、五帝，甚至漢高祖都曾披上這一層神話。因此，我們也可以據此推斷，這篇小說所反映的背景，一定是一個混亂沒有中央政府的割據局面，英雄都想作皇帝，可以「真命」為號召。虬髯客的悲哀，就在於英雄豪傑與真命天子爭衡的必然挫敗。

虬髯客是本文主角，對於他的登場，作者曾盡了最大的努力來寫。自從他一出場，所有陪襯人物如李靖、紅拂都為之遜色。他似挾迅雷猛雨而至，使人驚詫；化清風而去，又令人神往。作者並用蹇驢、匕首、革囊、人頭、心肝等加強氣氛，使得這些東西的擁有者虬髯客更顯突出。

三俠論交及二度會見文皇（李世民），作者都不殫其煩地細細描寫，是兩絕妙的文字。尤其以棋局比天下大事，自是妙喻。《虬髯客傳》在結構上是段段扣緊，逐層推進的，絕對找不到一絲鬆懈之處。他雖傾力寫虬髯客，但仍能兼及李靖、紅拂二俠，有條不紊，陪襯得宜，實在是一篇難得的好文章。

櫻桃青衣

任蕃

落第的盧生，因連年考場失利，錢已花得差不多了，生活漸漸沒有著落，不免有些著急起來。

一天傍晚，盧生騎著驢在路上閒逛，看見一座寺院中人潮洶湧，他擠上前去一看，原來有個和尚在講經。他反正也是閒著，便進去聽講。忽然覺得好疲倦，便在座位上打起瞌睡來。

他夢到自己走到一座寺院前，看見一位青衣姑娘，似乎是個使女，正提著一籃櫻桃坐在門口。盧生和她打了招呼，併肩坐下來，青衣姑娘把手裡的櫻桃遞過去，跟盧生說：

「你也吃一些吧！」

盧生老實不客氣地接過來，和她邊吃邊談。盧生問：

「妳是哪家的使女啊？」青衣姑娘順手拿起一顆櫻桃在手裡把玩著，回答說：

「我家小姐姓盧，嫁給崔家，我們家姑爺不幸早逝，現在小姐正守著寡，住在城裡頭。」

兩人有一搭沒一搭地聊著，盧生驚異地發現盧小姐的母親正是自己的姑母。青衣姑娘天真地說：

「哪有和姑母住在同一個城裡，卻不去探望的呢？」

盧生便隨著她去了。

過了天津橋，穿進南邊的一條小巷子裡，立刻看到一座門戶高大華麗的宅院。盧生等在門口，青衣女子先進去通報。

一會兒，出來四個人。和盧生見過面，才知道原來都是盧生的表兄弟。一個是戶部郎中，一個是前任鄭州司馬，一個是河南功曹，一個是太常博士。兩人穿著紅衣服，另外兩人穿著綠衣服，儀表都很俊秀。表兄弟們見面，格外高興，就一邊談一邊引他到北堂拜見姑母。姑母穿著紫衣服，約六十多歲，言辭清晰，不苟言笑。盧生恭敬地在一旁坐下。

姑母一一詢問他家裡及親戚的近況，最後問他：

「你成親了沒有？」

盧生羞赧地回答：

「還沒有。」

姑母換了慈祥的口氣說：

「我有一個外甥女，姓鄭，父親很早就去世了，由我妹妹一手拉拔長大；長得很漂亮，也很賢慧；我打算給你說媒，想來她應該不會反對的。就是不知道你的意思如何？」

盧生連忙拜謝。

姑母說做就做，馬上派人去接鄭小姐。很快的，鄭小姐一家人乘著華麗的大車子都到了。大家七嘴八舌地挑選結婚的日子，最後決定就在後天舉行。姑母轉身對盧生說：

「聘金、請帖、酒席這些事情，你都不用操心，我這做姑母的，自然會為你安排好，你只要把城裡要請的親朋好友的名單、地址，都開列給我就行了。」

盧生便抄了些名字，大都是在朝廷裡或府、縣做官的朋友，共計三十多家。第二天下了請帖，當晚便準備起來。一切都極其鋪張豪華，只見宅子裡，人來人往，好不熱鬧！

到了佳期，大開酒宴。新人交拜完畢，送入洞房，房裡的陳設，無論屏風、帷幔或床席，都非常考究。新娘看起來只有十四五歲光景，長得美麗動人，盧生高興得不得了。從此和新娘子日夜廝守，竟忘了家裡的親人。

秋試的日子又到了。盧生因竟日和妻子繾綣纏綿，課業上頗多荒廢，不免有些猶疑不決，不知道該不該去參加考試。姑母卻胸有成竹地對他說：

「主管考試的禮部侍郎和我有些親戚關係，只要我託他，他一定不會為難你，你儘管放心好了。」

第二年春天，果然考中了，又去應考博學宏詞科，姑母仍舊要他不要擔心，說：

「吏部侍郎和你那些表兄弟們都是好朋友，叫他一定把你錄取在前幾名。」

等到放榜，果然又考中了，授了秘書郎的官。姑母還不滿意，拍拍他的肩膀，跟他保證：

「河南尹是我的堂外甥，我叫他保奏你做京畿縣尉。」

過了幾個月，就受命做了王室縣尉。以後又屢次陞遷，扶搖直上，甚至做到宰相。他的官聲十分好，因此，很得朝廷倚重。

自從和鄭小姐成親後，盧生不但仕途得意，而且家庭也十分美滿。如此過了三十多年，生了七個兒子、三個女兒，都已完婚，並有功名，連孫子都有十個了。

後來，有一次出巡，又到從前遇見青衣使女的那個寺院前，看見裡頭有人在講經，就下馬來參謁。因為他是卸任的宰相，現在仍身居要職，前呼後擁的侍從甚多，派頭很是不小。他走上殿去拜佛，突然覺得頭昏腦脹，好久都站不起來。耳裡聽到講經的和尚高聲說道：

「這位施主怎麼老不起來呢？」

盧生赫然驚醒，看見自己仍然穿著老百姓的白布衣服，前後護擁的官吏，一個也不見了。

盧生揉了揉眼，迷迷糊糊地出了寺門。看見僕人牽著驢，手上拿著帽子，正等在門外，看見他出來，一疊聲地埋怨著：

「哎呀！我跟驢子都快餓壞了，您怎麼這麼久才出來呢？」

盧生茫茫然的問：

「現在是什麼時候了？」

僕人回答：

「快中午了。」

盧生回想夢中的一切，不覺十分惆悵，嘆著氣說：「人間的榮華富貴、窮困貧賤，也不過像南柯一夢罷了！從今以後，我再也不巴望做官了。」

遂尋仙訪道，從此自人世間絕了蹤跡。

【評論】

本文見於《太平廣記》第二百八十一卷。不題作者，有人說是《夢遊錄》作者任蕃所作，任氏為晚唐會昌年間的詩人。

這個故事有兩點深刻反映出當時的時代背景：

一、盧子一日到講筵中聽講，所謂的「講筵」就是「俗講」。俗講究竟起於何時，我們雖然不太確切知道，但卻曉得它盛行於晚唐。孫棨《北里志．序》裡曾記載得很清楚，當時每月三、八日，必定有許多人聚集在南街保唐寺聽講。聽眾的身分各階層都有。這位頻年不第的窮舉子竟在講席上打起瞌睡，還作了一個漫長的夢來，不但說明當時俗講之盛，同時也可以從而推測俗講中和尚演講內容之一斑。

二、《櫻桃青衣》裡的盧生仰仗了有錢有勢的姑母，得以平步青雲；因為在朝的不是她的親戚，便是她的故舊；中第、選官端賴姑母請託而來。這和《枕中記》中盧生按部就班的擢進士選官，可以說迥然不同，卻和孫棨《北里志》中所載不謀而合。《北里志》中說：「自故進士大盛，曠古無儔，然率多膏粱子弟，平進不及三數人……」《北里志》寫的是宣宗大中年間的事，足見此時政治極不清明，制度破壞殆盡，凡無親眷故舊在朝為官的窮書生，多半不易進身。為國家收集人才的進士科尚且為少數膏粱子弟所把持，其他可想而知。本篇對當時的惡習氣，可謂極盡嘲諷之能事了。

本文的結局在《枕中記》、《南柯太守記》等楊林故事系列中最具嘲諷意味。夢中主角盧生身居高位，顯赫非凡，竟巡行到睡前到過的精舍，「前後導從，頗極貴盛」，與第一次頻年不第的潦倒情況，簡直不可同日而語。最可笑的是，主角由繁華夢中回返後，迷惑地走出寺門，驀然見到牽驢的僕人，回到「人驢並飢」的殘酷現實，產生了極大的反諷。夢中數十載，不過現實世界半日，就在這一剎那，主角頓悟人生道理。作者寫實手法頗具功力，寫盧生出門時的神態傳神至極。門外現實世界牽驢執帽的小豎與門內夢境的前後導從形成強烈對比，使人覺得可笑又可悲。

這是作者較《枕中記》「蒸黍未熟」的寫實手法，更成熟的表現。有人據此推斷本文寫作年代約在西元八四一至八四六年之間，因為它既無《南柯》的富麗文字，也不是韻散合體，更無議論文字，且寫作技巧顯得相當成熟，恐怕是脫離佛經譯文及溫卷陋習影響，少數年代較晚的作品吧！

附錄
原典精選

補江總白猿傳

梁大同末，遣平南將軍藺欽南征，至桂林，破李師古陳徹。別將歐陽紇略地至長樂，悉平諸洞，罙（ㄇㄧˊ mí）入深阻。紇妻纖白，甚美。其部人曰：「將軍何為挈麗人經此？地有神，善竊少女，而美者尤所難免。宜謹護之。」紇甚疑懼，夜勒兵環其廬，匿婦密室中，謹閉甚固，而以女奴十餘伺守之。爾夕，陰風晦黑，至五更，寂然無聞。守者怠而假寐，忽若有物驚悟者，即已失妻矣。關扃如故，莫知所出。出門山險，咫尺迷悶，不可尋逐。迨明，絕無其跡。紇大憤痛，誓不徒還。因辭疾，駐其軍，日往四遐，即深凌險以索之。

既逾月，忽於百里之外叢篠上，得其妻繡履一隻，雖浸雨濡，猶可辨識。紇尤悽悼，求之益堅。選壯士三十人，持兵負糧，巖棲野食。又旬餘，遠所舍約二百里，南望一山，葱秀迥出。至其下，有深溪環之，乃編木以渡。絕巖翠竹之間，時見紅綵，聞笑語音。捫蘿引絙，而陟其上，則嘉樹列植，間以名花，其下綠蕪，豐軟如毯。清迥岑寂，杳然殊境。東向石門，有婦人數十，帔服鮮澤，嬉遊歌笑，出入其中。見人皆慢視遲立，至前問曰：「何因來此？」紇具以對。相視嘆曰：「賢妻至此月餘矣。今病在床，宜遣視之。」入其門，以木為扉。中寬闢若堂者三。四壁設床，悉施錦薦。其妻臥石榻上，重茵累席，珍食盈前。紇就視之。回眸一睇，即疾揮手令去。

諸婦人曰：「我等與公之妻，比來久者十年。此神物所居，力能殺人，雖百夫操兵，不能制也。幸其未返，宜速避之。但求美酒兩斛，食犬十頭，麻數十斤，當相與謀殺之。其來必以正午。後慎勿太早，以十日為期。」因促之去。紇亦遽退。遂求醇醪與麻犬，如期而往。

婦人曰：「彼好酒，往往致醉。醉必騁力，俾吾等以綵練縛手足於床，一踴皆斷。嘗紉三幅，則力盡不解。今麻隱帛中束之，度不能矣。遍體皆如鐵，唯臍下數寸，常護蔽之，此必不能禦兵刃。」指其傍一巖曰：「此其食廩，當隱於是，靜而伺之。酒置花下，犬散林中，待吾計成，招之即出。」

如其言，屏氣以俟。日晡，有物如匹練，自他山下，透至若飛，徑入洞中。少選，有美髯丈夫長六尺餘，白衣曳杖，擁諸婦人而出。見犬驚視，騰身執之，披裂吮咀，食之致飽。婦人競以玉杯進酒，諧笑甚歡。既飲數斗，則扶之而去。又聞嬉笑之音。

良久，婦人出招之，乃持兵而入。見大白猿，縛四足於床頭，顧人蹙縮，求脫不得，目光如電。競兵之，如中鐵石。刺其臍下，即飲刃，血射如注。乃大嘆咤曰：「此天殺我，豈爾之能。然爾婦已孕，勿殺其子，將逢聖帝，必大其宗。」言絕乃死。搜其藏，寶器豐積，珍羞盈品，羅列案几。凡人世所珍，靡不充備。名香數斛，寶劍一雙。婦人三十輩，皆絕其色。久者至十年。云，色衰必被提去，莫知所置。又捕採唯止其身，更無黨類。且盥洗，著帽，加白袷（ㄐㄧㄚˊ jiá），被素羅衣，不知寒暑。遍身白毛，長數寸。所居常讀木簡，字若符篆，了不可識；已，則置石磴下。晴晝或舞雙劍，環身電飛，光圓若月。其飲食無常，喜啗果栗；尤嗜犬，咀而飲其血。日始逾午，即欻（ㄏㄨ hū）然而逝。半晝往返數千里，及晚必歸，此其常也。所須無不立得。夜就諸床嬲（ㄋㄧㄠˇ niǎo）戲，一夕皆周，未嘗寐。言語淹詳，華旨會利。然其狀，即猳玃類也。

今歲木葉之初，忽愴然曰：「吾為山神所訴，將得死罪。亦求護之於眾靈，庶幾可免。」前月哉生魄，石磴生火，焚其簡書。悵然自失曰：「吾已千歲，而無子。今有子，死期至矣。」因顧諸女，汍瀾者久，且曰：「此山複絕，未嘗有人至。上高而望，絕不見樵者。下多虎狼怪獸。今能至者，非天假之，何耶？」

紇即取寶玉珍麗及諸婦人以歸，猶有知其家者。紇妻周歲生一子，厥狀肖焉。後紇為陳武帝所誅。素與江總善。愛其子聰悟絕人，常留養之，故免於難。及長，果文學善書，知名於時。

霍小玉傳

大曆中，隴西李生名益，年二十，以進士擢第。其明年，拔萃，俟試於天官。夏六月，至長安，舍於新昌里。生門族清華，少有才思，麗詞嘉句，時謂無雙；先達丈人，翕然推伏。每自矜風調，思得佳偶，博求名妓，久而未諧。

長安有媒鮑十一娘者，故薛駙馬家青衣也；折券從良，十餘年矣。性便辟，巧言語，豪家戚里，無不經過，追風挾策，推為渠帥。常受生誠託厚賂，意頗德之。經數月，李方閒居舍之南亭。申未閒，忽聞扣門甚急，云是鮑十一娘至。攝衣從之，迎問曰：「鮑卿今日何故忽然而來？」鮑笑曰：「蘇姑子作好夢也未？有一仙人，謫在下界，不邀財貨，但慕風流。如此色目，共十郎相當矣。」

生聞之驚躍，神飛體輕，引鮑手且拜且謝曰：「一生作奴，死亦不憚。」因問其名居。鮑具說曰：「故霍王小女，字小玉，王甚愛之。母曰淨持。淨持，即王之寵婢也。王之初薨，諸弟兄以其出自賤庶，不甚收錄。因分與資財，遣居於外，易姓為鄭氏，人亦不知其王女。姿質穠豔，一生未見，高情逸態，事事過人，音樂詩書，無不通解。昨遣某求一好兒郎格調相稱者。某具說十郎。他亦知有李十郎名字，非常歡愜。住在勝業坊古寺曲，甫上車門宅是也。已與他作期約。明日午時，但至曲頭覓桂子，即得矣。」

鮑既去，生便備行計。遂令家僮秋鴻，於從兄京兆參軍尚公處假青驪駒、黃金勒。其夕，生澣衣沐浴，修飾容儀，喜躍交并，通夕不寐。遲明，巾幘，引鏡自照，惟懼不諧也。徘徊之間，至於亭午。遂命駕疾驅，直抵勝業。至約之所，果見青衣立候，迎問曰：「莫是李十郎否？」即下馬，令牽入屋底，急急鎖門。見鮑果從內出來，遙笑曰：「何等兒郎，造次入此？」生調誚未畢，引入中門。

庭間有四櫻桃樹；西北懸一鸚鵡籠，見生入來，即語曰：「有人入來，急下簾者！」生本性雅淡，心猶疑懼，忽見鳥語，愕然不敢進。逡巡，鮑引淨持下階相迎，延入對坐。年可四十餘，綽約多姿，談笑甚媚。因謂生曰：「素聞十郎才調風流，今又見儀容雅秀，名下固無虛士。某有一女子，雖拙教訓，顏色不至醜陋，得配君子，頗為相宜。頻見鮑十一娘說意旨，今亦便令承奉箕箒。」

生謝曰：「鄙拙庸愚，不意顧盼，倘垂採錄，生死為榮。」遂命酒饌，即令小玉自堂東閣子中而出。生即拜迎。但覺一室之中，若瓊林玉樹，互相照曜，轉盼精彩射人。既而遂坐母側。母謂曰：「汝嘗愛念『開簾風動竹，疑是故人來。』即此十郎詩也。爾終日吟想，何如一見。」玉乃低鬟微笑，細語曰：「見面不如聞名。才子豈能無貌？」生遂連起拜曰：「小娘子愛才，鄙夫重色。兩好相映，才貌相兼。」母女相顧而笑，遂舉酒數巡。生起，請玉唱歌。初不肯，母固強之。發聲清亮，曲度精奇。

酒闌，及暝，鮑引生就西院憩息。閒庭邃宇，簾幕甚華。鮑令侍兒桂子浣沙與生脫靴解帶。須臾，玉至，言敘溫和，辭氣宛媚。解羅衣之際，態有餘妍，低幃暱枕，極其歡愛。生自以為巫山洛浦不過也。

中宵之夜，玉忽流涕觀生曰：「妾本倡家，自知非匹。今以色愛，托其仁賢。但慮一旦色衰，恩移情替，使女蘿無托，秋扇見捐。極歡之際，不覺悲至。」生聞之，不勝感嘆。乃引臂替枕，徐謂玉曰：「平生志願，今日獲從，粉骨碎身，誓不相捨。夫人何發此言！請以素縑，著之盟約。」玉因收淚，命侍兒櫻桃褰幄執燭，授生筆研。

玉管絃之暇，雅好詩書，筐箱筆研，皆王家之舊物。遂取繡囊，出越姬烏絲欄素縑三尺以授生。生素多才思，援筆成章，引諭山河，指誠日月，句句懇切，聞之動人。染畢，命藏於寶篋之內。自爾婉孌相得，若翡翠之在雲路也。如此二歲，日夜相從。

其後年春，生以書判拔萃登科，授鄭縣主簿。至四月，將之官，便拜慶於東洛。長安親戚，多就筵餞。時春物尚餘，夏景初麗，酒闌賓散，離思縈懷。

玉謂生曰：「以君才地名聲，人多景慕，願結婚媾，固亦眾矣。況堂有嚴親，室無冢婦，君之此去，必就佳姻。盟約之言，徒虛語耳。然妾有短願，欲輒指陳。永委君心，復能聽否？」

生驚怪曰：「有何罪過，忽發此辭？試說所言，必當敬奉。」

玉曰：「妾年始十八，君纔二十有二，迨君壯室之秋，猶有八歲。一生歡愛，願畢此期。然後妙選高門，以諧秦晉，亦未為晚。妾便捨棄人事，剪髮披緇，夙昔之願，於此足矣。」生且媿且感，不覺涕流。因謂玉曰：「皎日之誓，死生以之，與卿偕老，猶恐未愜素志，豈敢輒有二三。固請不疑，但端居相待。至八月，必當卻到華州，尋使奉迎，相見非遠。」更數日，生遂訣別東去。

到任旬日，求假往東都覲親。未至家日，太夫人已與商量表妹盧氏，言約已定。太夫人素嚴毅，生逡巡不敢辭讓，遂就禮謝，便有近期。盧亦甲族也，嫁女於他們，聘財必以百萬為約，不滿此數，義在不行。生家素貧，事須求貸，便托假故，遠投親知，涉歷江淮，自秋及夏。生自以孤負盟約，大愆回期。寂不知聞，欲斷其望。遙託親故，不遺漏言。

玉自生逾期，數訪音信。虛詞詭說，日日不同，博求師巫，遍詢卜筮，懷憂抱恨，周歲有餘，羸臥空閨，遂成沉疾。雖生之書題竟絕，而玉之想望不移，賂遺親知，使通消息。尋求既切，資用屢空，往往私令侍婢潛賣篋中服玩之物，多託於西市寄附鋪侯景先家貨賣。曾令侍婢浣沙將紫玉釵一隻，詣景先家貨之。路逢內作老玉工，見浣沙所執，前來認之曰：「此釵，吾所作也。昔歲霍王小女將欲上鬟，令我作此，酬我萬錢。我嘗不忘。汝是何人，從何而得？」

浣沙曰：「我小娘子，即霍王女也。家事破散，失身於人。夫婿昨向東都，更無消息。悒怏成疾，今欲二年。令我賣此，賂遺於人，使求音信。」

玉工悽然下泣曰：「貴人男女，失機落節，一至於此。我殘年向盡，見此盛衰，不勝傷感。」遂引至延先公主宅，具言前事。公主亦為之悲嘆良久，給錢十二萬焉。

時生所定盧氏女在長安，生既畢於聘財，還歸鄭縣。其年臘月，又請假入城就親。潛卜靜居，不令人知。有明經崔允明者，生之中表弟也。性甚長厚，昔歲常與生同歡於鄭氏之室，盃盤笑語，曾不相間。每得生信，必誠告於玉。玉常以薪芻衣服，資給於崔。崔頗感之。生既至，崔具以誠告玉。玉恨嘆曰：「天下豈有是事乎！」遍請親朋，多方召致。生自以愆期負約，又知玉疾候沉綿，慚恥忍割，終不肯往。晨出暮歸，欲以迴避。

玉日夜涕泣，都忘寢食，期一相見，竟無因由。冤憤益深，委頓床枕。自是長安中稍有知者。風流之士，共感玉之多情；豪俠之倫，皆怒生之薄行。

時已三月，人多春遊。生與同輩五六人詣崇敬寺翫牡丹花，步於西廊，遞吟詩句。有京兆韋夏卿者，生之密友，時亦同行。謂生曰：「風光甚麗，草木榮華。傷哉鄭卿，銜冤空室！足下終能棄置，實是忍人。丈夫之心，不宜如此。足下宜為思之！」

歎讓之際，忽有一豪士，衣輕黃紵衫，挾弓彈，丰神雋美，衣服輕華，唯有一剪頭胡雛從後，潛行而聽之。俄而前揖生曰：「公非李十郎者乎？某族本山東，姻連外戚。雖乏文藻，心嘗樂賢。仰公聲華，常思覯止。今日幸會，得覩清揚。某之敝居，去此不遠，亦有聲樂，足以娛情。妖姬八九人，駿馬十數匹，唯公所欲。但願一過。」生之儕輩，共聆斯語，更相歎美。因與豪士策馬同行，疾轉數坊，遂至勝業。生以近鄭之所止，意不欲過，便託事故，欲回馬首。

豪士曰：「敝居咫尺，忍相棄乎？」乃輓挾其馬，牽引而行。遷延之間，已及鄭曲。生神情恍惚，鞭馬欲回。豪士遽命奴僕數人，抱持而進。疾走推入車門，便令鎖卻，報云：「李十郎至也！」一家驚喜，聲聞於外。先此一夕，玉夢黃衫丈夫抱生來，至席，使玉脫鞋。驚寤而告母。因自解曰：「鞋者，諧也。夫婦再合。脫者，解也。既合而解，亦當永訣。由此徵之，必遂相見，相見之後，當死矣。」凌晨，請母梳妝。母以其久病，心意惑亂，不甚信之。僶勉之間，強為妝梳。妝梳纔畢，而生果至。

玉沉綿日久，轉側須人。忽聞生來，欻然自起，更衣而出，恍若有神。遂與生相見，含怒凝視，不復有言。羸質嬌姿，如不勝致，時復掩袂；返顧李生。感物傷人，坐皆欷歔。頃之，有酒餚數十盤，自外而來。一座驚視，遽問其故，悉是豪士之所致也。因遂陳設，相就而坐。玉乃側身轉面，斜視生良久，遂舉杯酒，酬地曰：「我為女子，薄命如斯。君是丈夫，負心若此。韶顏稚齒，飲恨而終。慈母在堂，不能供養。綺羅絃管，從此永休。徵痛黃泉，皆君所致。李君李君，今當永訣！我死之後，必為厲鬼，使君妻妾，終日不安！」乃引左手握生臂，擲盃於地，長慟號哭數聲而絕。母乃舉尸，寘於生懷，令喚之，遂不復蘇矣。

生為之縞素，旦夕哭泣甚哀。將葬之夕，生忽見玉繐帷之中，容貌妍麗，宛若平生。著石榴裙，紫褴襠，紅綠帔子。斜身倚帷，手引繡帶，顧謂生曰：「媿君相送，尚有餘情。幽冥之中，能不感嘆。」言畢，遂不復見。明日，葬於長安御宿原。生至墓所，盡哀而返。後月餘，就禮於盧氏。傷情感物，鬱鬱不樂。

夏五月，與盧氏偕行，歸於鄭縣。至縣旬日，生方與盧氏寢，忽帳外叱叱作聲。生驚視之，則見一男子，年可二十餘，姿狀溫美，藏身暎幔，連招盧氏。生惶遽走起，遶幔數匝，倏然不見。生自此心懷疑惡，猜忌萬端，夫妻之間，無聊生矣。或有親情，曲相勸喻。生意稍解。後旬日，生復自外歸，盧氏方鼓琴於床，忽見自門抛一斑犀鈿花合子，方圓一寸餘，中有輕絹，作同心結，墜於盧氏懷中。生開而視之，見相思子二，叩頭蟲一，發殺觜一，驢駒媚少許。生當時憤怒叫吼，聲如豺虎，引琴撞擊其妻，詰令實告。盧氏亦終不自明。爾後往往暴加捶楚，備諸毒虐，竟訟於公庭而遣之。盧氏既出，生或侍婢媵妾之屬，暫同枕席，便加妒忌。或有因而殺之者。

生嘗遊廣陵，得名姬曰營十一娘者，容態潤媚，生甚悅之。每相對坐，嘗謂營曰：「我嘗於某處得某姬，犯某事，我以某法殺之。」日日陳說，欲令懼己，以肅清閨門。出則以浴斛覆營於床，周迴封署，歸必詳視，然後乃開，又畜一短劍，甚利，顧謂侍婢曰：「此信州葛溪鐵，唯斷作罪過頭！」大凡生所見婦人，輒加猜忌，至於三娶，率皆如初焉。

謝小娥傳

小娥，姓謝氏，豫章人，估客女也。生八歲，喪母。嫁歷陽俠士段居貞。居貞負氣重義，交遊豪俊。小娥父畜巨產，隱名商賈間，常與段婿同舟貨，往來江湖。時小娥年十四，始及笄。父與夫俱為盜所殺，盡掠金帛。段之弟兄，謝之生姪，與童僕輩數十，悉沉於江。小娥亦傷胸折足，漂流水中，為他船所獲，經夕而活。因流轉乞食至上元縣，依妙果寺尼淨悟之室。

初，父之死也，小娥夢父謂曰：「殺我者，車中猴，門東草。」又數日，復夢其夫謂曰：「殺我者，禾中走，一日夫。」小娥不自解悟，當書此語，廣求智者辨之，歷年不能得。

至元和八年春，余罷江西從事，扁舟東下，淹泊建業，登瓦官寺閣。有僧齊物者，重賢好學，與余善。因告余曰：「有孀婦名小娥者，每來寺中，示我十二字謎語，某不能辨。」余遂請齊公書於紙。乃憑檻書空，凝思默慮。坐客未倦，了悟其文。令寺童疾召小娥前至，詢訪其由。

小娥嗚咽良久，乃曰：「我父及夫，皆為賊所殺。邇後嘗夢父告曰：『殺我者，車中猴，門東草。』又夢夫告曰：『殺我者，禾中走，一日夫。』歲久無人悟之。」余曰：「若然者，吾審詳矣。殺汝父是申蘭，殺汝夫是申春。且車中猴，車字去上下各一畫，是申字；又申屬猴，故曰車中猴。草下有門，門中有東，乃蘭字也。又，禾中走是穿田過，亦是申字也；一日夫者，夫上更一畫，下有日，是春字也。殺汝父是申蘭，殺汝夫是申春，足可明矣。」小娥慟哭再拜。書申蘭申春四字於衣中，誓將訪殺二賊，以復其冤。娥因問余姓氏官族，垂涕而去。

爾後小娥便為男子服，傭保於江湖間。歲餘，至潯陽郡，見竹戶上有紙牓子，云「召傭者」。小娥乃應召詣門。問其主，乃申蘭也；蘭引歸。娥心憤貌順，在蘭左右，甚見親愛。金帛出入之數，無不委娥。已二歲餘，竟不知娥之女人也。先是謝氏之金寶錦繡衣物器具，悉掠在蘭家，小娥每執舊物，未嘗不暗泣移時。蘭與春，宗昆弟也。時春一家住大江北獨樹浦，與蘭往來密洽。蘭與春同去經月，多獲財帛而歸。每留娥與蘭妻蘭氏同守家室，酒肉衣服，給娥甚豐。

或一日，春攜文鯉兼酒詣蘭，娥私嘆曰：「李君精悟玄鑒，皆符夢言，此乃天啟其心，志將就矣。」是夕，蘭與春會群賊，畢至酣飲。暨諸兇既去，春沉醉，臥於內室；蘭亦露寢於庭。小娥潛鏁春於內，抽佩刀先斷蘭首，呼號鄰人並至，春擒於內，蘭死於外，獲贓收貨，數至千萬。初，蘭春有黨數十，暗記其名，悉擒就戮。時潯陽太守張公，善其志行，為具其事上旌表，乃得免死。時元和十二年夏歲也。

復父、夫之讎畢，歸本里，見親屬。里中豪族爭求聘，娥誓心不嫁，遂剪髮被褐，訪道於牛頭山，師事大士尼將律師。娥志堅行苦，霜舂雨薪，不倦筋力。十三年四月，始受具戒於泗州開元寺，竟以小娥為法號，不忘本也。

其年夏月，余始歸長安，途經泗濱，過善義寺謁大德尼令。操戒新見者數十，淨髮鮮帔，威儀雍容，列侍師之左右。中有一尼問師曰：「此官豈非洪州李判官二十三郎者乎？」師曰：「然。」曰：「使我獲報仇家，得雪冤恥，是判官恩德也。」顧余悲泣。余不之識，詢訪其由。娥對曰：「某名小娥，頃乞食孀婦也。判官時為辨申蘭申春二賊名字，豈不憶乎？」余曰：「初不相記，今即悟也。」娥因泣，具寫記申蘭申春，復父夫之仇，志願相畢，經營終始艱苦之狀。

小娥又謂余曰：「報判官恩，當有日矣。」豈徒然哉！嗟呼！余能辨二盜之姓名，小娥又能竟復父夫之讎冤；神道不昧，昭然可知。小娥厚貌深辭，聰敏端特，鍊指跛足，誓求真如。爰自入道，衣無絮帛，齋無鹽酪，非律儀禪理，口無所言。後數日，告我歸牛頭山，扁舟汎淮，雲遊南國，不復再遇。

君子曰：「誓志不捨，復父夫之仇，節也。傭保雜處，不知女人，貞也。女子之行，唯貞與節能終始全之而已。如小娥，足以儆天下逆道亂常之心，足以觀天下貞夫孝婦之節。」余備詳前事，發明隱文，暗與冥會，符於人心。知善不錄，非《春秋》之義也。做作傳以旌美之。

虬髯客傳

隋煬帝之幸江都也。命司空楊素守西京。素驕貴，又以時亂，天下之權重望崇者，莫我若也，奢貴自奉，禮異人臣。每公卿入言，賓客上謁，未嘗不踞床而見，令美人捧出，侍婢羅列，頗僭於上，末年愈甚，無復知所負荷，有扶危持顛之心。

一日，衞公李靖以布衣上謁，獻奇策。素亦踞見。公前揖曰：「天下方亂，英雄競起。公為帝室重臣，須以收羅豪傑為心，不宜踞見賓客。」素斂容而起，謝公，與語，大悅，收其策而退。當公之騁辨也，一妓有殊色，執紅拂，立於前，獨目公。公既去，而執拂者臨軒指吏曰：「問去者處士第幾？住何處？」公具以對。妓誦而去。

公歸逆旅。其夜五更初，忽聞叩門而聲低者，公起問焉。乃紫衣帶帽人，杖揭一囊。

公問誰？曰：「妾，楊家之紅拂妓也。」公遽延入。脫衣去帽，乃十八九佳麗人也。素面畫衣而拜。公驚答拜。曰：「妾侍楊司空久，閱天下之人多矣，無如公者。絲蘿非獨生，願託喬木，故來奔耳。」

公曰：「楊司空權重京師，如何？」曰：「彼屍居餘氣，不足畏也。諸妓知其無成，去者眾矣。彼亦不甚逐矣。計之詳矣。幸無疑焉。」問其姓；曰：「張。」問其伯仲之次。曰：「最長。」

觀其肌膚、儀狀、言詞、氣語，真天人也。公不自意獲之，愈喜愈懼，瞬息萬慮不安。而窺戶者無停屨。數日，亦聞追討之聲，意亦非峻。乃雄服乘馬，排闥而去。將歸太原。行次靈石旅舍，既設床，爐中烹肉且熟，張氏以髮長委地，立梳床前。

公方刷馬，忽有一人，中形，赤髯如虬，乘蹇驢而來。投革囊於爐前，取枕欹臥，看張梳頭。公怒甚，未決，猶親刷馬。張熟視其面，一手握髮，一手映身搖示公，令勿怒。急急梳頭畢，斂袵前問其姓。臥客答曰：「姓張。」對曰：「妾亦姓張。合是妹。」遽拜之。問第幾？曰：「第三。」問妹第幾？「最長。」遂喜曰：「今夕幸逢一妹。」張氏遙呼：「李郎且來見三兄！」公驟拜之。遂環坐。曰：「煮者何肉？」曰：「羊肉，計已熟矣。」客曰：「飢。」

公出市胡餅。客抽腰間匕首，切肉共食。食竟，餘肉亂切送驢前食之，甚速。

客曰：「觀李郎之行，貧士也。何以致斯異人？」曰：「靖雖貧，亦有心者焉。他人見問，故不言。兄之問，則不隱耳。」具言其由。曰：「然則將何之？」曰：「將避地太原。」曰：「然吾故非君所致也。」曰：「有酒乎？」曰：「主人西，則酒肆也。」公取酒一斗。

既巡，客曰：「君有少下酒物，李郎能同之乎？」曰：「不敢。」於是開革囊，取一人頭并心肝。卻頭囊中，以匕首切心肝，共食之。曰：「此人天下負心者，銜之十年，今始獲之。吾憾釋矣。」又曰：「觀李郎儀形器宇，真丈夫也。亦聞太原有異人乎？」曰：「嘗識一人，愚謂之真人也。其餘，將帥而已。」曰：「何姓？」曰：「靖之同姓。」曰：「年幾？」曰：「僅二十。」曰：「今何為？」曰：「州將之子。」曰：「似矣。亦須見之。李郎能致吾一見乎？」曰：「靖之友劉文靜者，與之狎。因文靜見之可也。然兄何為？」曰：「望氣者言太原有奇氣，使訪之。李郎明發，何日到太原？」靖計之日。曰：「達之明日，日方曙，候我於汾陽橋。」言訖，乘驢而去，其行若飛，迴顧已失。

公與張氏且驚且喜，久之，曰：「烈士不欺人。固無畏。」促鞭而行。及期，入太原。果復相見。大喜，偕詣劉氏。詐謂文靜曰：「有善相者思見郎君，請迎之。」文靜素奇其人，一旦聞有客善相，遽致使迎之。使迴而至；不衫不履，裼裘而來，神氣揚揚，貌與常異。

虬髯默然居末坐，見之心死，飲數杯，招靖曰：「真天子也！」公以告劉，劉益喜，自負。既出，而虬髯曰：「吾得十八九矣。然須道兄見之。李郎宜與一妹復入京。某日午時，訪我於馬行東酒樓，下有此驢及瘦驢，即我與道兄俱在其上矣。到即登焉。」又別而去，公與張氏復應之。

及期訪焉，宛見二乘。攬衣登樓，虬髯與一道士方對飲，見公驚喜，召坐。圍飲十數巡，曰：「樓下櫃中有錢十萬。擇一深隱處一妹。某日復會於汾陽橋。」如期至，即道士與虬髯已到矣。俱謁文靜。時方弈棋，揖而話心焉。文靜飛書迎文皇看棋。道士對弈，虬髯與公傍侍焉。俄而文皇到來，精采驚人，長揖而坐。神氣清朗，滿坐風生，顧盼煒如也。

道士一見慘然，下棋子曰：「此局全輸矣！於此失卻局哉！救無路矣！復奚言！」罷弈而請去。既出，謂虬髯曰：「此世界非公世界。他方可也。勉之，勿以為念。」因共入京。虬髯曰：「計李郎之程，某日方到。到之明日，可與一妹同詣某坊曲小宅相訪。李郎相從一妹，懸然如磬。欲令新婦祇謁，兼議從容，無前卻也。」言畢，吁嗟而去。

公策馬而歸。即到京，遂與張氏同往。一小版門子，扣之，有應者，拜曰：「三郎令候李郎一娘子久矣。」延入重門，門愈壯。婢四十人，羅列廷前。奴二十人，引公入東廳。廳之陳設，窮極珍異，巾箱妝奩冠鏡首飾之盛，非人間之物。巾櫛妝飾畢，請更衣，衣又珍異。既畢，傳云：「三郎來！」乃虯髯紗帽裼裘而來，亦有龍虎之狀，歡然相見。催其妻出拜，蓋亦天人耳。遂延中堂，陳設盤筵之盛，雖王公家不侔也。四人對饌訖，陳女樂二十人，列奏於前，若從天降，非人間之曲。食畢，行酒。家人自堂東舁（ㄩˊ yú）出二十床，各以錦繡帕覆之。既陳，盡去其帕，乃文簿鑰匙耳。

虯髯曰：「此盡寶貨泉貝之數。吾之所有，悉以充贈。何者？欲以此世界求事，當或龍戰三二十載，建少功業。今既有主，住亦何為？太原李氏，真英主也。三五年內，即當太平。李郎以奇特之才，輔清平之主，竭心盡善，必極人臣。一妹以天人之姿，蘊不世之藝，從夫之貴，以盛軒裳。非一妹不能識李郎，非李郎不能榮一妹。起陸之貴，際會如期，虎嘯風生，龍吟雲萃，固非偶然也。持余之贈，以佐真主，贊功業也，勉之哉！此後十年，當東南數千里外有異事，是吾得事之秋也。一妹與李郎可瀝酒東南相賀。」因命家童列拜，曰：「李郎一妹，是汝主也！」言訖，與其妻從一奴，乘馬而去。數步，遂不復見。

公據其宅，乃為豪家，得以助文皇締構之資，遂匡天下。貞觀十年，公以左僕射平章事。適南蠻入奏曰：「有海船千艘；甲兵十萬，入扶餘國，殺其主自立。國已定矣。」公心知虯髯得事也。歸告張氏，具衣拜賀，瀝酒東南祝拜之。

乃知真人之興也，由英雄所冀。況非英雄者乎？人臣之謬思亂者，乃螳臂之拒走輪耳。我皇家垂福萬葉，豈虛然哉。或曰：「衛公之兵法，半乃虯髯所傳耳。」

中國歷代經典寶庫⑮
唐代傳奇——唐朝的短篇小說

編撰者—廖玉蕙
編輯—康逸藍
責任企劃—洪小偉、楊齡媛
校對—謝家柔

總編輯—余宜芳
董事長—趙政岷
出版者—時報文化出版企業股份有限公司
108019台北市和平西路三段二四〇號三樓
發行專線—（〇二）二三〇六—六八四二
讀者服務專線—〇八〇〇—二三一—七〇五
（〇二）二三〇四—七一〇三
讀者服務傳真—（〇二）二三〇四—六八五八
郵撥—一九三四四七二四時報文化出版公司
信箱—一〇八九九臺北華江橋郵局第九九信箱
時報悅讀網—http://www.readingtimes.com.tw
法律顧問—理律法律事務所　陳長文律師、李念祖律師
印刷—紘億印刷有限公司
五版一刷—二〇一二年五月十八日
五版四刷—二〇二一年九月三日
定價—新台幣二百五十元

時報文化出版公司成立於一九七五年，
並於一九九九年股票上櫃公開發行，於二〇〇八年脫離中時集團非屬旺中，
以「尊重智慧與創意的文化事業」為信念。

唐代傳奇：唐朝的短篇小說 / 廖玉蕙編撰. -- 五版. -- 臺北市：時報文化, 2012.05
面；　公分. --（中國歷代經典寶庫；15）

ISBN 978-957-13-5536-8（平裝）

857.14　　101003187

ISBN 978-957-13-5536-8
Printed in Taiwan